MARK TWAIN

THE ADVENTURES OF TOM SAWYER

汤姆·索亚历险记

[美] 马克·吐温 著　苏福忠 译

上海文艺出版社

图书在版编目(CIP)数据

汤姆·索亚历险记/(美)马克·吐温著;苏福忠译.—上海:上海文艺出版社,2015
(企鹅经典丛书)
ISBN 978-7-5321-5807-2

Ⅰ.①汤… Ⅱ.①马… ②苏… Ⅲ.①儿童文学-长篇小说-美国-近代 Ⅳ.①I712.84

中国版本图书馆 CIP 数据核字(2015)第 130076 号

Mark Twain
The Adventures of Tom Sawyer

Simplified Chinese Copyright © Shanghai 99 Culture Consulting Co., Ltd. 2015

"企鹅经典"丛书由上海文艺出版社联合上海九久读书人文化
实业有限公司及企鹅图书有限公司共同策划。

"企鹅"、®和相关标识是企鹅图书有限公司已经注册或者尚未
注册的商标。未经允许,不得擅用。

总 策 划:黄育海 陈 征
责任编辑:曹 晴
特约策划:邱小群
封面设计:丁威静

汤姆·索亚历险记
〔美〕马克·吐温 著
苏福忠 译
上海文艺出版社出版、发行
地址:上海绍兴路 74 号
新华书店经销 利丰雅高印刷(深圳)有限公司印刷
开本 890×1240 1/32 印张 8 字数 137,000
2015 年 9 月第 1 版 2015 年 9 月第 1 次印刷
ISBN 978-7-5321-5807-2/I·4634 定价:42.00 元

企鹅经典丛书
出版说明

这套中文简体字版"企鹅经典"丛书是上海文艺出版社携手上海九久读书人与企鹅出版集团（Penguin Books）的一个合作项目，以企鹅集团授权使用的"企鹅"商标作为丛书标识，并采用了企鹅原版图书的编辑体例与规范。"企鹅经典"凡一千三百多种，我们初步遴选的书目有数百种之多，涵盖英、法、西、俄、德、意、阿拉伯、希伯来等多个语种。这虽是一项需要多年努力和积累的功业，但正如古人所云：不积小流，无以成江海。

由艾伦·莱恩（Allen Lane）创办于一九三五年的企鹅出版公司，最初起步于英伦，如今已是一个庞大的跨国集团公司，尤以面向大众的平装本经典图书著称于世。一九四六年以前，英国经典图书的读者群局限于研究人员，普通读者根本找不到优秀易读的版本。二战后，这种局面被企鹅出版公司推出的"企鹅经典"丛书所打破。它用现代英语书写，既通俗又吸引人，裁减了冷僻生涩之词和外来成语。"高品质、平民化"可以说是企鹅创办之初就奠定的出版方针，这看似简单的思路中植入了一个大胆的想象，那就是可持续成长的文化期待。在这套经典丛书中，第一种就是荷马的《奥德赛》，以这样一部西方文学源头之作引领战后英美社会的阅读潮流，可谓高瞻远瞩，那个历经磨难重归家园的故事恰恰印证着世俗生活的传统理念。

经典之所以谓之经典，许多大学者大作家都有过精辟的定义，时间的检验是一个客观标尺，至于其形成机制却各有说法。经典的诞生除作品本身的因素，传播者（出版者）、读者和批评者的广泛参与同样是经典之所以成为经典的必要条件。事实上，每一个参与者都可能是一个主体，经典的生命延续也在于每一个接受个体的认同与投入。从企鹅公司最早出版经典系列那个年代开始，经典就已经走出学者与贵族精英的书斋，进入了大众视野，成为千千万万普通读者的精神伴侣。在现代社会，经典作品绝对不再是小众沙龙里的宠儿，所有富有生命力的经典都存活在大众阅读之中，它已是每一代人知识与教养的构成元素，成为人们心灵与智慧的培养基。

处于全球化的当今之世，优秀的世界文学作品更有一种特殊的价值承载，那就是提供了跨越不同国度不同文化的理解之途。文学的审美归根结底在于理解和同情，是一种感同身受的体验与投入。阅读经典也许可以被认为是对文化个性和多样性的最佳体验方式，此中的乐趣莫过于感受想象与思维的异质性，也即穿越时空阅尽人世的欣悦。换成更理性的说法，正是经典作品所涵纳的多样性的文化资源，展示了地球人精神视野的宽广与深邃。在大工业和产业化席卷全球的浪潮中，迪士尼式的大众消费文化越来越多地造成了单极化的拟象世界，面对那些铺天盖地的电子游戏一类文化产品，人们的确需要从精神上作出反拨，加以制衡，需要一种文化救赎。此时此刻，如果打开一本经典，你也许不难找到重归家园或是重新认识自我的感觉。

中文版"企鹅经典"丛书沿袭原版企鹅经典的一贯宗旨：首先在选题上精心斟酌，保证所有的书目都是名至实归的经典作品，并具有不同语种和文化区域的代表性；其次，采用优质的译本，译文务求贴近作者的语言风格，尽可能忠实地再现原著的内容与品质；另外，每一种书都附有专家撰写的导读文字，以及必要的注释，希望这对于帮助读者更好地理解作品会有一定作用。总之，我们给自己设定了一个绝对不低的标准，期望用自己的努力将读者引入庄重而温馨的文化殿堂。

关于经典，一位业已迈入当今经典之列的大作家，有这样一个简单而生动的说法——"'经典'的另一层意思是：搁在书架上以备一千次、一百万次被人取下。"或许你可以骄傲地补充说，那本让自己从书架上频繁取下的经典，正是我们这套丛书中的某一种。

上海文艺出版社编辑部
上海九久读书人文化实业有限公司
二〇一四年一月

目　录

序言　　　　　　　　　　　　　　1
第一章　汤姆中了魔了　　　　　　1
第二章　诱惑　　　　　　　　　　10
第三章　太阳从西边出来了　　　　16
第四章　汤姆上学了　　　　　　　22
第五章　教堂听讲演　　　　　　　32
第六章　跟女生坐一起　　　　　　37
第七章　贝基姑娘　　　　　　　　49
第八章　汤姆的选择　　　　　　　56
第九章　汤姆与哈克　　　　　　　61
第十章　神圣的誓言　　　　　　　68
第十一章　汤姆的良心　　　　　　75
第十二章　"药"的效应　　　　　　80
第十三章　当海盗最牛了　　　　　85
第十四章　海盗生活开始了　　　　93
第十五章　母亲忏悔泪　　　　　　99
第十六章　新的计划　　　　　　　104
第十七章　让人欢笑的葬礼　　　　113

第十八章 "梦"的回述	117
第十九章 姨妈原谅他了	126
第二十章 书是谁撕的？	129
第二十一章 讲演练习	134
第二十二章 退会的会员	141
第二十三章 出庭作证	144
第二十四章 耀眼的英雄	151
第二十五章 挖宝	153
第二十六章 闹鬼的房子	161
第二十七章 梦之辩	170
第二十八章 黑夜盯梢	174
第二十九章 野餐	178
第三十章 威尔士人	186
第三十一章 游洞穴	195
第三十二章 欢乐之夜	204
第三十三章 一次重要的谈话	207
第三十四章 道格拉斯寡妇	217
第三十五章 新的冒险	220
结束语	225
导 读	226

序 言

本书所记载的多数历险活动都确有其事,其中有一两件是我亲身经历的;其余的那些经历中的孩子都是我的同窗学友。哈克·费恩是从生活中汲取的;汤姆·索亚也一样,但不是一个人的原型——他是我熟悉的三个孩子的结合体,因此应属建筑混合式结构。

在这个故事发生的时期——也就是说,三四十年以前,书中所提及的古怪的迷信在孩子和黑奴中间很流行。

尽管我的书主要是写给男孩和女孩消遣的,但是我希望男人和女人不要因此就拒绝翻一翻它,因为我写书的部分计划本是试图愉快地让大人回忆他们原本是什么样子,让他们回忆他们如何感受,如何思想和如何交谈,让他们回忆曾经从事过什么奇妙的事业。

马克·吐温
1876 年于哈特福德

第一章　汤姆中了魔了

喊你呢，汤姆——波莉姨妈决定尽到责任——汤姆练习音乐——快喊饶命！——悄悄入户

"汤姆！"

没人应声。

"汤姆！"

没人应声。

"这孩子究竟干什么去了？我叫你呢，汤姆！"

没人应声。

这老太太把自己的眼镜往下拉了拉，从眼镜上方四下寻找一番屋子；然后她又把眼镜抬上去，从眼镜下边四下搜寻。像一个男孩儿这么大的东西，她很少或者从来没有戴好眼镜去寻找；它们是她的一副摆设，是她引以为傲的物件，是为了"派头"才配置的，并不是因为非戴不可——她就是戴上一个火炉盖子也照看不误。她一时显得不知怎么办好，稍加犹豫嗓子变得不那么凶了，却也能把满屋的家具吓得一激灵一激灵：

"好吧，我敢说，一旦让我逮住你，看我不……"

她没有把话说完，因为接下来她弓着身子用笤帚在床下噼里啪啦乱打了一气，她得打几下喘几下才行。不过她只把猫惊扰得嗷嗷直叫。

"我这辈子就没见过这么淘气的孩子！"

她起身走向敞开的门，站在门边，在满园的西红柿秧和野茄草间使

劲看。没有汤姆。于是,她拿出向远处呐喊的嗓门儿高声叫道:

"喊你呢,汤姆!"

她的身后响起一阵轻微的声音,她及时转过身来,一把抓住了一个小孩子的短上衣,没有让他溜掉。

"好呀!我早该想到那个小里间的。你待在那里干什么好事了?"

"没干什么。"

"没干什么!看看你这双手吧。再看看你这张嘴。那是什么脏东西?"

"我不知道,姨妈。"

"好呵,我可知道。那是果酱——一点儿没错。我都跟你讲了四十次了,你要是敢动那点儿果酱,我就剥了你的皮。快把鞭子递给我。"

鞭子在空中用得呼呼响——挨打是在所难免了——

"哎呀!快看看你身后,姨妈!"

这老太太旋即转过身来,撩开裙子躲避危险。说时迟那时快,小家伙拔腿就跑,爬上那高高的木板围墙,翻身一跳就看不见了。

他的姨妈波莉一时惊呆了,随后才小声地笑起来:

"这该死的小子,我怎么就不长记性呢?他不是总跟我玩这套把戏蒙骗我,这次怎么就又上当了呢?这可真应了老糊涂才是最糊涂的话了。俗话说得好,老狗学不会新东西。可是我的天啊,他要鬼把戏两天中从来不重样的,别人怎么知道下一次会有什么新花样?他好像知道跟我捣乱多久就能把我的火气逗起来,他也知道他只要能想法子把我哄过,逗我一笑,一切都会烟消云散,我再不忍心抽他一顿。我对这孩子也没尽到责任,这是实话,老天爷在上。《圣经》里说得好,不动鞭子,惯坏孩子。我知道我这样做是遭罪,是在为我们俩受双份的苦。他整个儿是中魔了,可是我的天呀!他是我那死去的亲姐姐的孩子,可怜的小东西,我就是不忍心揍他。每次放过他我的良心都很不安,可我每次打他又于心不忍。得了得了。《圣经》说得好,人为妇人所生,日子短少,苦难多多。我看这话一点儿没错。今天下午他又要逃学了，我只好明天逼着他干活儿，好好罚他一下。大星期六所有的孩子都在玩耍，你逼他干活儿真比登天还难呢，可他偏偏恨透了干活儿，比恨什么都厉害，所以我得对他尽到我的责任，要不我以后准会把他给完全毁了。"

汤姆果然逃学了，他玩得可真叫开心。他回到家时只勉强赶上给那个小黑孩子吉姆帮了一点点忙，在晚饭前锯下了第二天的柴火，还劈了些引火柴——至少他来的时候，来得及把他的历险活动一一告诉吉姆，白赚吉姆多干了四分之三的活儿。汤姆的弟弟（其实是异母兄弟）锡德已经干完了他那份活儿（拾碎木柴），他是个安分的孩子，不会生着法子干什么出格儿的淘气事儿。

汤姆吃着晚饭，瞅机会就偷糖吃，波莉姨妈在一旁净问一些让汤姆露馅儿的问题，颇费心机——因为她想套汤姆说出一些不攻自破的话。正如其他许多头脑简单的人一样，她挺虚荣地相信，她天生与众不同，能玩出些神不知鬼不觉的高招，还满以为她那些一眼能识破的招数是些瞒天过海的权术呢。她说：

"汤姆，学校里热得够呛，是不是？"

"没错，姨妈。"

"热得都受不了吧，对不？"

"没错，姨妈。"

"你就没有想到去游泳吗，汤姆？"

汤姆心里一阵小小的惊慌——这引起了他一点儿不大舒服的怀疑。他对姨妈的脸察言观色一番，不过他没有看出来什么。于是他说：

"没有，姨妈——哦，没怎么想去。"

这老太太伸出手去摸了摸汤姆的衬衫，说：

"不过你现在不怎么热了吧。"她这下发现衬衫是干的，又觉得谁都不知道她的用意就是要弄清楚这点，心下难免洋洋得意。但是，她弄错了，汤姆这时早明白她打的什么主意。于是汤姆抢先一步，以防她再来一招：

"我们有些孩子往我们头上撩水来着——我的头还湿呢。瞧见了吗？"

波莉姨妈一想自己忽略这个小小不言的附带证据，又失了一招，不免心烦。随后她灵机一动，使出新招：

"汤姆，你往头上撩水耍，用不着非拆了我缝的衣领吧，是不是？解开你的外衣！"

汤姆脸上的不安神色消失了。他解开了他的外衣。他的衬衫领子完好地缝在上面。

"怪事！得得得，穿好衣服吧。我满以为你逃学去游泳了呢。不过我放过你了，汤姆。我看你就像俗话说的，是那种燎掉毛的猫儿——你不像外表那么糟糕。不过也就这一次。"

她半为自己的高招失算而遗憾，半为汤姆有这么一回破天荒地乖巧规矩感到高兴。

但是锡德尼[①]说：

"得了吧，我分明记得你是用白线缝领子的，这会儿却是黑的。"

"嘿，我的确是用白线缝的！汤姆！"

不过汤姆没有等着听下边的话。他逃到门外时恨恨地说：

"锡迪，等着，我非揍你不可。"

到了没人的地方，汤姆把插在外衣翻领上的两根大针检查一番，上面还缠着线——一根针纫着白线，另一根上是黑线。他说：

"要不是锡德多嘴，她压根儿就看不出来。操！有时她用白线缝，有时她用黑线缝。我就想让她不管哪种只使一种——黑的白的换来换去，我弄不清楚。不过走着瞧，我饶不了锡德，我定要教训他一顿！"

他不是村子里的规矩孩子。他倒是对那种乖孩子了如指掌——可他

[①] 锡德尼和锡迪都是锡德的简称或昵称。

烦透那种孩子了。

过了两分钟，或者还不到两分钟，他早就把他的所有烦恼忘到脑后了。倒不是因为他的烦恼对他不那么沉重和厉害，不像大人的烦恼那样讨厌，而是因为一种新的强烈兴趣压倒了它们，暂时把它们从脑子里赶走了——正像大人的烦心事会在新的大事刺激下忘掉一样。这种新的兴趣就是吹口哨的一种难见的新妙法，他刚刚从一个黑人那儿学会的；这会儿他正不厌其烦地练习，不愿意有人打扰呢。那是一个特别像鸟儿鸣叫的调调，一种流畅动听的小曲子，吹奏时把舌头一下接一下往口腔的上腭顶去就可以发出来——读者只要曾经当过小孩儿，也许就还记得那是怎么吹的。汤姆练习得很努力，很专心，不一会儿就掌握了窍门儿，于是他迈着大步一路走下街来，嘴里热热闹闹地吹着曲儿，心里得意极了。他觉得就像天文学家发现了新的行星——毫无疑问，就那种强烈、深刻和纯粹的愉快劲儿来说，这孩子肯定还胜过天文学家呢。

夏天的下午很长。这时天还没有黑。突然，汤姆停止了口哨。一个陌生人来到了他的跟前——一个比他大一点的男孩子。在圣彼得斯堡这样闭塞的小村子里，凡是新来的人，不管是男是女，都很能引起注意。何况这个男孩穿戴很讲究——在平常日子里都这么讲究呢。这可真是太不寻常了。他的帽子很帅气，他那件扣得很严的蓝料子短上衣崭新崭新的，很整齐，他的裤子一样带劲儿。他还穿着鞋呢——可这才是星期五呀。他竟然系着领带，一条漂亮的缎带子。他摆出一副城里人的样子，那神气劲儿真让汤姆受不了。汤姆盯着这孩子了不起的神色，越看他把鼻子翘得越高，看不上他身漂亮衣服，心下却又觉得自己穿得实在寒酸，越比越不像样。两个孩子都不说话。一个走动一下，另一个也走动一下——不过都只是斜着身子转圈子；他们一直面对着面，眼对着眼。最后汤姆说：

"我打得过你！"

"我倒想看你来比试比试。"

"嘿，我就让你尝尝厉害。"

"得，你不行。"

"行，我准行。"

"哼，你就不行。"

"我行。"

"你不行。"

"行！"

"不行！"

一阵不舒服的停顿。然后汤姆说：

"你叫什么名字？"

"这也许不关你什么事吧。"

"嘿，我就要管管看。"

"喂，你倒是管呀？"

"你要是再多嘴，我就不客气了。"

"多嘴——多嘴——就多嘴。你敢怎么样。"

"嚯，你以为你是老几了，是不是？只要我愿意，我背着一只手也能把你收拾了。"

"哼，你干吗待着不动呢？你只是卖卖嘴皮吧。"

"嘿，你要是再逗弄我，我就收拾你。"

"噢，得了——我见这事见多了。"

"别神气！你以为你是个人物，是不是？噢，看看这顶帽子！"

"你要是看着不顺眼，你也只好将就着。我倒看你敢打下它来——谁敢，谁就等着挨打吧。"

"你就瞎吹吧！"

"你也一个样。"

"你就会瞎吹，打打嘴仗，光说不练。"

"咦——滚蛋去！"

"你滚——你要是总说这些浑蛋话，看我不用石头把你的脑袋给砸了。"

"噢，你当然敢了。"

"我就敢。"

"那你为什么不动手呢？你为什么光说不动手呢？你倒是快动手啊？这全因为你害怕。"

"我才不害怕呢。"

"你害怕。"

"我不怕。"

"你就怕。"

"你害怕。"

"我不怕。"

"你就怕。"

又是一阵停顿，两个人又瞪起眼，斜着身子转圈子。不一会儿他们就肩膀碰着肩膀了。汤姆说：

"滚一边去！"

"你滚一边去！"

"我才不呢。"

"我也才不呢。"

于是他们站定，每人又开一条腿稳住架势，恶狠狠地你抗我一下我抗你一下，彼此气势汹汹地瞪眼睛，但是谁也占不了上风。两个小家伙较劲较得脸红脖子粗，带着警惕的提防神色又松下劲儿来，汤姆说：

"你是个胆小鬼，小狗一只，我要到我大哥那里去告你，他动一动小指头就能把你收拾了，我准会叫他来揍你一顿。"

"我会把你的什么大哥放在眼里吗？我有一个大哥比你的大哥还大呢——不光大，他把你大哥轻轻一提就扔过围墙去了。"（两个哥哥都是吹出来的。）

"瞎吹吧。"

"你说瞎吹没用,真的就是真的。"

汤姆用大脚趾在地上画了一条线,说:

"你胆敢迈过这条线,我就揍你个半死,让你站不起来。谁敢谁就吃尽苦头。"

那新来的孩子马上抬脚踩了过去,说:

"你说你要动手,那你就来试试吧。"

"你现在可别逼我,你还是当心的好。"

"嘿,你说你要揍我的——你倒是动手揍啊?"

"好啊好啊!只用两个钢镚儿我就揍你。"

那新来的男孩从他的兜里掏出两个大钢镚儿,伸出手,一副不屑的神气。汤姆一下子把钢镚儿打在了地上。转眼之间,两个孩子扭在地上滚来滚去,像两只猫一样打得难分难解;他们厮打了不一会儿就揪头发,扯衣服,你打我一下鼻子,我立即还以颜色,弄得满身是土灰,也满身威风。过了一会儿,这场混战见了分晓,汤姆从这次战斗的硝烟中闪出来,骑在新来孩子的身上,用他的拳头一通猛打。

"快喊'饶命'!"汤姆说。

那孩子一味挣扎着摆脱汤姆。他嗷嗷叫个不停——多半是出于愤怒。

"快喊'饶命'!"——拳头还在继续抡着。

最后那个男孩忍住气勉强说了一声"饶命",汤姆才放开他,说:

"这下你知道厉害了吧。下次你看清楚你在跟谁较劲儿再瞎逞能。"

新来的孩子拍打着衣服上的灰尘,抽抽噎噎,抹着泪走开了,偶尔还扭过身来,摇头晃脑,威胁说:下一次他逮住汤姆,他会如何施展手段。汤姆对他的威胁只是冷嘲热讽,自管洋洋得意地离去,可是他刚一转身,那新来的孩子正拿着一块石头扔过来,一下子打在了汤姆的肩头,随后转身就跑,像一只羚羊跑得飞快。汤姆跟着这个暗算者追到家,这下就知道了他住的地方。随后他站在大门口守候了一会儿,逗惹他的对手出来较量,可是他的对手只敢在窗后面对汤姆扮鬼脸,不肯迎战。后来他的对手的母亲出来,叫骂汤姆是个招惹是非、无恶不作的坏孩子,命令他走开。所以他只好离开了;可是他说他会"找机会"把那个孩子"彻底制服"了。

他那天晚上回到家很晚了,他小心翼翼地从窗户爬进屋子,不料撞到枪口上,原来他姨妈正在守候着;他姨妈一看他把衣服糟蹋得不成样子,就更坚定了在星期六的休息日让汤姆留下来干点儿苦活儿的决心。

第二章 诱惑

强烈的引诱——欲擒先纵——愿者上钩——汤姆变成地道的小阔佬

星期六早上到来了,夏季的世界一片光明,到处生机勃勃,充满生气。每个人心里都洋溢着一支歌;要是那心是年轻的,歌儿就会从嘴唇唱出来。每个人的脸上都喜气洋洋,步子充满弹性。洋槐树花开满树,空气里香飘四溢。卡迪夫山在村外高高耸立,草木葳蕤,青翠欲滴,山离村不是太远,正好看去像是一片"乐土",梦幻一般,又安静又诱人。

汤姆出现在人行道上,手里提着一桶白灰水,还拿着一把长把刷子。他只把墙打量一下,浑身的喜兴劲就一扫而光,心头泛起了一阵深深的愁闷。三十码长的木板围墙,九码高啊。生命在他看来似乎空洞了,活着成了一种负担。叹一口气,他把刷子蘸上白灰水,顺着顶上的木板刷了过去;这个动作重复一次;又重复一次:他把刚刚刷了三下的一小条白墙和一眼难尽的没有刷过的围墙比了比,一屁股坐在了木箱上,像泄气的皮球一般。吉姆提着一只小铁桶,从街门口一蹦一跳地走出来,一边哼着《布法罗姑娘》。到镇上打水站提水在汤姆眼里向来是讨厌的活儿,可眼下他不觉得讨厌了。他想到打水站能遇上许多小伙伴。白孩子、混血儿和黑孩子,还有姑娘们,总是聚在那里等着打水,一边休息,交换玩物,要么就吵嘴打架,胡闹一通。他还想到打水站尽管只有一百五十码远,吉姆却从来没有在一个小时以内打回一桶水来——即便这么慢,还往往得有人去催他才行。汤姆说:

"喂，吉姆，你要是来刷会儿墙，我给你去打水。"

吉姆摇了摇头，说：

"不成，汤姆少爷。老太太她跟我说了，我得赶快把水打回去，半路上不能停下来跟人家瞎斗嘴。她说她估摸汤姆少爷会哄着我去刷墙，所以她就跟我说只管去干我自己的事——她说她还要来看看墙刷得怎么样呢。"

"嘿，你才别管她说些什么呢，吉姆，她说话就那样子。把水桶给我吧——我一转眼的工夫就打回来了。她压根儿就不会知道。"

"噢，我不敢呀，汤姆少爷。老太太她说她会抓住我的脑袋拧下来。她真会这么干的。"

"她呀！她从来揍不了什么人——那不过是在人家脑袋上用她的顶针敲几下——谁怕这个，我倒想知道一下。她长了一张刀子嘴，可从来不伤人的——只要她不哭闹，那就没有什么大不了的。吉姆，我送你一个好东西。我送你一个白弹子好了！"

吉姆有些动摇了。

"白弹子，吉姆！它可是顶呱呱的一个弹子呢。"

"我的天！那真是一个顶呱呱的好东西，说实话。可是汤姆少爷，我就是对老太太提心吊胆，害怕她……"

"还有，我会把我的那根受伤的脚趾头让你看看。"

吉姆到底是个孩子——这点诱惑他终于抵挡不住了。他放下水桶，拿起那个大白弹子，弯下腰去津津有味地看着汤姆解开脚上的绷带。可是突然之间，他提起他的水桶往街上飞奔而去，屁股上麻嗖嗖地疼着，汤姆这边起劲地刷着墙，而波莉姨妈手拿一只拖鞋，大胜而归，眼里那股得意的神色显而易见。

然而，汤姆的劲头没有持续多久。他很快想起了他早已为这天计划好的好玩事情，他的烦恼就膨胀起来了。不一会儿，别的孩子就会蹦蹦跳跳地来到这里，一心指望找些好玩的事情去做，却见他在卖苦力，准会大开他的玩笑——这个念头像一团火一样折磨着他。他把他的一大堆宝贝疙瘩通通掏出来,细细检查了一番——小零碎玩具、石头子和废东西;用这些玩意儿蒙哄别人来干活儿,也许马马虎虎,可是要换取哪怕半个小时的真正自由,可就差得远了去了。于是,他只好把自己的可怜宝贝疙瘩放回口袋里,放弃了收买那些孩子的主意。就在这个黯淡而绝望的时候,他却灵机一动,心生一计!一个了不起的绝妙主意。

他拿起刷子,有条不紊地干起活儿来。本·罗杰斯很快出现了——就是这个孩子,所有孩子中他就最担心这小子满口取笑人的话。本的步子是那种三级跳的——这很可以说明他的心情是多么轻松,一心打算干些开心的事情呢。他正吃着一个苹果,隔一会儿就长长地匀称地叫上一声,随后又是一阵叮叮当当的低沉鸣叫,因为他正在扮演一艘火轮船。到了近处,他放慢了速度,走在街中间,很厉害地使右舷拐了个大弯,铆足了劲叫船头停下,扮演得又认真又卖力——因为他是在扮演"大密苏里号",想象他自己是一艘吃水九英尺深的大号轮船。他既是轮船,又是船长,也是突突响的铃,所以他只好想象着自己站在自己的顶层甲板上发号施令,又一边不折不扣地执行着命令:

"停船,伙计!丁——零——丁——零!"轮船渐渐停了下来,他慢慢地向人行道上靠拢过来。

"掉过船头!丁——零——丁——零!"他伸直两臂,直挺挺地往两侧垂下。

"右舷往后倒!丁——零——丁——零!哧呃!哧——哧——呃!哧呃!"他的右手与此同时画了一个夸大的圆圈——因为这代表一个四十英尺的转轮。

"左舷往后退!丁——零——丁——零!哧呃——哧——哧呃——哧呃!"他的左手又开始画夸大的圆圈。

"左舷停!丁——零——丁——零!左舷停!右舷进靠!停止!外侧慢拢!丁——零——丁——零!哧呃——呃——呃!甩出船头缆绳!

麻利一点！快——把舷边缆绳甩出——你在那里瞎忙什么！把绳圈儿绕在墩子上！干得好——这下成了！引擎熄火，伙计！丁——零——丁——零！嘶嘶！嘶——嘶！嘶——"（极力模仿气门撒气的声音。）

汤姆继续起劲地刷墙——对这艘大轮船不屑一顾。本瞪着眼睛看了一会儿，随后说：

"喂——喂！你又栽了吧，是不是！"

不见应声。汤姆用一个艺术家的眼光审视一番他最后涂的几刷子，随后又用刷子轻轻地抹了几下，像刚才一样再打量效果。本过来和他站在一起。汤姆对他的苹果馋得要命，可是他丝毫没有放松他的活儿。本说：

"喂，老伙计，你还得干活儿呀？"

汤姆突然转过身来，说：

"哦，是你呀，本！我一点儿没有发现。"

"嗨——我要去游泳呢，我要去。你难道不想去吗？不过当然你得干你的活儿——对不对？当然你得干下去了！"

汤姆打量几眼那个男孩，说：

"你把什么叫干活儿呢？"

"噫，难道这不叫干活儿吗？"

汤姆继续刷他的墙，满不在乎地说：

"噢，也许是，也许不是。我只知道，这活儿挺适合汤姆·索亚干的。"

"呃，得了，你这话真的是说你汤姆就喜欢干这活儿吗？"

刷子继续刷来刷去。

"喜欢？嚯，我不明白为什么我不应该喜欢这活儿。一个孩子每天都有机会刷围墙不成？"

这话把事情说得有了新意。本不再一口接一口啃他的苹果了。汤姆来回刷着他的刷子，很讲究的样子——后退一步看看效果——这里那里添加一刷子——又把效果审视一番——本看着每一个动作，越来越有兴趣，越来越不愿意走开了。不一会儿，他说：

"汤姆，喂，让我刷几下吧。"

汤姆想了想，准备答应了；可是他又转了念头：

"不行——不行——我看这事很难成全你，本。你知道，波莉姨妈对这道围墙很在乎的——正好在这大街上，你知道——可要是这是一道后院围墙，那我无所谓，我姨妈她也不会在乎。真的，她很在乎这道围墙；这活儿一定得干得格外用心才成；我看一千个孩子中难有一个，也许两千个中间难有一个，能把这活儿干得地地道道，像那么回事。"

"不至于吧——真有这么讲究吗？哦，得了，来吧——让我试试。只试几下——你要是我的话，汤姆，我就会让你试试。"

"本，我倒没什么，哄你是小狗；可是波莉姨妈——呃，吉姆想干这活儿，可是她就是不让他干；锡德想干，她也不让锡德干。这下你明白我多么为难了吧？一旦你把这道墙刷坏了，弄得不可收拾……"

"哦，没有的事，我用心好好干就是了。得，让我试试吧。啊——我给你我的苹果核儿。"

"噢，这事——不，本，使不得呀。我害怕——"

"我把这苹果全都给你！"

汤姆把刷子给了本，一脸不情愿的神情，可他心里高兴坏了。刚刚还扮演"大密苏里号"轮船的本这下刷起墙来，在太阳底下累得汗流满面，而这位引退的艺术家坐在附近阴凉的一只大木桶上，甩打着两条腿，大嚼着苹果，心里盘算着宰杀更多的小傻瓜。充当傻瓜的大有人在；每隔一会儿就有孩子路过；他们都是来取笑的，可是最后都留下来刷墙了。本累得刷不动的时候，汤姆早和比利·弗希尔做好了生意，把接下来的机会让给他，换到了一只风筝；等弗希尔干腻了，琼尼·米勒又拿着一只死老鼠和吊着死老鼠的绳子来换这份美差——这样一个接一个轮下去，每个钟点都有人来接着干。等到了后半晌，汤姆从上午一个可怜的穷孩子变成了一个地道的小阔佬了。除了上面提到的几样东西，他又得到了十二块石子儿，一个破口琴，一块透亮的蓝色玻璃，一个苇子管炮，一把打不开任何锁的钥匙，一截儿粉笔，一个酒瓶塞子，一个小锡兵，一对小蝌蚪，六只爆竹，一只独眼小猫，一只铜门把手，一条狗套圈——可是没有狗——一个刀把，四片橘子皮，还有一个残缺的窗户框。

他一直悠闲自在，过得心想事成——伙伴一拨接一拨——围墙刷了整整三遍！要不是他的白灰水用完了，他准会把全村的每个孩子都弄得破了产。

汤姆跟自己说，这世界原来并不是那么空洞嘛。他事先虽然不清楚，却早发现了人类行为的一大法则——那就是，为了诱使大人或者小孩渴望干某件事情，只需要把这件事情弄得难以到手就行了。他要是个了不起的大圣哲，就像这本书的作者，他就会理解到"活儿"实际上是一个人不得不干的事情，而"玩儿"才是一个人所不一定要做的。这个道理这下让他明白为什么制作假花或者使劲蹬踏车就是干活儿，而玩十柱戏或者攀登勃朗峰就只是娱乐。英国的阔绅士赶上四匹马的乘客马车，在夏天每天在一条日班行车的大路上得得得地跑二三十英里的路，只是因为这一特权可以让他们花好多好多的钱；可是人家要是出钱叫他们赶车拉人，那就把这桩事情变成了活儿，他们也就不会干了。

这孩子把他治下的尘世百态所发生的真切变化来回想了想，随后就到司令部交差去了。

第三章 太阳从西边出来了

汤姆当统帅——胜利和奖品——不幸的幸运——使坏和记过

汤姆出现在波莉姨妈面前时,她正坐在后面一个舒适的厅里的窗户旁边昏昏欲睡;这里是卧室,是餐厅,也是阅览室。夏天的空气沁人肺腑,四周安静平和,花儿的香气袭人,蜜蜂嗡嗡的鸣叫催人欲睡,她就手拿着编织活儿打起了瞌睡——因为她身边没有人相陪,只有那只猫,猫也在她的怀里睡着了。为了安全起见,她已把她的眼镜抬到了她那灰白的头上。她原以为汤姆早开了小差,这时却见汤姆神色坦然地暴露在她的威力之下,有些感到不解。他说:"我现在可以出去玩儿了吗,姨妈?"

"怎么,完了吗,你干了多少活儿?"

"全完了,姨妈。"

"汤姆,别跟我说瞎话——我都听怕了。"

"我没有说瞎话,活儿真的干完了。"

波莉姨妈对这样的话很少相信。她得亲自出去看看;只要看到活儿干完了二成,她就心满意足了。所以她一下看到围墙真的全部刷过,而且不只刷过,还刷得一丝不苟,一层又一层,围墙脚还刷出一道来,她吃惊得简直无法形容。她说:

"噫,太阳从西边出来了!真让人弄不明白。汤姆,你要是用心干活儿,你能干得很出色。"随后她又找补了一句,把这番赞扬打了点儿折扣。"不过话说回来,你用心干活儿的时候可是太少了,汤姆。行了,你玩儿去吧;可是玩够一个星期也得记住回家,要不我就打你一顿。"

她对汤姆干的了不起的好事情大喜过望,立即带着他走进小里间,挑选一个最好的苹果给了他,同时还又对他不厌其烦地唠叨了一番,说人家的好儿要是因为自己的正当的努力赢得的,没有投机取巧,那就格外有价值,格外有滋味。她引用《圣经》里的一句吉祥的动听话结束她的话时,他顺手"钩"了一块炸面饼圈。

然后一蹦三跳地出了家门,看见锡德在通向二楼后面那些房间的室外楼梯上往上爬。泥巴唾手可得,一眨眼的工夫,泥土扔得满天飞。它们像一阵冰雹一样把锡德打得招架不住。波莉姨妈还没有把惊散的神经集中起来,又慌忙跑来解围,早有六七块泥巴打中了目标。而汤姆也早跳过了围墙,无踪无影了。围墙当然有大门,可是他照例忙得没有时间使用它。他的心情摆平了,锡德故意指出他领子的黑线问题,让他陷入麻烦,他这下总算报了一箭之仇。

汤姆围着街区转,来到一条泥泞的小巷,这里通着他姨妈的牛栏后边,他马上很安全地绕到了不会被抓着、被惩罚的地带,赶往村里的街场;按照事先讲好的,那里已经有两群孩子的"军事"队伍集合起来,准备打仗。汤姆是其中一方的将军,乔·哈珀(心腹朋友)是另一队的将军。这两个大首领是不屑亲身交火的——那只是那些更小的喽啰才干的——他们只是坐镇高地,由他们的参谋员传达命令,指挥战斗。经过一场长久的恶仗,汤姆的队伍获得了大胜利。随后,阵亡的人数进行清点,俘虏进行交换,讲好下次交火的条件,并把下一次打仗的日期商定下来;这一切干完了,双方的队伍列队解散,汤姆独自向家走去。

他路过杰夫·撒切尔住的房子的时候,看见花园里有一个新来的姑娘——一个可爱的小美人儿,蓝眼睛,金黄的头发梳成了两条长辫子,身穿白色的夏季短上衣,绣花的宽松长裤。这位刚刚戴上胜利花冠的英雄一弹未打就缴械投降了。有一个名叫艾米·劳伦斯的女孩儿立即从他心里消失了,连一点儿影子的记忆都没有留下。他原以为他爱得她发疯，他原以为他的激情一发不可收；现在看来那不过是一点点可怜的虚幻偏激之情罢了。他花费了几个月的时间才终于得到了她的芳心；她说出了心里话儿不过一个星期的工夫；在短短的七天时间里，他成了这世界上最幸福、最自豪的男孩，可在这里也就是一眨眼的工夫，她就从他心里消失得无踪无影了，好像一个匆匆拜访又匆匆离去的不速之客一样。

他偷偷看着这位新来的天使，爱慕极了，久久不肯离开，终于看见她发现了他；随后他却又装着不知道她在眼前，开始把男孩惯用的各种可笑的伎俩"显耀"出来，来赢得她的欢心。他把这种又古怪又可笑的手段要了好一阵；可是又过了一会儿，他一边做着一些惊险的体育表演，一边往旁边瞅，却看见那个小姑娘正往家走去。汤姆赶紧跑到围墙那里，靠在围墙上直喘气，一心指望她会多停留一会儿，她倒是在台阶上停下了，可是很快又朝家门走去。汤姆在她踩在门槛儿的一刹那，突然长叹了一声。

不过他的脸上立即又有了喜色，因为她就要闪进门的同时，向围墙这边抛了一朵三色紫罗兰。

这孩子跑过去，在离那朵花儿一两英尺的地方停下，然后手搭凉棚开始向街道那边望去，仿佛在那个方向发现了什么有趣的事情正在进行。随后他拾起一根草，放在鼻子上努力保持平衡，脑袋竭力往后仰去；就在他努力或左或右保持平衡时，他一点一点地向那朵三色紫罗兰靠近；最后，他的光脚轻轻地搭在那朵花儿上，他的灵活的脚趾稳稳地抓住了它，用另一只脚跳着携花而去，一转眼就拐过了墙角不见了。不过他只离开了一小会儿——仅仅是为了把那朵花儿别在上衣里贴近心的地方——也可能是贴近肚子的地方，因为他对解剖学不内行，对这类细节也不怎么在意。

这会儿他又返了回来，在那道围墙前晃来晃去，天快黑下来了，他还像刚才那样"显耀"；可是那个女孩再没有露面，汤姆于是就希望，她这时也许躲在哪扇窗户后面,领受他这番良苦用意呢。最终他很违心地飘着脚向家走去,可怜的小脑袋里满是五花八门的怪念头。

整个晚饭期间他都兴致勃勃,爱说爱动,他姨妈因此直纳闷"这孩子中了什么魔怔了"。他因为用泥块打锡德大受呵斥,可他看上去一点都不在意。他试图在他姨妈的鼻子底下偷糖吃,指节骨上挨了几下。他说:

"姨妈,锡德偷糖吃你可是不打的。"

"是啊,锡德还不像你一样折腾人呢。我要是不看着你,你会偷个没完的。"

不一会儿,她走进厨房去,锡德因得到了特许很高兴,立即伸手去够糖碗——这无疑是向汤姆炫耀的举动,令人不堪忍受。但是锡德的手指头一滑,糖碗掉在地上,摔碎了。汤姆欣喜若狂。但是即使这样欣喜若狂,他仍能控制住舌头,一声不吭。他跟自己说,他会不说话,哪怕他姨妈走进来也不吭声,就这样一言不发地坐着,静等她问起谁干了这等好事;那时他才说出来,等着看那个乖模范孩儿"乖乖就范",那真是大快人心的事情。他内心的欣喜之情简直到了极点,因此他一见老太太回来站在那里,从眼镜上面气势汹汹地打量地上的碎碗片时,几乎不能自已了。他跟自己说:"有好戏看了!"可是转眼之间他倒趴在了地上!那只重重的手掌再次举起时,汤姆大声叫嚷说:

"嘿,住手,你凭什么打我呀?——是锡德打破的!"

波莉姨妈呆住了,不知所措,汤姆一心指望她会说几句软话哄哄他,可是她再张嘴说话的时候,却只是说:

"哼!可你挨这下也不冤枉,依我看,说不定我离开时你干什么别的大坏事了呢。"

接下来,她的良心责备她了,她也很想说些温柔和慈爱的话;但是,她又怕这样一来陷入被动,不打自招,承认她犯了错误,可这是教育孩子的大忌。于是,她沉住气不说话,忙着干自己的事情,心里却乱糟糟的。汤姆躲进一个角落里生闷气,心里十分委屈。他知道他姨妈在心里已经向他下跪了,他委屈中感觉到了这点,也就有了几分满足。他不会发出任何信号,他也不会理睬任何人。他知道一种祈求的眼色时不时透过泪水落在了他身上,但是他拒绝接受它。他想象自己躺在床上病得快死了,他的姨妈躬下身子求他说一句简单的原谅话,但是他偏把脸冲着墙,临死也不肯说这句话。啊,那时她会有何感觉呢?他又想象自己淹死了,被人从河边抬回家来,头发湿漉漉的,他受伤害的心总算平静了。她会多么难过地扑到他的身上,眼泪像下雨一样哗哗往下掉,嘴里不停地祈求上帝把她的孩子还给她,她以后永远永远不再虐待他了!可是,他躺在那儿冷冰冰的,脸色惨白,一动不动——一个小小的苦难人儿,他的苦难终于到头了。他就这样拼命地拿这些想象中的悲伤满足自己,到了最后他竟不得不老是吞下眼泪,要不他就很容易会哽咽起来;他眼睛里泪水涟涟,稍一眨眼就立即哗哗往下流,顺着鼻子尖儿不停地往下滴。他这样体味他的悲伤情绪时,享受到了非同一般的快慰,因此要是有什么世俗的欢乐或者什么讨厌的愉快来打扰,那他简直受不了;这种快慰无比神圣,不能受到那样的玷污;所以,他的表姐玛丽跳跃着进来,因为归家而高兴万分,他也不愿意见面;玛丽到乡下去住,一星期像过了好几年,这时进家门带来了歌声和阳光,他却起身从另一道门在阴云和暗影里离去了。

他远远离开孩子们以往常来常往的地方,专门找那些和他的心情相符的僻静地方待着。河里有一个木排吸引了他,他上去坐在外沿上,注视着河流里冷冷清清的广阔空间,同时希望他一下子就淹死在里面,毫无知觉,老天爷设计好的那种常有的痛苦一点儿也没有。这时他想起了他的三色紫罗兰。他把花掏出来,已经是皱皱巴巴的一团了,它立即大大增加了他的悲凉情绪。他弄不清楚,如果她知道他的处境,会不会同情他?她会哭吗?她会希望她有权利用双臂搂着他的脖子,安慰他一番吗?要么她会像这空洞的世界一样,冷冰冰地转身离去吗?这种想象中的图画让他享受到了一种苦乐参半的感受，深深地萦绕在他的脑子里，因此他一遍又一遍在心里把玩不止，直到玩腻了才罢休。最后，他长叹一声，在黑暗中离去了。

　　大约九点半或十点的样子，他来到了那条空寂的街上，那个"不知姓名的意中人"就住在这里；他一时间停了下来；他直耳静听而一无所获；在二楼的一面窗户上，有一根蜡烛投入了影影绰绰的亮光。那个圣洁的人儿就在蜡烛下吗？他爬过围墙，在花草间蹑手蹑脚地走了过去，一直走到了那面窗户下；他久久地仰视着，心中激情澎湃；后来他又躺在了那面窗户下的地上，背朝下脸朝上，两只手扣在胸前，擎着那朵可怜的皱皱巴巴的三色紫罗兰。他就这样死去才好——身置这冷冰冰的人世间，他无家可归的头上没有片瓦，没有亲人的手来擦净他死前额头上的潮湿，没有慈爱的面孔低下来对他怜悯，只有死神一步步走来。这样，愉快的早晨到来时，她往外张望就会看到他，啊！她会在他那可怜的、没生命的躯体上垂下一滴小小的眼泪吗？她会为这个前程光明的年轻生命就这样粗暴地被毁掉，就这样过早夭折，发出一声轻轻的叹息吗？

　　窗户打开了，一个女仆的嗷嗷嚷叫玷污这圣洁的氛围，接着就是一股洪流奔涌而下，把这个就地而卧的殉情人儿的遗体浇得精湿！

　　这位被大水浇灌的英雄嘟嘟打着响鼻儿一跃而起。空中嗖嗖响起一个投掷物，伴着嘟嘟哝哝的咒骂，紧接着就是窗户玻璃被打破的声音，然后，一个模糊的小人影跳过了围墙，倏然在黑暗中消失了。

　　没有多一会儿，汤姆脱光身子上床，在蜡烛的弱光下检查他那湿透的衣服。这时锡德醒了；不过即使他萌生了什么"指鸡骂狗"的念头，他也只好改变主意，少多嘴为好，因为汤姆的眼里明显露着杀气。

　　汤姆钻进了被窝，没有祈祷自找麻烦，而锡德在心里为汤姆偷懒记下了一笔。

第四章 汤姆上学了

　　智力杂技——上主日学校——留着山羊胡子的校长——汤姆当上了名流

　　太阳升起在平静的世界上，道道金光照在和平的村子里，如同祝福天光来到了人间。早餐过后，波莉姨妈进行了家庭祈祷：开始的一段祷词全是一字不差的《圣经》引文堆砌而成，只夹着一两句有点儿独创的新意，总算把它们串了起来；这段祷词到了顶峰，她又念了《摩西十诫》里刻板的一节，好像从西奈山弄来了一条戒律。

　　随后，汤姆做出一副像模像样的架势，开始对付"他的《圣经》引文"。锡德几天前就把他的功课背下来了。汤姆拿出全部精神头记住了五句引文，他挑选了"登山宝训"的一部分，因为他找不到更短的引文。花了半个小时后，汤姆对他的课文有了一个大概的了解，可是再深入不下去了，因为他的心在人类思想全部领域里乱跑一气，两只手也在忙着搞一些分散注意力的小把戏。玛丽拿起书来听他背书，他于是竭力在大雾里寻找他的出路：

　　"有福的是……哦……哦……"

　　"虚……"

　　"是……虚；有福的是虚……哦……哦……"

　　"心的人……"

　　"心的人；有福的是虚心的人，因为他们……他们……"

　　"他们的……"

"因为他们的。有福的是虚心的人，因为他们的是天国。有福的是哀恸的人，因为他们……他们……"

"必……"

"因为他们……哦……"

"必得……"

"因为他们必得……啊，我不懂这是什么意思！"

"必得呀！"

"喔，必得呀！因为他必得……哦……他们必得……哦……哦……必得哀恸……哦……哦……有福的是必得哀恸……他们……哦……他们必得哀恸，因为他们必得……哦……必得什么呢？你干吗不提示我一点儿，玛丽？你干吗要这么小气呢？"

"噢，汤姆，你这可怜的榆木疙瘩，我没工夫跟你逗着玩。我可不愿意干这个。你干脆再去背背吧。你不要泄气，汤姆，你不至于背不下来——如果你背下来，我会给你一件非常好玩的东西。去吧，那样才是个好孩子。"

"好吧！是什么东西，玛丽，告诉我是什么东西。"

"那你就别操心了，汤姆。你知道如果我说好玩，那它就准好玩。"

"你可得说话算数啊，玛丽。好吧，我这就去再把它对付对付。"

他果真去"再把它对付对付"——在好奇心和获得好玩的东西的双重引诱下，他精神百倍地对付了一阵，结果取得了了不起的成功。玛丽给了他一把价值一毛二分钱的崭新的"巴罗牌"折刀；这下把他喜欢坏了，让他从头到脚感到不能自己。没错，这折刀割不了什么大东西，可是它"的的确确"是巴罗牌呀，光冲这牌子就有想象不到的资本可吹——尽管西部的孩子们怎么也想不到这样一种武器居然能够伪造，损坏它的声誉，这中间就有一大秘密，也许永远都难弄明白。汤姆变着手段用折刀在柜子上乱刻一阵，后来他又打算在梳妆台上动手的时候，他被叫去穿戴衣服，准备上主日学校。

玛丽给了他一盆水，一块肥皂，他端着水出了门，把水盆放在那里的一条小板凳上；随后他把肥皂在水里蘸了蘸，把肥皂放下；接着他把袖子卷起来；又把水轻轻地倒在了地上，随后他进了厨房，开始在门后的毛巾上起劲地擦脸。可是玛丽把毛巾拿开，说：

"汤姆，有点儿脸皮好不好。你总不至于这样坏吧。水又不会把你怎么了。"

汤姆有点儿挂不住了。水盆又添满了水，这次他在水盆前弯下腰站了一会儿，鼓起了十足的勇气；深深地吸了一口气，开始洗脸。过了一会儿，他走进厨房，挤着两只眼，伸开两只手去够毛巾，脸上往下滴滴啦啦掉肥皂沫和水，算是他洗脸的最好证明了。但是，等他从毛巾后露出脸来，他觉得脸洗得不能令人满意，因为洗净的地盘仅仅到了下巴和两颊就为止了，像戴了一个脸谱。在这条界线下面和两颊以外，还有很大一片没有洗过的黑污垢前前后后把他的脖子包围着。玛丽只得来帮他洗脸，给他又收拾一次后，他才有了人样，像个兄弟，没有肤色的区别了；他的湿头发梳理得有模有样，那些发鬈也弄出了样子，一个压一个挺好看。（他却在背地里把那些发鬈费了老大的劲揪直了，叫他的头发紧紧地贴在头皮上；因为他认为发鬈有些女人气，他的发鬈给他的生活增添了不少痛苦。）然后，玛丽把他那套只在星期天穿，且已穿了两年的衣服拿出来——它们的名字就是"他的那一套"——由此我们也不难知道他的穿戴家当有多大了。他穿戴好后，玛丽"帮他好好整理了一下"。她把他那件整洁的衣服的扣子一直扣到了他的脖子，又把那件宽大的衬衫领子往下翻过，卷到两边的肩膀上，刷得干干净净，给他戴上那顶有斑点的草帽。他这下看上去非常精神，却也显得有些别扭。他心里和他看上去的样子是一样别扭的；因为这全套行头一上身，又得注意清洁，使他颇受拘束，他从心里就烦。他一心指望玛丽会把他的鞋忘了，不过这是空想一场；她按当时的习惯，给他的鞋打上了蜡，拿了出来。他终于忍不住了，说别人老是让他干那些个他不想干的事情。可是玛丽劝他说：

"别这样，汤姆——这才是个好孩子。"

于是，他嗷嗷叫着穿上了鞋。玛丽一会儿也准备好了，三个孩子就动身去主日学校——一个汤姆从心眼儿里反感的地方；可是锡德和玛丽却很喜欢。

主日学校上课的时间是从九点到十点半；然后就是做礼拜。三个孩子中有两个总是留下来自愿听布道，那另一个也总是留下来——为了更加有力的理由；教堂里的座位靠背很高，没有靠垫，够大约三百多人坐；教堂本身是一所简陋的小房子，房顶上安了一个松木板箱子当尖塔。在门口，汤姆故意落后一步，和一个穿着星期日服装的同伴打了招呼：

"喂，比利，得到一张黄票吗？"

"是的。"

"你要什么东西就肯换它？"

"你肯给什么东西呢？"

"一块干草糖和一个钓鱼钩。"

"让我瞧瞧。"

汤姆拿出来给他看。他对它们都感到满意，两样东西就换了主。随后汤姆又用两个白弹子换了三张红票，还有一些小玩意儿什么的换了两张蓝票。他接着拦住了别的孩子，继续换取各种颜色的票，花了十五分钟。然后他才和一伙穿戴得干干净净、吵吵闹闹的男孩和姑娘走进了教堂，往他的座位走去，却马上又和一个坐在近处的孩子吵起来。老师是个一本正经的上年纪的人，过来把他们劝开了；可是他刚刚转过身去，汤姆就揪了一下另一个座位上的男孩的头发，等那个男孩转过身来时，他却做出一心看书的样子；不一会儿，他用别针戳了另外一个孩子一下，为的是听他哎哟叫一声，老师因此呵斥了他一顿。汤姆这一班都是一个模子浇灌出来的——不安分，爱叫嚷，惹是生非，等到他们背书的时候，没有一个能背下一个完整的句子，总是这边有人在背书，那边得有人提示。但是，他们还是凑合着把书背下来，每个人还都领了奖品——蓝色的小票，每张上都有一段《圣经》引文；每背两段就可以得到一张小票。十张蓝票等于一张红票，可以把它们换过来；十张红票又等于一张黄票；够了十张黄票，校长就送一本装订粗糙的《圣经》（那时物价不贵，只值四毛钱）给学生。我的读者要是非得背熟两千行《圣经》才能换得哪怕一本多雷插图版《圣经》，有多少人会那么勤奋那么用功吗？可是，玛丽已经靠这样的方式获得了两本《圣经》——整整花了两年的苦功夫——有一个德国血统的男孩子已经获得了四五本了。他有一次一口气背了三千行句子不打磕巴；不过由于用脑过度，从那天以后他简直就差不多成了一个白痴了——这可是学校的大不幸，因为每逢重大场合，校长总是叫这个男孩出来"展示一下自己"。只有大一点儿的孩子用心保存着他们的纸票，坚持长时间完成这种可怕烦人的活儿，争取得到一本《圣经》，因此发放这种奖品是一件难得和珍贵的场合；获得奖品的学生在那一天显得很了不起，脸上有光，别的学生见了都会振作起新的野心，往往能持续一两个星期。很可能汤姆脑子里从来没有认真渴望过这种奖品，可是毫无疑问，他整个身心却很久以来就想在这种奖品带来的荣誉和风光面前露露脸呢。

这样的时机终于等到了，校长站在布道台前，手里拿着一本合着的圣诗，食指插在书页里，要大家注意。主日学校校长例行公事地讲那几句简单的开场白时，手里准会拿上一本圣诗，就像一个歌唱家站在舞台上举行独唱音乐会时准会拿一张歌单一样——尽管谁都不知道其中的奥妙：因为不管圣诗也好，歌单也罢，在台上受罪的人都根本用不着。这个校长是一个瘦子，三十五岁，留着山羊胡子，短短的黄头发；他戴了一条硬硬的立领，领子上沿儿几乎快够着了他的耳朵，领子的两个尖角朝前弯过来，跟他的嘴角齐着——恰似一道围墙逼着他往前方看，要是往侧面看，那他就不得不把整个身子转过来。他的下巴支撑在像一张钞票一样宽一样长的大领结上面，领结的两头带有流行的尖儿。他的靴子的头朝上高高翘起，很合当时的时髦，好像雪橇两头翘起的尖——这种样式能够流行，是年轻人耐心地、不辞劳苦地用脚尖顶着墙，一顶就顶几个小时的结果。沃尔特斯先生对仪表一丝不苟，内心深处也很真诚，很实在；他对神圣的事情和地点从骨子里透着尊敬，和世俗的东西划分得很清楚，因此他在主日学校讲话的调子不知不觉就养成了特殊场合里才有的模式，和平常日子里的调子截然不同。他用这样的方式开始说：

"喂，孩子们，我现在要求你们尽量坐直，尽量坐好，集中注意力听我讲一两分钟话。对对对——就这样子。这就是乖男孩和乖女孩应有的样子。我看见一个女孩在往窗外看——我看她以为我在外面的什么地方待着吧——兴许是在和那些树上的小鸟讲话？（引起全场一阵喊喊的笑声。）我要告诉你们，在这样的场合，这么多鲜明、洁净的小脸蛋儿聚集在一块儿，学习正当做人，学习表现优良，这是多么令我高兴啊！"诸如此类的话他就一直讲了下去。这里没有必要把下面的话全都一一记录下来了。反正那模式也没有多大变化，我们大家对那一套也不陌生。这次演说的后三分之一受到了一些打扰，因为那些坏孩子中间有人打架搞小动作，左顾右盼嘀嘀咕咕的行为不断蔓延，甚至动摇了像锡德和玛丽这样不为所动、不受干扰的中流砥柱。可是随着沃尔特斯先生的讲话完结，噪音突然没有了，因为讲话的完结受到了一阵无声的感激。

一大部分的嗡嗡耳语是由于一件很少发生的事情引起的——那就是几个客人的到场：撒切尔律师，陪同的是一个很瘦弱的老人；一位文雅的、肥胖的、铁灰色头发的中年绅士；还有一位威严的太太，无疑是那个中年绅士的妻子了。那个太太领着一个孩子。汤姆这么老半天表现得不安生，又烦躁又悔恨；良心也深感不安——他不敢和艾米·劳伦斯的眼睛相碰，他受不了她那含情脉脉的秋波。可是当他看到这个新来的小客人时，他的心灵立即幸福得火光能熊了。紧接下来他就使出全身的解数"炫耀"起来——打孩子们的脸,揪头发,出怪相——一句话,调动了似乎能够引起女孩子兴趣和赞赏的每一种艺术手段。他的高兴劲儿只有一点煞风景——那就是他在这位小天使家的花园里遭晦气的回忆——不过那是沙里的记录,不经冲刷,现在又在这一阵幸福的波涛的猛冲之下,也就很快地冲得无踪无影了。

客人们都被请到了最高的荣誉席位上,沃尔特斯先生的讲演一结束,他就把他们介绍给了学校的师生。那个中年人原来是一个不同一般的人物——竟然是县里的法官——也是孩子们见过的最威严的一个大人物——就难免纳闷这个大人物是什么材料做成的——他们的心里一方面想听他大喊大叫,另一方面又怕他大喊大叫。他是康士坦丁堡镇的人,有十二英里的路——所以他是出过远门和见过世面的——他那双眼睛一直盯着县里的法庭——据说那房子是铁皮屋顶。这些念头引起的敬畏从那鸦雀无声的场景和一排排大睁的眼睛不难看出来。这就是大法官撒切尔,他们的律师的哥哥——杰夫·撒切尔立即走到前面,去和这个了不起的人物表示亲热,引起了全校师生的羡慕。他要是能听见人们在悄悄说的话,那他的心灵就跟听歌儿差不多了:

"快看他呀,吉姆!他走过去了。嘿——快看!他是去跟他握手的呀——他在跟他握手!哎呀,你难道不愿意自己是杰夫吗?"

沃尔特斯先生开始"显露",使出了各种公共场合里会有的忙乱劲儿和举动,发号施令,指手画脚,这里挑剔一下,那里指挥一下,他能发现的目标一个也不会漏掉。图书管理员也"露了露脸"——怀里抱着书东奔西颠,嘴里嘟嘟哝哝咋咋呼呼,讨权威人物的高兴。年轻女老师们也"不甘寂寞"——低下头来甜蜜地看着她们刚刚打过耳光的小学生,伸出精致的小指头警告那些小坏蛋,对乖孩子则亲昵地拍一拍。年轻的男老师们也来"凑份儿",小声地责骂学生,使出种种神气的小动作,维护学校的纪律——大多数男女老师都上布道台旁边的图书馆一带找事干;不过这种事情他们都往往得干上两三次(都显出一副着急的样子)。

小姑娘们也以各种方式"表现表现",而小男孩们"露一手"的方式更是五花八门,把空中扔得到处都是纸团,互相打闹的嘟哝声此起彼伏。最显眼的是,那位大人物坐在台上面带庄重而有智慧的微笑,喜气洋洋地俯视着全场,用他自己的光辉形成的太阳把自己照得暖融融的——因为他也一直在"炫耀"呢。

此情此景就只缺一样东西,沃尔特斯先生的得意劲头就完美无缺了。那就是弄一个机会颁发《圣经》奖,造出一个不同一般的盛况。几位学生有一些黄票,可是没有一个人凑够数的——他已经在那些优秀的学生中间询问了一遍。这时候要是那个德国男孩能带着一个健全的脑袋出来演示一番,他无论付出什么样的代价都在所不惜。

正在这时候,眼看希望就要落空,汤姆·索亚走了过去,手里拿着九张黄票,九张红票,十张蓝票,要求得到一本《圣经》。这无疑是晴天响起一个霹雳。沃尔特斯再等十年也想不到这一路会杀出一个要《圣经》的。然而,一点儿回旋的余地都没有——明明白白的票据就举在那里,黄红蓝三色样样不差。因此,汤姆被邀请到了和法官平起平坐的地方,周围都是冒尖人物,这个特大新闻就从这首脑机关发布出来了。这消息成了十多年来最令人难以置信的新闻,把在场的人都震蒙了,一下子把这位新英雄看得和那个大法官一样了不起,全校师生同时目不转睛地看着两位新闻人物。孩子们妒忌得要命——不过心里最难受的是那些买后悔药的孩子,他们当初为了争到刷墙的权利而拱手送给汤姆大量的宝贝,使得汤姆用那些宝贝换取了纸票,才有了眼下这可恨的辉煌,因此难免看不起自己。

奖品发给了汤姆,校长拿出在这样的场合下必不可少的精神头大加赞扬一番;然而他的话难免虚情假意,因为这可怜的人儿本能地感觉到,这幕好戏后面有什么鬼把戏,也许拿不上桌面上来的;这孩子要是在他的脑子里居然能装进去两千多条《圣经》里的箴言,那倒是天大的好事了——毫无疑问,只要十来句话就会让他脑子满满的。

艾米·劳伦斯这时感到又骄傲又高兴,她竭力要汤姆在她的脸上看出这种神气来——可是汤姆就是不予理睬。她一下子懵住了;随后她有一点儿紧张起来;再接着就产生了模糊的怀疑——这念头一会儿有了,一会儿又没了;她观察着;后来汤姆偷偷地瞟了一眼那新来的女孩儿——这下她的心碎了,妒意顿起,感到很生气,眼泪哗哗流下来,对所有的人都恨得咬牙切齿。对汤姆更是恨不得一口吞下才解恨(她心里想)。

汤姆被介绍给了大法官;可是汤姆的舌头给捆住了,气简直喘不上来,心怦怦地跳个不停——部分原因是这个大人物的威严让他紧张,而主要原因是他是她的老爸呀。要是在暗地里,他汤姆会跪倒在地对他顶礼膜拜。大法官把手放在汤姆的头上,称他是好小伙子,问他叫什么名字。这孩子一下子有点结舌,透不过气来,好不容易才说出名字:

"汤姆。"

"哦,不,不是汤……应该是……"

"托马斯。"

"啊,这就对了。我就知道你也许只说了个简称嘛,这就完全说对了。不过我敢说你还有另一个名字吧,你肯定愿意告诉我,是不是呀?"

"告诉这位绅士你的另一个名字,托马斯。"沃尔特斯说,"而且要叫先生。你一定不要忘了礼貌。"

"托马斯·索亚——先生。"

"对了!这才是一个好孩子。好乖的孩子。好乖,好有男子气的小伙子。两千行诗句可是一个大数目呢——可大可大了。你背诵它们吃了不少苦头,可你一辈子都不会因此后悔的;因为知识比这世界上的任何东西都值钱;有知识的人才能成为大人物,有知识才能成为好人;你自己有朝一日会成为了不起的人,成为一个好人,托马斯,那时你回想起来会说,这一切都归功于我小时候在主日学校上了那些宝贵的课文——

这一切都归功于教我学习的老师们——这一切都归功于好校长，是他鼓励了我，是他监督了我，是他给了我一本漂亮的《圣经》——一本无比典雅的《圣经》——让我自己一直保存着——这一切全是因为教育有方我才受益无穷呀！这正是你将来会说的话，托马斯，别人给你多少钱你都不会把这两千句圣诗卖掉的——你肯定不会的。现在你不会在意给我和这位太太背一些你记在心里的东西吧——不，肯定不会在意的——因为我们对学习刻苦的孩子一向感到自豪。行了，你肯定记得所有十二个圣徒的名字吧。你把最初选定的两个圣徒的名字告诉我们好吗？"

汤姆使劲拽住一个扣眼儿，一副忸怩不安的样子。他的脸一下子红了，眼睛直往下看。沃尔特斯先生的心直往下沉。他心下思忖道，这孩子恐怕连这样简单的问题都回答不上来——唉，法官干吗问他呢？可是他又觉得非开口说话不可：

"快回答这位绅士的问题，托马斯——别害怕。"

汤姆还是不开口。

"好了，我知道你会告诉我的。"那位夫人说，"最早的两个圣徒的名字……"

"大卫和哥利亚[①]！"

我们还是拉上慈悲的帷幕，别让下面的戏演下去了。

[①] 耶稣选定的最早的两个圣徒是彼得和安得鲁，而大卫是以色列王，耶稣的祖先，哥利亚是以色列的敌人，为大卫所杀。汤姆的回答完全是胡诌，天大的笑话。

第五章　教堂听讲演

　　有用的牧师——枯燥乏味的赞美诗——高潮之际也没感动汤姆——狗和甲虫及蚂蚁

　　快十点半的时候，小教堂的破钟开始响起来了，很快人们聚集起来准备听早晨的布道。主日学校的孩子们在教堂各自分散开，和自己的父母坐在座位上，这样就受到了父母的监视。波莉姨妈来了，汤姆、锡德和玛丽跟着她——汤姆被安排在过道旁的座位上，远离敞开的窗户，尽量避开外面诱人的夏天的景致。人群鱼贯从过道走过：年长而贫寒的邮政局长，过去倒是过过好日子的；镇长和他的夫人——镇上摆摆样子的东西很多，他们的局长也算其中之一；治安法官；道格拉斯寡妇，漂亮，精明，年届不惑，为人大方，心地善良，家境富裕，她的山上宅第算是镇上唯一的宫殿了，而且赶上圣彼得斯堡可以举行的节庆活动，她还是最好客和出手最大方的；驼背而受人尊重的沃德少校和沃德太太；里弗森律师，一位来自远处的新贵客；再往后就是镇上的美人儿，身后跟着一群穿戴得花枝招展、让人一见倾心的年轻妞儿；然后是镇上所有的年轻职员们，拥拥挤挤的——因为他们原来都站在门厅里，玩味着自己的手杖头，一伙如痴如醉的追随者，一道墙似的围成了圈儿，一直目送最后一个姑娘冲破他们的围堵；最后是模范儿童威利·穆弗森，对他的母亲看护得很好，仿佛他母亲是一件雕刻玻璃用品一样。他总是搀扶着他的母亲到教堂来，成为所有生养过的女人的骄傲。男孩子们都恨死他了，因为他乖巧得让人腻烦。还有呢，他常常让人挂在嘴头夸奖，

"让他们下不了台"。他的白手帕露在屁股口袋外面一截儿，星期天没有一次拉下——故意弄出个偶然的样子。汤姆没有手帕，他把有手帕的男孩都当成势利小人看待。

这时，听讲道的人全到齐了，钟又响了一遍，提醒拖拉的人和乱走的人注意，然后教堂就有了一种严肃的安静，只有特别座位上的唱诗队在低声嬉笑和悄声细语，打破了教堂的安静。在整个布道期间，低声嬉笑和悄声细语总是不断。过去曾经有一支唱诗队教养是不错的，可是眼下我记不得那是什么地方了，那是多少年前的事了，我差不多什么也记不起来了，不过我想那是在某个其他国家发生的事情。

牧师开始讲赞美诗，念得津津有味，派头很特别，在这一带备受赞扬。他的声音从中级音阶开始，渐渐地往高升，一直升到某个音阶，特别强调一下那个最高的字儿，然后猛地降下来，好像从跳板蹦下来一样：

我怎能安坐在床上，等着抬往天堂；
等视他人赢得荣誉，顺利闯过血洋？

他被认为是一个妙不可言的朗诵家。在教堂的"欢聚会"上，他经常应邀朗诵诗歌；他朗诵完了，女士们会把双手举起来，又让它们软绵绵地落在她们的怀里，"溜转"眼睛，摇摇头，好像说："真难用语言表达；这真是太美了，在这凡世间，这真是太美了。"

唱完赞美诗后，牧师斯普里格先生就变成了一块布告牌，宣读了一些会议和团体的通告之类的事情，他一直说个没完，简直就像是他所要宣布的事情会不停地讲下去，讲到世界末日霹雳一声响的时候为止似的——一种很奇怪的习惯，至今在美国还保持着，即使在这报纸满天飞的时代，就是连城市里都一直没有更改。常有的是，一种传统习惯越是没有道理，越是不容易摆脱掉。

这时牧师祷告了。那是一次仁慈、宽厚的祷告，内容面面俱到：为教堂祈祷；为教堂的孩子们祈祷；为村子里别的教堂祈祷；为村子本身祈祷；为全县祈祷；为全州祈祷；为州里的官员祈祷；为全美国祈祷；为美国的教堂祈祷；为国会祈祷；为总统祈祷；为政府的官员祈祷；为那些得了福光和福音却有眼不看、有耳不闻的人祈祷；为远在海岛上的那些异教徒祈祷；最后牧师祈祷上帝让他所讲的话能够得到恩泽和垂青，就像播种在肥沃的土地的种子一样，及时开花结果，五谷丰登。阿门。

  教堂响起一阵衣服的刷刷声，站立的听众坐了下来。这本书讲述的这个孩子却根本不喜欢这种祈祷，他只是强忍着——似乎他连忍耐也谈不上。整个祈祷期间他都在躁动不安；他不断算计着祷告的内容，却是无意识的——因为他根本就没有听。但是熟悉那老一套，对牧师的老调重弹了如指掌——一旦有一点点新东西加了进去，他的耳朵立即听出来，从心里开始反感；他认为新增加的内容不公平，胡说八道。祷告进行中间的时候，一只苍蝇落在他面前的座位背上，从从容容地搓着它的两只小蹄子，用两条前腿抱着脑袋团呀团，把个小脑袋摇得十分起劲，仿佛小脑袋和小身子几乎要分家了，小脖子上露出来的一条细线清晰可见；它用后腿刮刷着它的翅膀，把翅膀往身上按了又按，仿佛翅膀就是衣服的后摆；它不慌不忙地从头到脚洗着澡，好像它知道再安全不过了；汤姆看着这个过程，精神上难受极了，小小苍蝇也的确很安全；因为汤姆手虽然痒痒得要命，很想一把抓住它，可是他就是不敢动手——他相信祈祷正在进行时，他要是干这样的事情，他的灵魂马上就会完蛋。可是一等到最后一句话念出来，他的手就开始窝起来，偷偷地靠了过去；再等"阿门"说过，那只苍蝇就成了一个战俘了。他的姨妈早把这一切看在眼里，逼着他把苍蝇放了。

  牧师讲了他的祷告词的出处，开始用单调低沉的音调讲起来，满口都是一些非常枯燥的道理，因此就有许多人渐渐地低头打瞌睡——他的布道词讲了无穷无尽的地狱里的刑法，说得让人感觉到，够资格被上帝选中进天堂的只有寥寥几个，其余的人简直得不到拯救。汤姆数清了布道词的页数；礼拜一做完，他就准知道牧师的经文有多少页，但是牧师讲了些什么话他却差不多全然不知。然而，这一次，他是用心听进去了一会儿。牧师把千年至福时期全世界各族人民大团结的情景描绘得十分壮观，娓娓动听，说那时的狮子和羔羊和平共处，由一个小孩子领着它们。但是，这个了不起的场景的感动力，对汤姆并没有发生什么大作用；他所想到的只是那里面的主要角色在各族人民面前显示出的让人眼热的神气劲儿；他心里一有了这个念头，脸色立即有了喜色，他暗暗地想，要是那个狮子是驯服的，他本人就十分愿意去当那个孩子。

汤姆现在又在苦熬了，因为这时牧师接着枯燥无味地讲了下去。没过一会儿，汤姆想起来他有一个宝贝，赶快把它拿出来了。它是一个下巴很难看的黑甲虫——汤姆叫它"夹子甲虫"。虫子装在一只雷管盒子里。盒子一打开，它干的第一件事就是夹他的指头。指头于是自然地弹了一下，甲虫一下子弹到了过道里，在地上仰躺着，那根受伤的指头塞进了这孩子的嘴里呵着。甲虫仰躺在地上无可奈何地乱动着腿，怎么也翻不转身。汤姆瞪着它，一心想把它抓到手；可是他根本够不着它。其他对布道听烦的人，也觉得小甲虫让人解闷儿，看着它目不转睛。又过了一会儿，一只乱跑的狮子狗溜溜达达地过来了，心里闷得慌，让夏天柔和平静的气候弄得懒洋洋的，在家里待腻了，出来换换环境。小狗发现了甲虫；拖着的尾巴翘了起来，来回摇动。它打量这意外的收获；围着它转圈儿；在安全的距离伸着鼻子闻了闻；又绕着它转了一圈儿；慢慢变得胆子大起来，走近去闻；随后它咧开嘴轻轻地去逮了它一下，正好没有逮着；又伸嘴逮了一下，接着又是一下；开始对这种娱乐有了兴趣；肚皮贴着地皮卧下，把甲虫围在两只爪子中间，继续玩这样的游戏；最后玩腻了，对甲虫失去兴趣，变得心不在焉了。它的头开始下垂，一点点，又一点点，它的下巴低下去，触到了它的敌人，敌人就把它的下巴夹住了，汪的一声惊叫，狗头猛地甩了下，甲虫落在了几码以外，又仰着身子躺在地上。附近的观众心里感到一种轻松的愉快，有的人用扇子和手绢儿挡着嘴笑，汤姆这下高兴坏了。那只狗看样子有点儿发懵，也许它还感觉到了这种神情；不过它的心里也很恼火，憋着劲想报复一下，于是，它朝甲虫走过去，提高警惕，开始攻击；围着甲虫从各个角度往近处跳，前爪着地的时候离甲虫只有不到一英寸，甚至用牙齿在更近一点儿的地方咬它，把脑袋摇得耳朵跟着啪啦啦响。可是，过了一会儿，那只狗又变得不耐烦了；试着拿一只苍蝇逗着玩，可发现一点儿不解闷；跟着一只蚂蚁转悠，把鼻子伸得快够着地了，很快就腻烦了这套把戏；打哈欠，叹口气，把甲虫忘得一干二净，一屁股就坐了上去。随后响起一声痛苦的尖叫，这狮子狗顺着过道飞快地跑；汪汪的叫声响个不停，这只狗越跑越欢；它从圣坛前面穿了过去：它从另一条过道往下跑；它跑过了一道门又一道门；它跑上了最后一段过道；它越跑越快，越感到疼痛难忍，跑到后来就好像完全成了一个毛茸茸的彗星似的，在自己的轨道上拖着一道闪亮的光速飞行。最后这个痛苦的受难者脱离了它的轨道，一下子跳进它的主人的怀里去了；主人却把它扔出窗户，狗的痛苦叫声很快在外面变得小了，最后在远处消失了。

这时候，全教堂的人的脸都变得通红，让笑声憋得透不过气来，布道也早中断了。不过布道很快继续下去，只是进行得歪歪扭扭，磕磕绊绊，怎么也不能引起人们的注意了；就是最庄严的词句说出来，听众也一次又一次地躲在座位后面发出憋得难受的笑声，显得老大不敬的样子，仿佛那可怜的牧师先生说出了什么惹人发笑的话似的。听众的熬煎终于到了头，牧师说出祝福的话时，人人都感到了由衷的轻松愉快。

汤姆·索亚回家的路上好不喜欢，心里想做这神圣的礼拜时添加一点儿小插曲儿挺有意思的。他只有一个不快的念头；他的确高兴那只狗儿和他的夹子甲虫在一起玩耍，可是那只狗居然用屁股带着夹子甲虫逃之夭夭，他觉得它有点儿不够意思。

第六章　跟女生坐一起

自我诊断没病也哼哼——半夜的魔力——妖巫和魔鬼——她的小手放在汤姆手上

星期一的早晨令汤姆很不痛快。每到星期一的早晨汤姆就总是这样子——因为另一个在学校里受熬煎的缓慢星期又要开始了。一到星期一，他就会想，他倒宁愿没有放假的日子夹进来，这天反倒让他感到再进学堂受熬煎更加难熬了。

汤姆躺在床上胡思乱想。过了一会儿，他产生了宁愿大病一场的念头；那样，他就可以待在家里不去学校了。这念头好像还有点儿可能性。他把全身上下检查了一遍。没有什么不舒服的地儿，于是他又细细地检查。这次，他觉得他能从肚子里找出点儿疼痛的感觉，于是就用意念拼命地鼓励那种疼痛感。但是疼痛感不怎么厉害，接着就全没有了。他又开始调动意念。忽然，他发现了哪里不对劲了。他的一个上牙松动了。这太运气了；他正准备哼哼起来，一如他所说的"开始发作"，又突然想到他要是拿这去说事，他姨妈会立刻把牙拔出来，那可就痛死了。

于是他心想，还不如暂时把这牙留着另派用场，再想他法。又动了一会儿脑子，没有高招，这时他记起来医生说过有一种什么病症叫病人躺了两三个星期，而且差点儿烂掉一根手指头。于是这孩子急不可待地从被窝里弄出那只肿了的脚趾头，高高举在空中仔细察看。可是他又不知道医生说的那种毛病有什么症状。可是，逮住这个机会似乎也很不错，于是他就十分起劲地呻吟起来了。

但是，锡德睡得很实，一点儿听不见。

汤姆哼哼得越来越响，想象着他开始觉得那根脚趾痛起来。

锡德还是没有什么反应。

汤姆这时因为哼哼得很猛，气都有点儿喘不过来了。他歇了歇气儿，然后鼓足劲儿一口气儿哼下去，哼得挺有味道。

锡德还是呼呼大睡。

汤姆不由得恼火了，他叫喊道："锡德，锡德！"又用手去推锡德。这一招还算灵，汤姆就又接着哼哼，锡德打了个哈欠，伸伸胳膊腿脚，不耐烦地哼了一声，用肘子支撑着身子，开始目不转睛地看着汤姆。汤姆不停地哼哼着。锡德说：

"汤姆！汤姆！汤姆！"（没有回答。）"喂，汤姆！汤姆！怎么回事？"锡德推了推汤姆，很着急地看着汤姆的脸。

汤姆哼哼着说：

"噢，别介意，锡德。别推我呀。"

"哎呀，到底怎么回事，汤姆？我一定得把姨妈喊来。"

"不……可别乱喊。也许过一会儿就好了。别叫任何人来。"

"可我一定要叫！别这样哼哼了，汤姆，这听着让人害怕。你这样子有多久了？"

"好几个小时了。哎哟！哦，别推我，锡德，你会折腾死我的。"

"汤姆，你为什么不早点儿叫醒我？噢，汤姆，别这样！听见你这样叫唤，我身上直长鸡皮疙瘩。汤姆，究竟是怎么回事？"

"我对你什么也不记恨了，锡德。（呻吟）不管你对我干过什么事情，我都不记恨了。我要是一旦死了……"

"哦，汤姆，你不会死的，对吗？别这样，汤姆——唉，别这样。也许……"

"我对谁也不记恨了，锡德。（呻吟）请转告他们呀，锡德。还有，锡德，请你把我的窗户框子和独眼猫交给那个新来的姑娘，告诉她……"

但是，锡德已经穿上衣服走了。汤姆这时真的感到疼痛不已，他的意念干得很出色，所以他的呻吟声就哼得完全跟真的一样了。

锡德飞快地下了楼梯，叫道：

"哦，波莉姨妈，快来呀！汤姆要死了！"

"要死了！"

"是啊，姨妈。别耽搁——快来看看吧！"

"胡说！我才不信呢！"

不过，她还是跟着锡德急急忙忙地赶上楼去，玛丽紧跟在她的后面。她的脸变得刷白，嘴唇直发抖。等她来到了汤姆的床边，喘着气说：

"你呀，汤姆！汤姆，你到底是怎么回事呢？"

"噢，姨妈，我怕是……"

"你究竟怎么回事——你到底哪里不舒服了，孩子？"

"噢，姨妈，我的脚趾头烂掉了！"

这老太太一下子坐进了椅子里，哈哈笑了一声，接着叫了一声，然后又是笑又是叫的。这下她恢复了常态，说：

"汤姆，你可把我吓坏了。你快闭上你的嘴别哼哼了，起床吧。"

哼哼声停止了，那种疼痛感立即从脚趾头上消失了。这孩子觉得有点儿卖傻，就说：

"波莉姨妈，它好像是烂掉了，它让我疼得受不了，我连牙的事都忘了。"

"你的牙又来了，真是的！你的牙怎么了？"

"有一个牙松了，痛得不行。"

"行了，行了，嘿，别这样叫唤了，张开你的嘴。哦，你的牙倒是真的松了，可你也用不着这样要死要活地叫唤呀，玛丽，给我拿一条丝线，再到厨房拿一块火炭来。"

汤姆说：

"噢，求你了，姨妈，别把它拔出来。它不再痛了。我保证它就是再疼我也不再咋呼了，别拔掉了，姨妈，我不想待在家里逃学了。"

"哦，你不愿在家了，是不是？这么说，你这么大惊小怪地折腾，就是因为你想待在家里逃学，好去钓鱼吗？汤姆呀汤姆，我这么喜欢你，可你却好像是千方百计地使鬼主意，让我这颗老心失望破碎。"这时，治牙的工具准备齐了，老太太把丝线的一头打了个活结，拴死在汤姆的坏牙上，把另一头拴在床栏杆上。随后她拿起那块红红的火炭，猛地朝汤姆的面前捅过去，几乎碰到了他的脸。再看时，那颗牙已经悬垂在床栏杆上来回游动了。

好在一切苦难都会换得一些好处。汤姆吃过早饭去学校，他在路上碰到的每个孩子都羡慕他，因为他的上牙的那个缺口能使他用一种很奇妙的方式吐唾沫。他招引来一大群孩子跟在身后，津津有味地看他表演；另有一个孩子的指头划破了，一直是大伙儿关注和羡慕的中心，现在却没有人追随他了，他也就失去了原有的光彩。他心里很沉重，言不由衷地说，汤姆·索亚的吐唾沫方式没有什么了不起；可是，另一个孩子说："酸葡萄！"他于是成了落魄英雄，灰溜溜地走开了。

没过多久，汤姆碰见了村子里的野孩子，哈克贝利·费恩，村里醉鬼的儿子。哈克贝利是全镇上做母亲的都痛恨和害怕的主儿，因为他游手好闲，无法无天，低级下流，不知好歹——还因为她们的孩子都对哈克贝利顶礼膜拜，大人不让他们和他搅在一块儿，他们却偏偏喜欢和他在一起混。汤姆也和其他的体面的孩子一样，对哈克贝利过的那种逍遥自在的流浪儿的生活羡慕不已，因此也受过大人的呵斥，不让他和哈克贝利一起玩耍。所以他一有机会就偏和哈克贝利在一起玩耍。哈克贝利总是穿着大人扔掉不穿的破衣服，一年到头开着烂花破絮，布条儿乱飞。他的帽子又大又邋遢，一个很宽的月牙形帽舌从帽檐那里耷拉下来；他的上衣穿在身上差不多拖到了脚跟上了，背后的扣子落到了背的下面；裤子的背带只有一边挎在肩上；裤裆鼓鼓囊囊地垂得低低的，里面空荡荡的什么也没有；裤腿不卷上去的时候，破边儿的下半截就在灰土里拖着。

哈克贝利来也好去也罢，想怎么就怎么。天气好的时候，他睡在人家房檐下，天下雨了，他就钻到大桶里去睡；他用不着上学，用不着上教堂，也用不着叫先生老爷什么的，听别人说三道四；他可以去钓鱼，去游泳，多会儿想去多会儿去，想去哪里去哪里，爱待多久待多久；没有人阻拦他去打架；他愿意睡多晚就睡多晚；春天他总是村子里第一个开始光脚的，秋天又是最后一个穿上皮鞋的；他永远用不着让人逼着洗脸，穿什么新衣服；他骂起人来简直五花八门，妙不可言。一句话，能使生活过得快活的好东西，这孩子都占全了。圣彼得斯堡的每一个受折磨、受摧残的体面孩子都是这么想的。

汤姆和那个流浪儿打招呼说：

"喂，哈克贝利！"

"喂，你看这玩意儿怎样？"

"你拿着什么玩意儿？"

"死猫呀。"

"让我看看，哈克。天哪，这家伙够硬的。你在哪里弄到的？"

"从一个孩子那里换来的。"

"你给他什么东西了？"

"我给了他一张蓝票和一个从屠夫那里弄来的尿泡。"

"你在哪里弄到的蓝票？"

"两个星期前用一根推铁环的棍子从本·罗杰斯手里换得的。"

"喔——死猫能有什么用呢。哈克？"

"用处大的去了。治瘊子用。"

"不成！那成吗？我知道更好的治法。"

"保管你不知道。是什么呢？"

"哦，用胆量水。"

"胆量水！我看胆量水屁用也不管。"

"你不信，是不是？你不试怎么知道呢？"

"我是没有试过，可是，鲍勃·坦纳试过。"

"谁跟你讲的？"

"哦，他告诉了杰夫·撒切尔，杰夫告诉了约翰尼·贝克，约翰尼告诉了吉姆·霍利斯，吉姆告诉了本·罗杰斯，本告诉了一个黑人，那个黑人就告诉了我。就这么回事！"

"嘿，这叫什么呀？他们都在骗你。那个黑人我不认识。我没有听说过他。不过我倒是从来没有听说过哪个黑人不会说瞎话的。呸！你现在只用跟我说说鲍勃·坦纳是怎么干的吧，哈克。"

"呵，他把手伸进一个腐烂的树墩里，蘸那里面的雨水。"

"是在白天吗？"

"那还用说。"

"他的脸朝着那个树墩吗？"

"是呀。至少我想是的。"

"他当时说什么了吗？"

"我看他不会说什么。我不清楚。"

"哎呀呀！原来他是用这样一种糊涂办法用胆量水治瘊子哪！唉，那样做根本不灵。你得亲自到树林中间去，你在那里才找得到鲜胆量水墩子，在深更半夜背朝着那墩子，然后把手伸进去，说：

'大麦粒，大麦粒，还有玉米粉，

胆量水，胆量水，快把瘊子治。'

然后快步走开，十一步不多不少，把眼睛闭上，转三次身，赶紧往家走，一路上别和任何人说话。你要是敢说话，那符咒就不灵了。"

"哦，这听起来倒是像那么回事；不过鲍勃·坦纳可不是这样干的。"

"肯定不是，伙计，他准不是这么干，因为他是这镇上长瘊子最多的家伙；他要是知道怎样用胆量水治瘊子，那他早就没有瘊子了。我用这种法子治掉我手上成千上万的瘊子了，哈克。我总是玩耍青蛙，瘊子长得多得数不清。有时候我用豆子治它们。"

"是呀，豆子没的说，我用豆子治过。"

"是吗？你用什么办法呢？"

"你拿豆子来捣碎，把瘊子割破弄一点血，然后你把血抹在豆瓣儿上，在月亮下的背阴地方儿找个十字路口，挖一个洞把豆瓣儿埋进去，然后把剩下的豆瓣儿烧掉。你明白吗，蘸了血的那个豆瓣儿会不停地吸呀吸呀，总想把另一个豆瓣儿吸过去，这样一来，就帮着豆瓣儿上的血把瘊子吸住，用不了多久，瘊子就没有了。"

"是的，正是这样的，哈克——正是这样的；不过，你要是着急，嘴里念叨说'豆子下，瘊子掉；别再来，把我找！'那效果会更好。乔·哈珀就是用这法子治瘊子的，他都快走到康维尔那么远了，跑的地方多的去了。不过，嘿——你怎么用死猫治瘊子呢？"

"哦，你拿着死猫，在半夜时分去墓地，找个埋着坏人的墓头；半夜时，鬼就会来，或许会来两三个呢，不过你可看不见它们，只能听见像风刮的响声，或者听见有人说话；他们要是说到那个死去的家伙，你就把那只死猫朝他们身后扔过去，说'鬼跟着尸首，猫跟着鬼走，瘊子跟猫去，我跟你分离！'这样一来任凭什么瘊子都会治掉的。"

"这听起来有道理，你试过这法子吗？"

"没有，不过这是老霍普金斯婆婆告诉我的。"

"哦，我看就是这么回事。因为人家都说她是个巫婆。"

"没错！哦，汤姆，我就知道她是巫婆。她给爹使过魔法。爹亲自跟我讲过。他有一天走过来，看见她正在对他作法，他就拾起石头，要不是她躲得快，就把她打中了，嘿，就在那天夜里，他喝醉了躺在人家的棚子上，一下滚了下来，把胳膊摔断了。"

"天啊，够吓人的。他怎么知道她正在对他作法呢？"

"哎呀，爹一眼就看出来了。爹说，她们要是一直在打量你，她们就在对你作法了，尤其她们嘴里嘟嘟哝哝时更厉害。因为她们嘟哝时，那准是在把主的祷告反着念呢。"

"喂，哈克，你多会儿拿这死猫去治瘊子？"

"今天夜里，我估摸鬼魂今天夜里要去找老霍斯·威廉姆斯呢。"

"不过他是在星期六埋掉的。鬼魂不会在星期日去找他吗？"

"哎呀，看你说的！鬼魂不到半夜哪能去附身呢？——一过半夜，那不就是星期日了吗？鬼魂在星期天是不大爱乱动的，我捉摸。"

"我从来没有听说过。像是这么回事。让我跟你去好吗？"

"没问题——只要你不害怕。"

"害怕！哪有的事。你叫喵喵为暗号吗？"

"好吧——你也回答一声喵喵吧，要是你有机会的话。上一次，你让我喵喵叫个不停，一直等着你，结果惊动了老海斯，他朝我扔石头，还高叫说：'该死的夜猫子！'于是我拿起一块砖朝他家的窗户扔了进去——不过你可别说出去呀。"

"不会的。那天夜里我没法回答喵喵，因为我姨妈看得我死死的，不过这次没有问题。喂——那是什么玩意儿？"

"没什么，一只壁虱。"

"你在哪里逮到的？"

"在树林里。"

"你要拿它换什么东西呢？"

"我不知道。我还不打算换掉它呢。"

"那倒是。我看它是一只小不点儿呢。"

"哦，壁虱不是自己的，谁也会说它不起眼。我对它很满意。我得到这样一只壁虱足可以了。"

"噫噫，壁虱有的是。只要我想要，我能弄到成千上万只。"

"嚯，你为什么不去逮呢？因为你心里再清楚不过，你根本逮不到。这只可是我今年弄到的第一只呢。"

"得了，哈克——我用我的牙换它怎么样？"

"让我看看。"

汤姆从包牙的纸里露出来一点点，一点点往外弄。哈克贝利眼巴巴地打量着。诱惑力实在是太大了。他终于说：

"是真的吗？"

汤姆把上唇翻起，把那个豁口亮给哈克贝利看。

"哦，好吧。"哈克贝利说，"买卖成了。"

汤姆把壁虱装进那个前不久装过夹子甲虫的雷管盒子里，这两个孩子就分了手，各自都觉得一下子阔气了许多。

汤姆赶到那所孤立的小学校舍时，他走得很带劲，那样子好像他是老老实实走着来上学的。他把帽子挂在木楔上，一本正经地连忙坐到自己的座位上。老师居高临下地坐在他那软条底的大扶手椅子上，听着催人入睡的读书声，正在打瞌睡。汤姆一进来，把他惊醒了。

"托马斯·索亚！"

汤姆知道老师把他的名字叫全时，麻烦就在所难免了。

"先生！"

"到这里来。我说，少爷，你怎么又迟到了，老是这样子吗？"

汤姆正打算撒个谎遮掩遮掩，碰巧看见两条黄头发的长辫子从一个姑娘的背上垂下来，他一看见这个背，就有一股电流似的感觉触动全身，认清了那是谁；教室里女生那边，只有那个姑娘旁边有一个空位子。他于是马上说：

"我停下来跟哈克贝利·费恩说了几句话。"

老师的脉搏一下子停止了跳动，他有点儿无可奈何地干瞪着眼。念书的嗡嗡声也停下了。全教室的学生都纳闷儿这个呆头呆脑的孩子是不是真的缺心眼儿。老师说：

"你——你刚才说什么来着？"

"停下来跟哈克贝利·费恩说了几句话。"

这孩子的话一点儿没有听错。

"托马斯·索亚，我长了这么大还是第一次听见这样口无遮拦直通通的坦白。这等罪状，光打打手心是不行的。把上衣脱掉。"

老师抡起胳膊打起来，打得胳膊酸了，树枝条打折一根又一根，最后就剩下几根了。随后老师下了命令：

"好的，少爷，你去跟女生坐在一起！这是给你的又一次惩罚。"

教室里响起的笑声看样子让汤姆难堪得脸都红了，而实际上汤姆脸红是因为他对那个不相识的心上人儿崇拜得五体投地，他有幸去和她坐在一起心里暗暗喜欢呢。他在那条松木凳子上坐下，那个女孩子扬扬头，挪远了一点儿身子。彼此捅捅弄弄，挤眉弄眼，交头接耳，教室里小动作一个接一个。可是汤姆一动不动地坐着，两条胳膊放在矮矮的长书桌上，似乎在用心看书呢。

渐渐地，大家的注意力不在汤姆身上了，教室里嘟嘟哝哝的念书声又在乏味的空气里响起来。没有过多一会儿，这孩子开始朝那个姑娘偷偷摸摸地递眼色。她注意到了这点，对他撇了撇嘴，扭转身把头背着汤姆待了一会儿。等她悄悄地又一次转过脸来，一个桃子摆在她的面前。她把桃子推开一点儿。汤姆又稳稳地推了回去。她又把桃子推回来，但是不怎么使劲了。汤姆耐心地推回了原地儿，这次她听任它待在那里了。汤姆在他的石板上很快地写道："请收下吧——我有的是。"那女孩子看了一眼他石板上的字，但没有什么反应。这时这孩子在石板上又写了些什么，赶紧用左手捂着。有那么一会儿，那个姑娘绷住劲没有理睬；可是她天生的好奇心终于按捺不住，露出了不易察觉的迹象。这孩子装着浑然不觉的样子，继续写下去。那女孩做出一种有意无意的样子，实际是想看看，但是汤姆就是不动声色，好像一点儿没有察觉的样子。最后，她只好放下架子，有点儿犹豫地说：

"让我看看吧。"

汤姆把一所房子的图画露出来一部分，房子画了尖尖的山墙，烟囱冒着弯弯曲曲的青烟。随后那姑娘的兴趣都集中在了汤姆的画儿上，把一切都忘在了脑后了。画儿作完时，她认真看了一会儿，悄悄地说：

"画得挺不错——再画个人吧。"

这位艺术家于是在前院里添上了一个人，样子有点儿像一架起重机，抬抬脚步就能把那所房子跨过去；不过那个女孩对此并不挑剔；她对这个大怪物倒是蛮有兴趣的，就悄悄地说：

"这是个很漂亮的人儿——把我也添上去，画成走过去的样子。"

汤姆画了一只沙漏，一个圆圆的月亮，草扎一样的四肢，手指张开，却有一把大大的扇子。姑娘说：

"画得挺漂亮的——我要是能画就好了。"

"容易得很。"汤姆小声说，"我教你画好了。"

"哦，你会吗？什么时候？"

"中午。你中午回家吃饭吗？"

"你留下我也留下。"

"一言为定——真是妙极了。你叫什么名字？"

"贝基·撒切尔。你叫什么名字？噢，我知道了。你叫托马斯·索亚。"

"他们抽我的时候才这样叫我。我没事的时候叫汤姆。你叫我汤姆好了，行吗？"

"好吧。"

这时，汤姆又开始往石板上画别的什么，把上面的东西挡着不让那女孩看。可是这次她不扭捏了。她央求着要看。汤姆说：

"哦，没有什么。"

"分明画了什么嘛。"

"真的没有什么。你不会想看的。"

"可我要看。我就是要看看嘛。"

"你会告我的状的。"

"我不会的——绝不会绝不会双倍的绝不会。"

"你真的不会告诉任何人吗？你一辈子也绝不会跟任何人讲吗？"

"不会，我一辈子绝不会告诉任何人。快让我看看吧。"

"哦，你不会想看的！"

"你既然这样对待我，那我还非看不可。"她把她的小手放在汤姆的手上，两只手争夺了几下，汤姆装着认真抵抗的样子，但是渐渐地却把手一点点移开了，最后就露出这几个字："我爱你。"

"噢，你这个坏东西。"她在他的手上狠劲打了一下，但是她的脸红了，看上去挺得意的样子。

就在这时候，汤姆觉得耳朵被人慢慢地揪住了，知道情况不妙了。他就这样被揪着耳朵拉到教室的另一边，安置在他自己的座位上，全体学生咯咯地笑他，像火一样燃烧着。随后老师在他跟前威严十足地待了几分钟，最后走回他的宝座，一句话也没有说。尽管汤姆的耳朵火烧火燎地疼，可是他的心里却是甜滋滋的。

教室里平静下来时，汤姆试图认真努力地学习了一会儿，可是心里乱成一团，怎么也静不下心来，轮到他念书的时候，他朗读得一塌糊涂；到了上地理课时，他把湖说成了山，把山说成了河，把河说成了陆地，把整个世界搅得颠三倒四，又成了混沌状态；后来上记单词的课，还是"扭不过劲儿来"，让一些三岁孩子都认得的字难住了，到头来弄了个倒数第一，只好把他风风光光戴了几个月的锡蜡奖章乖乖交给了老师。

第七章　贝基姑娘

订立誓约——早熟的课程——小丑能赚大钱——犯了一个错误

汤姆越是努力专心致志地看书，他的思想就越是不能集中。所以，他最后叹息一声，打了个哈欠，不打算看书了。他似乎觉得中午下课的时间再也不会到来了。空气死沉沉的，一点儿活跃的气息也没有。这是最让人昏昏欲睡的日子。这二十五个朗读的学生把课文念得哼哼呀呀，催人欲睡，好像蜜蜂在嗡嗡地鸣叫，让人着迷，也使人心灵平静。远处的太阳照得十分炎热，卡迪夫山映照在一层轻轻晃动的薄雾里，挺立起它那静谧的翠绿的山腰，远处有一层紫色的视野里，天上有几只鸟懒懒地飞着，地上只看得见几头奶牛，它们还在睡觉。汤姆一心向往着自由，要不也得有点儿让他提兴的事情帮他消磨那枯燥的时光。他的手在口袋里乱摸了一会儿，脸上一下子喜形于色，一副感谢老天垂怜的样子，尽管他并不知道这点。紧接着，那个雷管盒子就拿出来了。他把壁虱放出来，放在那长条的书桌上。这个小玩意儿这时也许也心怀感激的情绪，不过它未免高兴得早了点儿：因为它怀着感激的心情开始旅行时，汤姆用别针把它朝一边一拨，它只好朝新的方向走。

汤姆的铁哥们儿就在他身边坐着，像汤姆刚才一样痛苦不堪，这时也立即对这种娱乐又感兴趣又很感激。这位铁哥们儿就是乔·哈珀。这两个孩子平常日子是结拜朋友，一到星期天却是两军对阵的敌人。乔从翻领上取下一个别针，开始帮着拨弄这个小囚犯。这种游戏越逗越好玩。过了一会儿，汤姆说他们玩得相互干扰，谁也不能把壁虱玩得尽兴。所以他把乔的石板放在桌上,在石板中间从上到下画了一条线。

"行了。"他说,"只要它在你那一边,你只管拨弄它,我不会乱动;不过你要是放走了它,让它到了我这边,你就别再动它,我来管住它好了。"

"一言为定,开始吧,把它拨弄起来。"

那壁虱没过多一会儿就从汤姆的手下逃出来,越过了分界线。乔接着阻拦了它一会儿,它就逃脱了,又返回来了。这样的跑垒活动进行了一次又一次。一个孩子兴趣盎然地和壁虱酣战时,另一个孩子同样兴致勃勃地观看着,两颗小脑袋顶着埋进石板里,两颗心也就什么事也不想了。后来,运气似乎总向着乔。那壁虱这边探探头,那边伸伸脑,却又选择了第三种走法,像两个着急得要命的孩子一样兴奋不已,一次又一次,它正走到了胜利的边缘的时候,汤姆就急得手指也用上了,乔的别针恰好把它的头利落地一拨,把它占住了。汤姆终于受不了了。这种诱惑太难抵御了。他索性伸出手去,拿着别针去拨。乔马上生气了。他说:

"汤姆,你别动它好吧。"

"我只不过想多少动一动它,乔。"

"不成,伙计,这不公道;你就是不能动它嘛。"

"操,我又没有动它多少。"

"别动它,我跟你说。"

"我偏动!"

"偏不能动——它在我这边呢。"

"喂喂,乔·哈珀,这壁虱到底是谁的呢?"

"我才不管它是谁的呢——它现在在我的线这边,你不应该动它。"

"得了,我他妈的就非动它不可。它是我的壁虱,我他妈的想怎么玩它就怎么玩它,就是死一回也得拨它!"

汤姆的肩膀上狠狠地挨了一下,乔的肩膀上也没躲过;有那么二分钟，这两个孩子的衣服上尘土飞扬，全校都看得津津有味。这两个孩子玩得太专心了，老师早已踮着脚尖悄悄走过来，站在他们面前，教室里已经静下来好一会儿，他们却一点儿没有察觉。老师看了好一会儿他们的表演，才每人给他们一点儿颜色看。

中午要放学时，汤姆立即跑回贝基·撒切尔身边，在她的耳朵上小声说：

"快把你的草帽戴上，装着要回家的样子；等你转过那个角，摆脱了别的人，从小胡同绕回来。我走另一条道，也把他们摆脱了。"

就这样，一个孩子跟着一群学生离开，另一个孩子跟着另一群走了。没有过多一会儿，两个孩子就在小胡同的顶头会面了，等他们回到了学校，教室里就剩他们俩了。他们于是坐在一起，前面放了一块石板，汤姆给了贝基铅笔，用手握住贝基的手，教她画画，很快就画出了另一个令人吃惊的房子。这种艺术的兴趣慢慢减小时，两个人就开始交谈了。汤姆沉浸在幸福之中。他说：

"你喜欢老鼠吗？"

"不！我恨死老鼠了！"

"是呀是呀，我也恨死了——活的老鼠。不过我是说死老鼠，用绳子拴好挂在你的脖子上。"

"那也不喜欢，我压根儿就不想见它们。我就喜欢口香糖。"

"哦，我说这也不错！但愿现在有口香糖多好。"

"是吗？我这里有呀。我让你嚼一会儿，不过你得还给我。"

这样挺不错，于是他们轮着嚼一块口香糖，把腿从座位上垂下来，高兴得不得了。

"你看过马戏吗？"汤姆问。

"是呀，要是我表现好，爸还要带我去看一次呢。"

"我去看过三四次马戏——次数可不少呢。教堂跟马戏比什么都不是。马戏里的好东西可真是多，没完没了地翻新花样。我长大了，就去马戏里当个小丑。"

"哦，真的！那可是太有意思了。小丑都是那么可爱，浑身都是花点儿。"

"是呀，就是这样。小丑能赚大钱——一天差不多挣一块钱呢，本·罗杰斯说的。喂，贝基，你订过婚了吗？"

"什么叫订婚？"

"嘿，订了婚就是要结婚了。"

"没有。"

"你愿意订婚吗？"

"我想我愿意吧。我不知道。那到底是怎么回事呢？"

"怎么回事？怎么回事也不是。你只告诉一个男孩你长大了除了嫁给他，别人谁也不嫁了，永远，永远，永远，然后你们亲亲嘴，就成了。谁都能会这个。"

"亲亲嘴？为什么要亲嘴呢？"

"嘿，那个嘛，你知道，就是……噢，反正人们就总是那么干嘛。"

"人家都这么做吗？"

"噢，当然，恋爱的人都是这么干的。你还记得我在石板上写了些什么吗？"

"是——是的。"

"写了什么？"

"我不告诉你。"

"我来告诉你行吗？"

"行——行吧——不过另找时间吧。"

"不，就现在。"

"不，现在不行——明天吧。"

"哦，不，就现在吧，求你啦，贝基——我悄悄说好吧，我悄悄说，悄悄悄悄说。"

贝基有些犹豫，汤姆以为沉默就是同意了，就用他的手臂搂住贝基的腰，把他的嘴凑在贝基的耳朵旁，悄悄悄悄地说出了那句话。然后他找补一句说：

"现在该你把这话说给我听了——一字不差。"

她抵抗了一会儿，随后才说：

"你把你的脸扭开，不要看嘛，那样我才会说。可是你一定不能告诉任何人——行吗，汤姆？你不会去乱说的，对不？"

"不会，当然不会，我一定不会的。来吧，贝基。"

汤姆把脸转开。她小心地弯下身来，直到她的气息吹动了他的鬈发，才悄悄地说："我——爱——你！"

然后，她撒腿就跑，绕着桌子和凳子跑啊跑啊，汤姆在她身后追呀追呀，最后在一个角落躲藏，用她的小白围腰挡着她的脸。汤姆紧抱住她的脖子，恳求说：

"现在，贝基，一切形式都完了——都有了，就只剩亲嘴了。你用不着害怕——这根本就算不了什么。求你了，贝基。"他用劲搂着她的腰和手。

渐渐地她也就听从了，把手从脸上放了下来，因为挣扎小脸红扑扑的，屈从了汤姆。汤姆亲吻她那红红的小嘴，说：

"这下一切都干完了，贝基，从今以后，你知道，除了我你可是谁都不能爱呀，你谁也不能嫁，只能嫁给我，永远，永远，永远。知道了吗？"

"不会的，我除了你，谁都不会爱的，汤姆，我谁都不嫁，就嫁给你——你也不能娶任何别人，就只能娶我。"

"当然，那还用说嘛。这本来就是不成问题的问题。没有人看着的时候，我们就应该总是一起上学，一起回家，走在一块儿——在舞会上，你只能叫我跳，我也只能叫你跳，因为人家订了婚，也都是这么干的。"

"这倒挺有意思。我过去可没有听说过。"

"哦,这是再好玩不过的!嘿,我跟艾米·劳伦斯过去……"

贝基瞪大的眼睛告诉汤姆他说漏了嘴,他马上中断了话,一时不知所措了。

"噢,汤姆!原来我不是跟你第一个订婚的呀!"

那女孩哭了起来。汤姆说:

"哦,别哭呀,贝基,我现在已经不把她放在心上了。"

"不,你心里有她,汤姆——你知道你心里有她。"

汤姆想把胳膊绕在她的脖子上,可是她把他推开了,脸朝墙转了过去,还在哭。汤姆又试了一次,嘴里不断地说一些安慰话,但是又一次遭到了拒绝。这下他的自尊在作祟了,于是大步走开,出了教室。他站着没有走开,一时间无所适从,忐忑不安,时不时朝门里看一看,一心指望她会回心转意,出来找他。可是她没有。随后,他开始感觉大事不妙,担忧他自己错了。这时,他内心斗争着是否再主动去请求原谅,心里打着来回定不下心来,最后还是进去了。她还站在那个角落里哭泣,脸朝着墙。汤姆的心折磨自己。他走到她跟前,待了一会儿,不知道怎样继续和解。然后他迟迟疑疑地说:

"贝基,我……心里谁都没有,就只有你。"

没有反应——只有抽泣。

"贝基。"——恳求的声调,"贝基,你就不能说点什么吗?"

抽泣得更厉害了。

汤姆把他最珍爱的宝贝拿了出来,一个壁炉柴架顶上的把手,一直伸到她眼前,让她看得见,然后说:

"求你啦,贝基,你不拿着它吗?"

她一下子把铜把手打落在地上。汤姆迈着大步走出屋子,翻过山,向远处走去。那天再没有返回学校。过了一会儿,贝基开始怀疑了。她跑到门口,汤姆没了影子;她转身跑到操场,汤姆也不在那里。然后她叫喊道：

"汤姆！快回来，汤姆！"

她直耳静听，但是没有应声。她没有了伴儿，只有沉默和孤寂。她于是坐下来又哭了，在心里骂自己；这时候学生们开始返校，她只好把忧愁藏起来，让她那破碎的心平静下来，熬过那个漫长、乏味和痛心的下午，而她身边的陌生人中没有一个能和她互相吐吐苦水的。

第八章 汤姆的选择

汤姆神秘地失踪了——汤姆决定走自己的路——用号声回答对方——汤姆扮演罗宾汉

汤姆在小胡同里这里躲躲,那里藏藏,直到完全离开了学生们回校的那条路,随后他就心烦意乱地慢慢悠悠地离去。他在一条"小支流"上来回折了三四次,因为那时孩子们相信一种迷信的说法,以为跨过流水就能挡住别人追赶。半小时后,他消失在了卡迪夫山顶上道格拉斯的大宅第后面,学校远远落在身后的山谷里,几乎看不见了。他走进一片茂密的森林,在没有路径的林子里硬找着路走,来到了树林中央,坐在一棵遮天蔽日的大橡树下的苔藓地上。这里连一丝微风也没有。死寂燥热的中午天气甚至让小鸟也不唱歌儿了;自然界在昏沉之中,万籁俱寂,偶尔远处传来啄木鸟嗒嗒嗒嗒啄木的声音,似乎使得无处不在的寂静和孤独感更加厉害了。这孩子的心灵郁郁不乐;他的种种感受正好和周围的环境十分吻合。他把胳膊肘支在膝盖上,用手托着下巴,陷入沉思。他觉得生活顶多是一种苦难,就难免对新近死去的吉米·霍奇斯羡慕不已;他想人死了一定非常安静,躺着长眠不醒,好梦做了一个又一个,有风在树林里悄声细语,轻轻地抚摸着墓旁的草儿和花儿,永远不会有什么事情再来打扰,让人烦恼。要是他在主日学校的表现很好,他真愿意死了算了,那样就一了百了了。这时他想起了那个姑娘。他做错了什么吗?没有。他的用心是非常良好的呀,却被当成狗对待——真正的狗那样。她总有一天会后悔的——可那时只能买后悔药了。唉,他要是能哪怕死那么一会儿多好啊!

　　但是,小孩子家的心是无忧无虑的,一时陷入了歪曲的憋闷情绪之中,也不会持续多久。汤姆没过多一会儿就不知不觉地开始想生活中的事情了。现在要是一走了之,神秘地失踪了怎么样? 他要是远离开这里——去很远很远的地方,到天涯海角去——再也不回来多好! 那时她会怎样想呢? 他这时又想到去做一个马戏小丑的念头,心里只觉得堵得慌。他的精神进入了一种含糊而高傲的浪漫境界,瞎胡闹和开玩笑还有身穿花点衣服的样子难免让他生气。不,他要当一个战士,多年之后荣归故里,身经百战,名声显赫。不——还要混得更好,他要到印第安人中间去,追猎野牛,到遥远的西部的崇山峻岭中和荒芜的大平原上去征战,在很远的将来混成一个大酋长,满头都插上鸡翎,满身涂得花里胡哨,在某个昏沉沉的夏天回到主日学校,大摇大摆,叫战的呐喊声令人胆战心惊,让所有的同学都抑制不住羡慕的心情,看得眼珠都受不了了。可是还不,还有令人更神气的美事。他要去当海盗! 那才叫神气! 这下他的未来就明明白白摆在了他的面前了,金光闪闪,那份辉煌难以想象。他的名字将会怎样传遍全世界,让人们听了胆战啊! 他驾起他那又长又扁的、黑色船身的赛艇"风暴之精灵",在波涛汹涌的大海上一往无前,船头上飘扬着让人胆寒的旗帜,多么不可一世吧! 等他名扬天下的时候,他会突然出现在这古老的村子上,威风凛凛地闯进教堂,肤色黝黑,饱经风霜,身着黑绒紧身上衣和紧腿裤,脚穿长筒靴,挎着大红肩带,腰带上别着盒子枪,身旁挂着血迹斑斑的短刀,他那顶垂边帽子上飘着鸡翎,黑旗哗啦啦地飘,上面有十字白骨托着的骷髅,得意洋洋地听人们悄悄地说:"这就是大海盗汤姆·索亚啊! ——西班牙大海的黑色大盗!"那会多么帅气呀!

　　没错,就这么决定了;他的前程就这么决定了。他要从家出走,去成就这番事业。说干就干,明天早上就开始。所以他现在就得开始作准备。他得把他的好东西都集中起来。他走到近处一截烂木头前,在木头的一头开始用他的巴罗刀往下面剜坑。没过多一会儿，他挖到了嘭嘭响的声音。他把手放在那里，郑重其事地念了一句咒语：

"没有来这里的，来吧！在这里的，待在这里吧！"

接着他把土刮掉，露出一片松木瓦。他把松木瓦拿开，弄出一个很有样子的小宝贝屋来。底部和四侧都是木瓦做的。宝贝屋里放着一块大理石子。汤姆惊讶得目瞪口呆！他做出一副迷惑不解的样子抓着脑袋说：

"唉呀，这真是咄咄怪事！"

随后他气恼地把石子扔掉，站在那里想事。事实上，是他的一种迷信不灵了，可他和他的同伴对此一向认为万无一失的。要是你念着某些必要的咒语埋下一块石子，让它在那里待上十天半个月，然后再念着他刚刚使用的那个咒语把那地方刨开，就会发现所有丢掉的石子通通集中在那里了，不管它们原来分散得多么遥远。但是，现在这招确确实实毫无疑问地不灵了。汤姆的全部信心连根动摇了。他不止一次听说这办法是再灵验不过的，可从来没有听说过它还会失败。他一点儿没有想起来，他自己实验过好几次，但是事后就再也找不到秘藏的地方了。他对这件事情捉摸了又捉摸，最后认定是某个妖巫从中破坏，把符咒搞坏了。他想他应该在这点上弄出令自己满意的结果；于是他就在周围寻找了一会儿，终于发现了一个小沙滩，上面有一个漏斗形的凹处。他躺在地上把嘴靠近那个凹处念念有词地喊：

"小蚁狮，小蚁狮，快告诉我这到底是怎么回事！小蚁狮，小蚁狮，快告诉我这到底是怎么回事！"

沙土开始动起来，不一会儿，一只小黑虫子冒出来，马上又吓得钻进去了。

"它不肯告诉呀！可见这是妖巫搞的鬼。我这下明白了。"

他十分清楚，跟妖巫斗法是没有好处的，所以他就泄气地放弃了。可是他又想到不妨把他刚才弄到的石子捡回来，因此就耐心地寻找它去了。可是他找不到了。他只好回到他的宝贝屋那里，细心地找准他刚才扔石头的地方；随后他又从口袋里掏出另一块石子，按同样的路线扔了出去：

"兄弟，去找你的兄弟吧！"

他看着它落在了哪里，然后走到那里寻找。但是，那石子不是落得太远就是太近了；于是他又去试了一次。这一次倒是管用了。两块石头就在相距不到两码远的地方。

正在这时候，从树林的绿色通道上传来隐隐约约的玩具洋铁喇叭的吹奏声。汤姆赶紧脱下他的夹克衫和裤子，把背带改成裤带，拨开那截烂木头后面的灌木丛，找出一个粗糙的弓和箭，一把木片刀和一把洋铁号，转眼之间拿起这些玩意儿，一蹦三跳，光着腿，衬衫呼呼地飞起来。他很快在一棵大榆树下站住，吹起号回答对方，然后蹑手蹑脚，左顾右盼，十分警惕的样子。

他小心翼翼地说——对一个想象中的伙伴：

"别动，我的伙计们！藏好，我吹号好出来。"

这时，乔·哈珀出现了，像汤姆一样打扮得不可一世，武装得无以复加。汤姆大声喝道：

"站住！何人未经许可，擅自闯入舍伍德森林来了？"

"硬汉吉斯博恩在此，一夫当关，万夫莫开。你是何人，竟敢……竟敢……"

"竟敢口出狂言。"汤姆说，在给对方提词儿——因为他们是凭着记忆，"根据书"对话的。

"你是何人，竟敢口出狂言？"

"舍我其谁！我乃罗宾汉，你这小小喽啰马上就会领教到在下的厉害。"

"你果真是那个有名的好汉吗？咱巴不得跟你较量较量，看这快活林究竟归谁。看剑！"

他们抽出各自的木片刀，把他们别的装备扔在地上，两个人脚对脚，做出一种斗剑的姿势，有模有样地按照"二上和二下"的招式交锋。没过多一会儿，汤姆说：

"喂，你要是得了斗剑的要领，就一招一式来一场吧！"

于是，他们"一招一式"斗起来，而且斗得气喘吁吁，汗流浃背。后来汤姆大声嚷道：

"倒下！倒下！你为什么还不倒下？"

"我偏不倒！你自己为什么不倒下？分明是你招架不住了。"

"哼，早着呢。我怎么能倒下，书里根本不是这样写的。书里说：'只见一招回马枪，他就把可怜的硬汉吉斯博恩斩于马下。'你应该转过身去，让我给你的背上来一家伙。"

书上的话是违反不得的，于是乔转过身来，挨了一家伙，倒在了地上。

"好了。"乔站起来说，"该你让我杀死你一回了。这样才公道。"

"得了，我哪能充当那种角色，书里没有那样写呀。"

"行了，真他妈的不带劲——算球了。"

"喂，乔，你能扮演塔克修士，要么磨坊主的儿子马奇，用一根铁头木棍敲我一顿；要不然我来扮演诺丁汉的治安官，你当一会儿罗宾汉，把我杀了算了。"

这个主意令人满意，于是两个人就这样演了下去。后来汤姆又扮演罗宾汉，让那个不讲仁义的修女坑害，不给他照看好伤口，失血过多，伤了元气。最后，乔扮演一大帮流泪的绿林好汉，难过地拖着他走，把他的弓交回他那无力的手里，汤姆说："这枝箭落在哪里，可怜的罗宾汉就葬在那里的绿荫树下。"然后他把箭射出去，仰身倒下，本来死了，可是他一下子倒在了刺草上，又立即跳起来，活脱一具活蹦乱跳的尸体。

两个孩子穿戴好衣服，把他们的行头藏起来，准备回去，心下遗憾不再有绿林好汉了，不明白现代文明有什么好的，不能让他们去当大盗。他们说他们要是能在舍伍德当一年绿林好汉，连美国总统都不稀罕了。

第九章　汤姆与哈克

暗号是喵喵猫叫声——重大问题产生了——印琼·乔的抱怨——汤姆亲眼看到的凶杀事件

晚上九点半，汤姆和锡德像平常一样给赶上了床。他们念过祈祷，锡德马上入睡了。汤姆躺在床上等动静等得心急火燎。他觉得天好像都快亮了，却听见钟敲响了十点！这很让人失望。他的神经很不安分，他真想在床上翻来滚去瞎折腾，却又怕把锡德惊醒了。所以他只好躺着，干瞪着两只眼看着黑暗。一切都安静得令人害怕。后来，就在这种安静中，一种很小的、几乎难以辨听的声音开始响起来。钟摆滴滴答答的响声也开始凑热闹。屋子里的旧梁神秘地发出劈裂声。楼梯吱吱扭扭，隐约可辨。显然有精灵在活动。波莉姨妈房间里传出来匀称而发闷的鼾声。这时一只蟋蟀吱吱叫得让人心烦，可是你调动全部才智也弄不清楚它在哪里鸣叫。接着床头墙里一只叫死虫叽叽叫得让人心颤，把汤姆吓得打冷战——这意味着某人的死期指日可数了。后来远处一只狗汪汪叫起来，在夜空里回响，更远处就有另一只狗隐隐约约叫唤着遥相呼应。汤姆痛苦不堪。最后他认定时间已经停止，永恒开始了；他打起了瞌睡，怎么也抵挡不住；十一点的钟声又响了，可他竟然没有听见。就在他似睡非睡之际，传来一声猫儿叫春的凄凉声音。邻居开窗的声音把他弄醒了。只听一声："去，你这畜牲！"接着是瓶子打在他姨妈的木棚后面的爆裂声，他彻底地醒过来，立即穿上衣服，爬出了窗子，在"侧房"顶上手脚并用地爬了过去。他一边爬，一边轻轻地喵喵了一两声；

随后他跳到木棚顶上，又跳到地上。哈克贝利·费恩拿着他那只死猫，在那里等他。这两个孩子离去，消失在黑暗里。半小时过去，他们就在墓地的草丛里穿行了。

那是一个老式的西部样子的墓地。它位于离村子一英里半远的一个山头上。墓地四周有一道破旧的木板围墙，有的地方往里斜，有的地方往外斜，没有一处是笔直的。野草和杂草把个墓地糊得满满的。所有的坟墓都塌陷了，墓地上没有一块墓碑；圆顶的、虫蛀的木牌子歪歪斜斜地立在墓地上，要倒未倒的样子。"某某之墓"的字样依稀可辨，但是念不成句子，即使在光亮下也难以把全句猜出来。

一阵微风在树间呜咽，汤姆担心那是死去的鬼魂在抱怨他们俩半夜三更来打扰。这两个孩子很少说话，只是小声地叮嘱一下，因为此时此地、此种寂静和此种肃穆的环境让他们的精神备受压抑。他们找到了他们正在寻找的那个显眼的新土堆，在离那个土堆一英尺左右的三棵榆树的保护下，找了个地方藏起来。

然后他们就这样一声不响地等着，好像过了很久很久。远处猫头鹰咕咕喵喵的叫唤是这种死一般沉寂的唯一不协调的声音。汤姆的胡思乱想厉害起来。他只好没话找话说。于是他悄悄地说：

"哈克，你认为死人会喜欢我们来这里吗？"

哈克贝利也小声地说：

"我要知道就好了。这里阴森森的够可怕的，不是吗？"

"可不是。"

接下来停顿了好一会儿，两个孩子都在心里盘算着这件事情。随后汤姆又说：

"嘿，哈克——你认为霍斯·威廉姆斯能听见咱俩说话吗？"

"当然他能听到。起码他的灵魂听得到的。"

过了一会儿，汤姆说：

"我应该称他威廉姆斯先生才对，不过我没有一点儿不敬的意思。

大家都叫他霍斯嘛。"

"反正活人谈论死人要特别小心才是，汤姆。"

这话很让人扫兴，谈话就又中断了。

过了一会儿，汤姆抓住他的同伴的胳膊，说：

"嘘！"

"怎么啦，汤姆？"两个孩子紧紧地依偎在一起，心怦怦跳个不停。

"嘘，又来了！你听见了吗？"

"我……"

"快听！这下你听见了吧。"

"天啊，汤姆，它们还真来了！肯定是它们来了。我们怎么办呢？"

"我不知道。你说它们会看见我们吗？"

"哦，汤姆，它们在黑地里能看见，像猫一样。我们要是不来就好了。"

"噢，别害怕。我不相信它们会为难我们。我们没有做任何坏事。要是我们一动不动，也许它们就根本看不见我们的。"

"我尽量不动，汤姆，可是，天哪，我浑身在打战。"

"听！"

孩子们一起低下头，大气儿不敢出。墓地那头传来了隐约的响声。

"看呀！快看那边！"汤姆悄悄地说："那是什么？"

"是鬼火吧。哦，汤姆，这太可怕了。"

几个影影绰绰的人影在黑暗里出现了，摇晃着一盏老式的洋铁灯笼，在地上照出无数点散光。不一会儿，哈克贝利哆嗦着说：

"准是鬼魂，没错。三个呢！老天爷，汤姆，我这下完蛋了！你来祈祷吧！"

"我来试试吧，不过你用不着害怕。它们不会伤害我们的。'现在我躺下睡觉，我……'"

"嘘！"

"怎么啦,哈克?"

"它们是人呀!至少有一个是人。有一个听着像老穆夫·波特的声音。"

"不——不会的,怎么可能呢?"

"我敢肯定是的。你用不着捅捅弄弄的。他没有那么灵醒,发现不了我们。醉鬼一个,跟平常一样——该死的老废物!"

"好吧,我不做声了。现在他们停住了,看不见哪里去了,又出现了。这会儿他们来劲了,又不带劲了,又来劲了,劲头还十足呢!这次他们使对劲了。喂,哈克,我又听出另一个声音来了,那是印琼·乔。"

"正是——这个杀人不眨眼的混血种!我看他们还不如就是鬼魂呢!他们来这里干什么?"

这时他们的悄悄话停止了,因为那三个家伙来到了墓前,离孩子们藏身的地方只有几英尺远了。

"就在这里。"第三个声音说。说话的人把灯笼举高了一点儿,把罗宾森医生的脸暴露出来了。

波特和印琼·乔推着一辆三轮车,上面有一根绳子和两把铲子。他们把这些东西放下,开始掘坟墓。医生把灯笼放在坟墓的正头,背靠着三棵榆树中的一棵坐下来。他离孩子们近在咫尺,他们伸手就可以触摸到他。

"快干,伙计们!"他压着嗓子说,"月亮随时都会钻出来的。"

他们喘着粗气答应了一声,继续挖坟。有那么一会儿,除了铲子铲土和石头的咔嚓声,别的什么声音也没有。声音极其单调。最后,铲子铲到了棺材上,砰砰地响,又过了一会儿,掘坟的两个人把棺材抬上来了。他们用铲子把棺材盖撬掉,从里面把那尸体抬出来,粗暴地扔在了地上。月亮从云彩后面露出来,把那个死人照得一清二楚。手推车备好后,尸体放在了上面,盖上了一条毯子,用绳子捆紧。波特掏出一把大弹簧刀,把垂着的绳头割断。随后说:

"这下这该死的东西都弄好了,外科医生,可你还得再出五块钱,要不就让它在这里待着吧。"

"正是这话!"印琼·乔说。

"看这话说的,这是什么意思?"医生说,"你们要求先付钱,我已经全给你们了。"

"没错,你不仅付了钱,还干过别的好事呢。"印琼·乔说着,走近了已经站起来的医生。"五年前,我去要口东西吃,你硬把我赶出了你父亲的厨房,说我去那里没有安什么好心;我发誓说,为这事一百年后也得跟你算账,你父亲就把我当成流氓关进了监狱。你以为我把这事忘记了吗?我身上的印第安人的血不能白流。现在我把你攥在手里了,你就得有个交代,你可知道!"

这时候,他用他的拳头伸向医生,对医生威胁说。医生突然伸手打出去,把那个坏蛋打倒在地,波特把他的刀扔在地上,大声叫道:

"噫,你怎么能打我的伙伴!"紧接着他和医生扭打在了一起,两个人打得好不热闹,把草地蹬得一塌糊涂,两个人的脚跟把地面蹭得坑坑洼洼。印琼·乔这时一下子站起身来,他的眼睛里冒着怒火,捡起波特的刀,猫起腰活像只猫儿一样,溜来溜去,围着两个打架的人转圈圈,寻找下手的机会。只见医生一下子摆脱了对方,抓住了威廉姆斯墓前那块很重的木头牌子,把波特放倒在了地上——就在这时候,那个混血种看到了下手的机会,一刀捅进了那个年轻人的胸膛,只留着刀把在外面。医生摇晃了几下,半个身子倒在了波特身上,他的血顿时把波特染红了,这时云彩把这个吓人的场景遮盖住了,两个吓坏的孩子趁着天黑飞快地跑走了。

没过多一会儿,月亮又露出脸来的时候,印琼·乔正站在那两个躺在地上的人跟前打量他们。医生断断续续地嘟哝了一会儿,长长地呼吸了一两下,就安静下来了。这个混血种也嘟哝说:

"那笔账总算清了——你这该死的。"

然后他把医生身上搜了一遍。搜过尸体后他把那把要命的刀放进了波特伸开的手里,在撬开的棺材上坐了下来。三——四——五分钟过去了,波特开始动起来,呻吟了一声。他的手抓住了那把刀子;他把刀举起来,看了一眼,丢在了地上,身子打了个寒战。然后他坐起来,把医生的尸体推向一边,打量一会儿,接着环视自己的身边,一副糊涂的样子。他的眼睛与乔的眼睛相遇了。

"天啊,这是怎么回事,乔?"他问道。

"一笔肮脏的生意。"乔说,没有动弹,"你干吗要来这一手呢?"

"我呀!我可从来没有干这个!"

"看你说的!说说这话就能洗清了吗?"

波特哆嗦起来,脸色变得惨白。

"我原来以为我的酒劲儿醒过来了呢。今天晚上我本不该喝酒的呀。可是这酒劲儿还在我的脑子里作怪呢——比我们开始到这里来的时候还厉害。我脑子完全成了一锅浆糊了;现在简直什么都记不起来了。告诉我,乔——说老实话,伙计——这是我干的吗?乔,我死也没有想到敢干这种事情——指着天地良心说,我死也没有想到敢干这种事情,乔。告诉我这是怎么回事,乔。哎呀,这太可怕了——他很年轻,前途无量哪。"

"呃,你们俩扭在了一起,他用那个木板子敲了你一家伙,你就倒在了地上;后来你缓过来劲,摇摇晃晃地站起来,就像这样,抓起了这把刀,一下子捅进他身上,他那时也正用木板又狠狠地敲你一下——你就又倒在地上像木楔一样躺到了现在。"

"噢,我一点儿不知道我在干什么。我早知道我干了这等事情,那我还不如死呢。这全怪这威士忌;还有我猜也正在气头上。我这一辈子从来没有动过刀子,乔。我打过架,可从来没有动刀动枪。大家都知道的呀。乔,别说出去!发誓你不会说出去,乔——那样才叫真正的哥们儿。我一向就很喜欢你,乔,也从来为你说话的。这些你都还记得吧?

你不会说出去，是吧，乔？"这个可怜的家伙在那个杀人不眨眼的凶手面前跪下来，叩起头来央求。

"对，你对我一向公道正直，穆夫·波特，我不会对你不知好歹。看看，话说到这份儿上够一条汉子的吧。"

"噢，乔，你是个大好人。只要我活一天，我就会为这大恩大德给你祈福的。"波特说着就哭了起来。

"行了，别这样没完没了，这可不是哭鼻子的时候，你走那条路，我从这边走。现在就走吧，别在你身后留下痕迹。"

波特开始小跑，紧接着就跑得飞快了。那个混血种从身后看着他。他嘟哝说：

"看他的样子，他挨了一家伙，酒劲儿又搅和着他，完全蒙了，他得跑出去老远才能想起这把弹簧刀，可那时他又没有胆量一个人返回这样的地方——胆小如鸡的家伙！"

两三分钟以后，被杀死的医生，那具用毯子捆起来的尸体，那个撬开盖子的棺材，还有被挖开的坟墓，都没有什么人再理，只有月亮照着。寂静又完全和过去一样了。

第十章　神圣的誓言

庄重的誓言——恐惧带来反悔——历险的精神的活动力——精神折磨

这两个孩子跑呀跑呀，一直朝村子跑去，吓得连话都说不出来了。他们一次又一次扭回头来往后看，一副胆战心惊的样子，生怕有人从他们身后追上来。一路上遇到的每一个树桩都好像一个人或者一个敌人，把他们吓得连气都不敢喘；他们跑过村子附近的几所农舍时，受惊的狗汪汪叫起来，这倒好像让他们的脚长上了翅膀。

"在我们实在跑不动时，只要能跑到那个旧皮革厂就万事大吉了！"汤姆上气不接下气地说，"我几乎要趴下了。"

哈克贝利的呼呼大喘就算是作答了，这两个孩子把他们的眼睛紧紧盯着他们的目标，全力以赴地争取尽力赶到那里。他们一步一步接过了目的地，肩并肩一起扑进了敞开着的门，精疲力竭地倒在了可以藏身的阴影里。过了一会儿，他们的脉搏渐渐慢下来，汤姆小声说：

"哈克贝利，你看这事情会有个什么结果呢？"

"要是罗宾森死了，我看绞刑是少不了的。"

"你敢肯定吗？"

"嘿，当然知道，汤姆。"

汤姆想了想，说：

"谁去告发呢？我们吗？"

"你在说些什么呀？要是发生了什么意外，印琼·乔绞不死呢？呐，那他可迟早会要我们的命,就像我们躺在这里一样死定了。"

"我也正在想这个呢,哈克。"

"要是有人去告,那就让穆夫·波特告去,他要是糊涂得不知轻重的话。他总是喝得醉醺醺的。"

汤姆没有说话——一直在想事。过了一会儿他悄悄地说:

"哈克,穆夫·波特不知道谁干的。他怎么去告发呢?"

"他为什么会不知道?"

"因为印琼·乔行凶的时候他正好挨了那一家伙。你还以为他能看见什么东西吗?你还以为他知道什么东西吗?"

"天啊,可不是嘛,汤姆!"

"还有,你看——说不准那一板子把他已经结果了。"

"不会的,那一下死不了人,汤姆。他喝酒了,我能看出这个来;再说了,他什么时间都离不开酒。哦,我爹喝足酒时,你就是搬一座教堂来套在他的头上,他也什么都不知道。他说过这话,他亲口这么说的。穆夫·波特当然也是这么回事。不过要是一个人完全清醒,我看也许那一家伙就把他结果了。我不知道。"

又想了一会儿之后,汤姆说:

"哈克,你保证你能不说出去吗?"

"汤姆,我们不得不闭上嘴巴呀。你明白这个。我们要是把这事捅出去,人家又不把他给绞死,那这个印琼魔鬼准会把我们俩淹死,那比淹死两只小猫还容易。现在,汤姆,让我们俩互相发个誓吧——我们非这样干不可——发誓保持沉默。"

"我同意。那是再好不过的事情了。你愿意举起手来,发誓我们……"

"噢,不行,这事用这办法可不行。这办法为了那些乱七八糟的鸡毛蒜皮的事情还可以——特别女孩子家发誓,因为她们动不动耍小脾气,很不讲理地跟你耍赖,把事情就说出去了——可是像这样重要的事情，得有写的字据才行。而且还应该用血写出来。"

汤姆完全同意这个主意，双手赞成。它深刻，隐秘，庄重，此时、此景、周围的环境，都和这个主意十分吻合。他拾起月亮照耀下的一块干净的松木瓦片，从口袋里掏出一小块"红赭石"，借着月光写起来，很费劲地写出下面这些句子，把每画向下写的笔画都使劲地写，连舌头都在牙齿之间一下一下帮着使劲，只是在写横划的时候才用力轻一些：

"哈克·费恩和汤姆·索亚发誓闭口不说这事，如果说出去，他们宁愿当场倒地死掉，烂了算了。"

哈克贝利对汤姆的写字流利劲头和运用语言的本事佩服得五体投地。他马上从翻领上取下别针，就要扎他的肉，可是汤姆说：

"别乱扎呀！那可使不得。别针是铜的。它没准有铜绿呢。"

"什么是铜绿？"

"铜绿是毒。是毒你懂了吧。你只用吞下一点儿试试——你会明白的。"

于是汤姆把他的两根针上的线弄下来，每个孩子用针对自己的大拇指肚扎破，挤出一滴血来。接着又挤了好几下，汤姆用他的小拇指蘸上大拇指的血，对付着把他的名字的简称写上。然后他又告诉哈克贝利怎么写"哈"和"费"两个字，这份誓言就算完成了。他们把那个木瓦片埋在了墙脚的下面，搞了一些沉闷的仪式，说了些符咒，这下他们认为能封住嘴的铁链就起了作用，打开锁链的钥匙也扔掉了。

这时，一个身影从这所建筑物的另一头缺口悄悄地溜进来，可是他们没有发觉。

"汤姆。"哈克贝利悄悄地说，"这玩意儿能让我们俩永远不把这事说出去——永远永远不说出去吗？"

"当然做得到。不管以后的事情会是什么样子，我们反正保证闭上嘴巴就是了。要不我们俩就会倒在地上死掉的——你明白这个吗？"

"是啊，我看也准是这样的。"

他们继续小声说了一会儿话。这时一只狗在外面汪汪地叫,声音又长又凄凉——离他们大约不到十英尺远。两个孩子吓得一下子抱在了一起,浑身发抖。

"狗叫是说我们俩有一个会死吗?"哈克大喘着气说。

"我可不知道——从这缝里朝外面看看。快呀!"

"不,你来吧,汤姆!"

"我不行——我干不了这事,哈克!"

"求你了,汤姆。听,又叫起来了!"

"噢,天啊,谢天谢地!"汤姆小声地说,"我知道这是它的声音。这是布尔·哈宾森的声音。"①

"噢,这就好了——我跟你说实话吧,汤姆,我只差吓死了;我原以为它准是一只野狗呢。"

那只狗又叫起来了。两个孩子又吓得胆战心惊了。

"哦,我的天!这可不是什么布尔·哈宾森!"哈克贝利小声说,"快去看看,汤姆!"

汤姆战战兢兢地屈从了,把眼睛凑到了那条裂缝上。他说话时声音小得几乎听不见:

"哦,哈克,它果真是一只野狗啊!"

"快说,汤姆,快说!它这是要想干什么?"

"哈克,它一定是叫我们俩死掉的——我们赶紧靠在一起吧。"

"噢,汤姆,我看我们俩是死定了。我心里清楚我死了要到哪里去。我太不学好了。"

"真是该他妈的活该呀!这都是逃学和偏不听人家的好话的结果。

---

① 如果哈宾森先生原来有一个奴隶名字叫布尔,那汤姆会把他叫做"哈宾森的布尔",但是他的儿子或者一只狗的名字,则是"布尔·哈宾森"。——作者注。

我本来应该是一个好孩子，像锡德一样，要是我努力的话——可是没有，我当然没有。不过，我这次要是能过了这一关，我在主日学校一定会表现得乖乖的！"汤姆开始带出一点儿哭声。

"你还算坏呀！"哈克贝利也带着几分哭腔说，"该死，汤姆·索亚，你是顶呱呱的一个，比我强出八百倍。哦，天啊，天啊，天啊，我哪怕有你的一半机会也好啊。"

汤姆强忍住哭泣，小声地说：

"看，哈克，看呀！它是朝我们俩冲着脊背的！"

哈克凑过去一看，心里不由得一喜。

"哇，它真是背冲着我们的，一点儿没有错！它刚才就是这样的吗？"

"是的，它就是这样的。可是我像傻瓜一样，根本就没有想到。哦，这真是好极了，你知道。现在它是为谁叫死呢？"

汪汪的叫声停止了。汤姆竖起耳朵静听。

"嘘！这是什么？"他小声说。

"听起来像——像猪在呼噜。不——这是人在打呼噜，汤姆。"

"真是人在打呼噜！是从哪里过来的声音呢，哈克？"

"我觉得就是在这屋子的另一头。听起来就是这样子。爹过去就常睡那里，往往就跟猪在一起，不过老天爷，他打起呼噜来简直能把天吵翻。另外，我看他不会再来这个小镇子了。"

历险的精神又在这两个孩子的心头活动了。

"哈克，要是我领头，你会跟我去看看吗？"

"我很愿意跟你去。汤姆，可要是那人就是印琼呢？"

汤姆有点儿害怕了。可是没有过多久，那种诱惑又变得强烈起来，两个孩子同意一试，并且约好一旦那呼噜声停止了，他们拔腿就跑。于是，他们蹑手蹑脚走了过去，一个紧跟着另一个。他们走到离呼噜声只有四五步远的时候，汤姆一脚踩在棍子上，把棍子咔嚓踩折了。那人哼了一声，翻了个身，他的脸暴露在月亮的光下。原来是穆夫·波特。这个人动弹时，这两个孩子的心一下子傻了，满以为这下全完了，不过这时候他们的恐惧消失了。他们蹑手蹑脚地从挡风板的破洞处溜出去，在远一点儿的地方站住，互相说了句告别的话。长而凄凉的狗叫声又在夜空中响起来了。他们转过身去，看见那只野狗在离波特只有几码远的地方站着，脸朝着波特，鼻子朝着天。

"哦，奶奶的，原来是在为他叫死呀！"两个孩子压着嗓子叫道。

"喂，汤姆——人家说，两个多星期前，野狗在半夜里围着约翰尼·米勒家汪汪地叫唤；就在那天夜里，还有一只夜鹰飞来，落在栏杆上吱儿吱儿地叫；可是也没有见哪个人死了。"

"哦，我知道这个。就算没死人也不能说明什么。紧接着的那个星期，格雷西·米勒不是倒在了厨房的火炉上，把自己烧得一塌糊涂吗？"

"是啊，不过她没有死掉。不止没有死，她还见好了呢。"

"好吧，那就等着瞧吧。她死定了，就像穆夫·波特肯定要死一样。这都是黑人说的，他们对这种事情可是了如指掌呢，哈克。"

随后他们就分手了，心里还琢磨着这件事。汤姆从卧室的窗户爬进去时，一个夜晚差不多快完了。他格外小心地把衣服脱下，入睡时还暗自庆幸家里没有人发现他跑出去玩耍了。他一点儿没有觉察到轻轻打着呼噜的锡德醒着呢，而且已经醒了一个小时了。

汤姆一觉醒来时，锡德早已穿上衣服走了。看看周围的光亮，天气已经不早了，这能感觉出来。他不由得一惊。为什么没有人叫他呢——不像平常一样非逼着他起床不可？这个念头让他心中充满了不祥的兆头。他用了五分钟就把衣服穿戴起来，下了楼，浑身疼痛，昏昏沉沉的。全家人还在围着餐桌坐着，但是他们已经吃过了早饭。没有人责备他；但是大家都故意不看他；餐厅的沉默气氛和庄重氛围让他这个犯人心里直发冷。他坐下来极力做出一副欢喜的样子，可是并不那么容易；

他的努力没有赢得笑容，没有赢得响应，他也只好沉默起来，让他的一颗心掉到了最深处。

早饭后，他的姨妈把他拉到了一边，汤姆简直一阵惊喜，以为这下又要挨一顿打了；但是情形完全不是这么回事。他的姨妈只是对着他暗暗流泪，问他怎么胡闹开没完没了，非要把她这颗衰老的心弄碎了不可；后来告诉他想怎么就怎么着吧，索性把他自己毁了，给她满头的灰发多添些忧愁，让她早早入土算了，因为她就是把心操碎了也没有用。这番话可比抽他一千鞭子还厉害。他哭了，请求原谅，保证悔过自新，重新做人，随后他被允许离开，觉得赢得了一种不够完整的原谅，建立了一种疑惑的自信。

他离开姨妈跟前时，心里难受极了，连报复锡德的心情都没有了；所以锡德立即从后门跑掉实在没有必要。他郁郁不乐去上学，一脸的深沉样子，一到学校就和乔·哈珀因为前一天逃学挨了一顿鞭子，可是他一心只想着更沉重的大事，对于区区小事漠然处置，挨打的样子就显得满不在乎。后来他坐回了自己的座位，两只胳膊肘支在桌子上，双手托着下巴，眼睛盯着墙，他那发呆的眼神流露出了那种痛苦之极、已近麻木的程度。他的胳膊肘子碰到了什么硬硬的东西。过了很久，他才慢慢地、痛苦地换了换姿势，叹息一声，把那个东西拿起来。它包在纸里。他把纸打开看了看。接着就是一声长叹，拖得又慢又缓，显得很深沉，他的心这下全碎了。那是他的铜壁炉把手！

这根最后的羽毛到底把骆驼的背压折了。

第十一章　汤姆的良心

穆夫·波特自己来了——可怜的年轻人——由不得自己的行动——汤姆的良心有所动了

快到中午的时候，全村一下子传开了那个可怕的消息，人人都大吃一惊。根本用不着当时做梦也还没有想到的电报；这个可怕的消息一传十，十传百，这家传到那家，简直比电报的速度还快。为此，校长那天下午放了假；他要是不放假，镇上的人准会以为他出什么毛病了。

被杀害的人身边放了一把带血的刀，有人早已认出来它是穆夫·波特的刀子——据说是这样的。另外还有人说深夜两三点钟时，有一个夜归人碰见波特在那条"支流"里洗澡，波特立即溜掉了——种种迹象都令人怀疑，尤其波特一向没有洗澡的习惯。另外还听说，为了逮住这个"凶手"，镇上各处都搜遍了，可是找不到他。（对于考查罪证和判罪的事情，人们是一点儿不会迟疑的。）骑手已经被派往各个方向，顺着所有的道路去寻找，执法官"深信"天黑以前一定会把罪犯捉拿归案。

全镇上的人都向那墓地涌去。汤姆的沮丧心情这下没有了，跟着人群往那里去，不过这不是因为他根本不想到别的地方去，而是因为一种可怕的、难以形容的魔力吸引着他去。到了那个可怕的坟，他凭借身体瘦小穿过人群，看见了那个吓人的场景。他觉得眼前的情景好像发生在很久很久以前。有人掐了他的胳膊一下。他回头一看，眼前正是哈克贝利。随后他们俩赶紧朝别的地方看了看，害怕有人看出他们相互意会的眼色。可是大家都在议论纷纷，注意力全在他们眼前的那个惨不忍睹的场景上。

"可怜的人啊！""可怜的年轻人呀！""这对盗墓贼是个极好的教训！""穆夫·波特要是让他们逮住，那是非给绞死不可！"大家你一言我一语地说着这些话；牧师说："这是天意，上帝一手安排的呀。"

这时汤姆从头到脚打了个寒战；因为他的眼睛恰好落在了印琼·乔冰冷的脸上。正在这时候，人群开始发生拥挤，大家纷纷嚷叫说："正是他！正是他！他自己倒先跑来了！"

"谁呀？谁呀？"另一些人纷纷发问。

"穆夫·波特！"

"嘿，他怎么站住了！——看住，他想往回溜吧！可别让他溜走！"爬在汤姆头上树枝上的人说他倒不像是要走了——他看上去只是有些疑惑，来去不定。

"真是胆大包天呀！"观看的人中有人说："我估摸他是想来偷偷看看他干的好事——一点儿没有料到会有这么多人在这里。"

这时人群分开了，治安官走出来，大模大样地去拉住了波特的胳膊。这可怜的家伙脸色很难看，眼睛里满是害怕的神色。等他站到那被杀害的人跟前，他像中了风一样浑身发抖，用他的手捂住了脸，眼泪流了出来。

"我没有干这事，乡亲们，"他哭泣着说，"我发誓我真的是没有干这事呀。"

"也没谁说是你干的呀？"有人嚷嚷说。

这话似乎击中了要害。波特抬起脸来环视周围，满眼都是哀求的无助的神色。他看见了印琼·乔，大声叫起来：

"哦，印琼·乔，你保证过你永远不……"

"这是你的刀吗？"治安官把那把刀拿给他看。要不是有人搀扶着，波特一准会倒在地上，听任事情发展。然后他说：

"我不知怎么感觉到，要是我不回来拿走……"他哆嗦了一下；随后他用发抖的手做了一个有气无力的姿势说:"跟大家说说,乔,跟大家说说——瞒是再也瞒不住了。"

这下哈克贝利和汤姆站在那里目瞪口呆,听着这个铁石心肠的骗子胡扯八道了一番不慌不忙的话,他们随时都指望会有那么一会儿来个晴天霹雳,把上帝的惩罚降临在他的头上,简直不明白这天雷为什么就迟迟不肯到来。印琼·乔说完了话仍然站在那里好端端的一个大活人,这两个孩子见了心里一沉,本来摇摆着打算违背誓言去给那个被陷害的可怜的犯人救命的冲动也就消失得无踪无影了,因为这个坏蛋显然是投靠了撒旦,他居然有这么大的本领,谁管他的闲事谁准会遭殃的。

"你为什么不离去呢?你为什么还要到这里来呢?"有人这样发问说。

"我管不住自己呀——我由不得自己。"波特哀叹说,"我想跑走,可是我好像没别的地方可去,非到这里来不可。"他又开始抽泣起来。

几分钟过后,在验尸的时候,印琼·乔发了誓,把他刚才说过的话重复了一遍。这两个孩子看见还是闪不打雷不鸣,更加相信乔把自己卖给了撒旦。在他们眼里,他现在成了前所未见的怪物,坏得不能再坏,却让人不能不感兴趣,他们于是就眼不离身地老看着他的脸。

他们暗自下定决心,等有机会的时候夜里好好去盯他的梢,希望能看见他那可怕的撒旦主子一眼。

印琼·乔帮着把那具被害的尸体抬起来,放进了一辆马车里准备运走;在战战兢兢的人群里,人们小声议论说那个伤口又流一些血!这两个孩子以为这事发生的正是时候,会把大家的怀疑引向正确的方向;可是他们很失望,因为不只一个村民说:

"流血发生时就在穆夫·波特身边三英尺左右的地方啊。"

汤姆从此以后备受内心的秘密和良心的折磨,连睡都睡不好,一连几个星期都是这样。一天吃早饭的时候,锡德说:

"汤姆,你在床上乱滚,嘴里嘟囔个没完,弄得我夜里一半时间都睡不好。"

汤姆的脸一下子白了，眼睛也不敢往上抬。

"这可不是什么好兆头，"波莉姨妈一本正经地说，"你脑子在想什么，汤姆？"

"没有想什么。我什么也没有想呀。"可是这孩子的手在发抖，结果把咖啡洒了出来。

"你总说过这样的话吧，"锡德说，"昨天夜里你说：'那是血，那是血，肯定是血呀！'这话你说了一遍又一遍。你还说：'别这么折磨我呀——我说出来行了吧！'你要说出什么？你究竟要说出什么来呢？"

汤姆眼前的一切都游动起来了。这下会发生什么事情谁都说不清了，不过幸好波莉姨妈脸上的忧虑神色没有了，她给汤姆解了围，自己却不知道。她说：

"唉！准是那个杀人的案子给惊吓的。我自己差不多每天夜里都要梦见。有时我梦见那事是我干的。"

玛丽也说她受了刺激，夜里做噩梦。锡德听了觉得有道理。汤姆一等脱得了身的时候就赶紧走开了；从此以后的一个星期里，他抱怨说牙痛，每天夜里都把自己的下巴捆上。他一点儿不知道锡德每天夜里都在监视他，常常把他的带子解下来，然后用手托着头，一气儿听很大的工夫，听够了又把带子给汤姆原样捆上。汤姆的压抑情绪慢慢地熬过去了，牙疼就成了麻烦，所以不再说了。要是锡德从汤姆断断续续的梦话里听到了什么，并且从中弄清了什么，那他也能藏在自己的心里了。

汤姆好像觉得同学们没完没了地玩给死猫验尸的游戏，总是让他想起那桩麻烦的事。锡德发现汤姆过去对新鲜事情虽然爱当领头羊，眼下却在验尸这事上不当验尸官；他还发现汤姆也再不愿意当证人——这都是很少有的；另有一点锡德也没有漏掉，那就是汤姆对这些验尸的游戏甚至明显地表示反感，能避开就尽量避开。锡德觉得十分奇怪，但是没有声张。后来验尸的游戏不再流行，汤姆的良心也就不再受折磨了。

在这些备受折磨的日子里,汤姆每隔一两天就瞅准机会去那个土牢铁窗旁边,把他能弄到的小小慰劳品偷偷地递给那个"杀人犯"。这个小牢房是个小得不成样子的砖砌土牢,在村子边上的低洼地里,没有看守专门看着;不过倒也很少有什么犯人关在那里。能送去一些慰劳品,这使汤姆良心上得到了极大的安慰。

村子里的人都有一种强烈的愿望,给印琼·乔涂上柏油,粘上羽毛,用一根棍子抬上他游街,惩罚他的盗尸行径,可是他的性格太吓人,大家找不出谁愿意出头干这件事,因此这事就拖了下来。他在前面两次给验尸作证时都注意掌握火候,只说打架的事,而不说此前发生的盗墓活动;因此人们觉得目前不在法庭上审理这个案子,也不失为明智的办法。

第十二章 "药"的效应

> 贝基·撒切尔不上学了——汤姆听之任之——汤姆为猫喂药——波莉姨妈软下来

汤姆对那件藏在心里的麻烦渐渐忘掉,不当回事,原因之一是他发现了新的让他感兴趣的大事情。贝基·撒切尔近来不上学了。汤姆和他的自尊心斗争了好几天,极力想把她"吹得无踪无影",可是他做不到。他只好在夜里到她父亲的住宅周围转来转去,心里觉得很痛苦。她生病了。她要是死了那怎么好呢!一想到这里他就心乱如麻。他对打仗的游戏失去了兴趣,连去当海盗都索然无味。生活的乐趣一下子没有了;除了无聊就是无聊。他收起了他的铁环,球棒也懒得去动;玩耍这些游戏没有什么欢乐了。他的姨妈有些担心了。她开始试着各种办法医救汤姆。她是一个对成药深信不疑的人,所有促进健康和恢复健康的新配方,她都爱采用。她对这些新玩艺很喜欢尝试尝试。这方面一旦有了什么新招法,她十分热衷,马上进行尝试;不过不是拿她自己做实验,因为她从来不生病,可是她见谁生病她就拿谁做实验。她订阅了所有"健康"杂志和骨相骗术杂志;那里面的煞有介事的胡说八道,正是她鼻子要呼吸的空气。它们刊载的有关空气流通,有关如何睡觉、如何起床,还有吃什么、喝什么,以及运动多少合适,一个人应该持有什么心情为好,穿哪种衣服有利之类"胡说八道",对她来说都是福音,可她从来没有发现她那些当月的健康杂志所登载的内容,不过是把上个月所极力推进的东西反过来说了一遍。她是一个心地简单的人,实心萝卜,因此上当受骗就在所难免了。她把她那些骗人的杂志和那些糊弄人的药物收集起来，以死神武装起来，骑着她那苍白的马儿，生动形象地说吧，到处横冲直撞，"地狱就跟在她的身后"。但是她从来就没有怀疑过她对于那些备受折磨的邻居，不是医治百病的天使，也不是神丹妙药的化身。

冷浴当时正时兴，汤姆郁郁寡欢的状况对她来说是个千载难逢的机会。她每天早上天一亮就把他叫起来，让他站在那个小木棚里，给他兜头浇一身冷水；然后她使劲用毛巾给汤姆搓呀搓呀，像拿了一把锉刀在干活儿，给汤姆恢复精神；然后她用一条潮湿被单把他裹起来，再盖上几层毯子，直到把他闷得大汗淋漓，让他的心灵出得干干净净，"让那些黄色脏物从他的毛孔里渗出来"——正如汤姆所说的。

然而，这一切都无济于事，这孩子反而变得更加蔫了，脸色更苍白，情绪更低落。她于是又给汤姆添了热水浴、坐水浴、淋浴和全身浴等等办法。可这孩子还是像灵车一样，死气沉沉的。她除了水浴疗法，还辅助着稀薄的麦片粥和泡泡膏来帮忙。她把汤姆当成了一个药罐子似的，计算着他的容量，每天用各种万金油之类江湖假药把他灌得饱饱的。

汤姆这时候对于这种迫害已经麻木不仁了。这种现象倒让老太太的心里极度不安。这种麻木不仁的态度必须不惜任何代价根除才行。正好她第一次听说有一种止痛解烦的妙药。她一下子就订购了很多。她尝了尝，心里感激得不得了。那简直是火变成了液体了。她马上把水浴疗法和所有别的办法通通放弃了，把全部信心都放在了止痛解烦的药上。她喂了汤姆一勺，兴趣盎然地观察汤姆吃过药的效果。她的种种担忧马上烟消云散，她的灵魂也归于平静；因为"麻木不仁的态度"终于突破了。哪怕她给这孩子的屁股下面点了火，他也不会比她看见的更野劲十足，兴致疯狂。

汤姆觉得这次他得醒一醒了，这种生活也许够得上浪漫的，尤其他眼下十分失意，可是它渐渐变得没有感情色彩，而让人心烦意乱的话头太多了。于是他想出了各种不同的解脱方法,最后灵机一动,想到假装喜欢痛止痛解烦药品这一招。他不停地要这种药液吃,终于使他姨妈感到他是个累赘,索性叫他自己去拿上吃,不要再向她要了。要是这事发生在锡德身上,她尽可以高兴快活,用不着操心;可是这发生在汤姆身上,她就得暗中看住那药瓶的变化。她发现药瓶的药真的逐渐减少,只是她无论如何也想不到这孩子是把药液拿去给起居室地上的一条裂缝医治疾病去了。

一天,汤姆正拿着药给地上的裂缝治病,碰巧他姨妈的黄猫走过来,喵喵地叫唤,眼巴巴看着那个药勺,恳求着讨一勺吃。汤姆说:

"不到你非吃不可的时候,你还是不吃的好。彼得。"

可是彼得做出一副非吃不可的样子。

"你还是拿定主意吧。"

彼得拿定了主意。

"这下可是你要吃的呀,那我就成人之美了,因为我一向就是不小气的;不过要是你发现你不喜欢它,那你可谁也怪不着,只能怪你自己。"

彼得同意了。于是汤姆掰开它的嘴,给它灌了一勺止痛解烦的药。彼得一下子就跳了两三码高,接着它扯尖嗓子猛嚎一声,在屋子里上蹿下跳,砰砰地撞击家具,打翻花盆,制造一场浩劫。然后它后腿蹬地,欢呼雀跃,表达疯狂般的喜悦,把头高高伸起,叫唤出难以言表的幸福感受。然后它开始在屋子里乱抓乱扯,凡是它路过的地方都给糟蹋得一塌糊涂,一片狼藉。波莉姨妈走进来的时候正看见它腾空翻了几个跟头,发出最后一声尖锐的欢呼,从敞开的窗户里跳出去,把剩下的花盆撞到外面去了。老太太大吃一惊,站在那里直发愣,从眼镜上方窥探发生了什么事;汤姆躺在地上笑得透不过气来。

"汤姆,这猫到底怎么了?"

"我不知道,姨妈。"这孩子喘着粗气说。

"哦，我从来没有见猫这样闹过。是什么东西把它弄成了这样子？"

"我一点儿也不知道，波莉姨妈；猫儿过得快活时，它们就总是这样子吧。"

"是吗？真的吗？"这口气里带有一些让汤姆十分不安的东西。

"是啊，姨妈。就是说，我看是这样的。"

"你看是这样的？"

"是啊，姨妈。"

这老太太弯下身子，汤姆仔细看着，由于着急显得很有兴趣。他看出她的"走向"时为时已晚。那只不争气的勺在床下很容易看得见。波莉姨妈捡起来，拿着端详。汤姆哆嗦了一下，眼睛垂下来。波莉姨妈拉着那个常用的把手——他的耳朵——把他提起来，用她的顶针在他的头上咪咪地敲。

"嘿，小少爷，你为什么要这样对待这个可怜的小哑巴畜牲呢？"

"我这样干是因为可怜它——因为它没有什么姨妈。"

"没有什么姨妈！——你这木头脑袋。姨妈和这有什么关系？"

"关系大的去了。因为它要是有什么姨妈的话，那个姨妈就会亲自用药把它烧个半死！她会把它的五脏六腑烧烤得焦烂，好像它是个人似的，一点儿也不可怜它！"

波莉姨妈突然感到一阵悔恨的疼痛。这下把事情弄得有了新的内容；对猫来说是残忍的事情，那对这个孩子或许也是残忍的。她开始软下心来；她感到难过。她的眼睛潮湿了，她把手放在汤姆的头上，温和地说：

"我本来是一片好心，汤姆。而且，汤姆啊，那药对你还确实是有好处的。"

汤姆仰望着她的脸，一副正经的样子，稍稍眨了一下眼，勉强让人能看得出来：

"我知道你是一片好心，姨妈，我对彼得也是一片好心。这药对它也是有好处的。我还从来没有看见它这么活蹦乱跳，自从……"

"哦，一边待着去吧，汤姆，趁着你还没有惹我生气。你也试着看你能不能做个好孩子，哪怕一次，你就别再吃药了。"

汤姆提前到了学校。大家注意到这样的咄咄怪事近来每天都在发生。这时他又按近来的习惯，在学校的大门口晃来晃去，却不和他的同伴儿玩耍。他说他生病了，而他看上去也确实像有病的样子。他好像在四下张望，而实际上他是在看一个方向——就是那条路。不一会儿，杰夫·撒切尔出现在视野里，汤姆的脸上有了喜色，他看了一会儿，然后扫兴地把脸转向了一边。杰夫来到时，汤姆拦住了他搭话，绕了好多圈子把话往贝基身上"引导"，可是这个轻浮的小伙子就是不接这个茬儿。汤姆看呀看呀，巴望着一个穿花裙子的身影出现在视野里，可一经发现不是他盼望的意中人，就会憎恨那个穿裙子的人。后来，穿花裙子的人不再出现了，他就又堵心堵肺地黯淡下来；他走进空空的教室，坐下来受罪。后来又有一个穿花裙子的人进了学校的大门，汤姆顿时心花怒放，嚯一下就跳起来了。一转眼，他早蹦出了门口，像一个印第安人那样"登场亮相"；尖叫，哈哈大笑，追逐孩子，不顾性命不怕残肢断腿地一跃跳过木板围墙，打飞脚，拿倒立——凡是他能想到的风头花招他都一一使出来，同时偷偷地不停观看着贝基·撒切尔是不是在注意。然而她似乎根本没有注意这一切；她连看都不看。莫非她很可能就没有注意到他在场吗？他于是就到她跟前的地方去显示，表演得花里胡哨；叫着助阵的呐喊冲过来，一把抓走一个孩子的帽子，把它扔到了学校房子的顶上，从一群孩子中间冲过去，把他们撞得东倒西歪，他自己也趴在了地上，跌倒在贝基的鼻子底下，只差把贝基也撞倒了——而贝基却转过身去，鼻子朝天翘起，汤姆就听见贝基说："呸！有些人总以为自己是老几——总爱显示卖弄！"

汤姆的脸颊火灼灼的。他强打精神爬起来，灰溜溜地走开，如挨当头一棒，一副垂头丧气的样子。

第十三章 当海盗最牛了

结义兄弟乔·哈珀——当个小海盗——急赶去赴约——暗号口令——营火旁的谈话

汤姆这下决心已定。他心里憋得厉害,十分绝望。他说了,他是一个被遗弃的孩子,连个朋友也没有;没有人疼爱他;等人们发现他们把他逼到了什么地步时,他们也许会感到后悔的;他极力想把事情干好,力争上进,可是人们就是和他过不去;人们既然就是想赶开他,那他就躲到一边去吧;让人们为了无事生非的结果去埋怨他吧——人们不就想这样吗?没有朋友的人还有什么权利抱怨吗?是啊,人们终于逼他往这步走了:他要去过一种犯罪的生活。别无选择呀。

这时候他走下草地胡同很远了,学校"上课"的钟声在他的耳边隐隐约约叮当作响。他这下忍不住抽噎起来,想到他从此以后就再也听不到这熟悉的声音,永远永远听不到了——这是很难接受的事情,可是他不得已而为之呀;既然他被迫走向那冰冷的世界,他只能随遇而安——不过他并不记恨别人。随后他抽噎得就更重起来,一声紧似一声。

就在这当儿,他碰见了他的结义兄弟乔·哈珀——眼神发愣,心里显然正有一个了不起的吓人的主意。这下可算是"不谋而合"了。汤姆用袖子把眼泪擦掉,开始哭声哭气地诉说他决计闯荡四方,摆脱学校和家里的虐待和无情的生活,永远不回来了;他最后说希望乔不要把他忘掉。

可是这也正是乔想要跟汤姆提出的一个要求,而且也正是为此来向汤姆告别的。他母亲抽了他一顿，仅仅因为他吃了一点儿他从来没有尝过的奶酪，根本不知道那是什么东西；这分明是她讨厌他了嘛，希望他走开嘛；她要是有这样的想法，他除了委曲求全，别想好好活着；他愿意她过得幸福，永远不会后悔她亲手把她那可怜的儿子赶出家门，到那个无情无义的世界里去受罪，去找死。

这两个孩子心情黯淡地一路走着，说定了一个新的盟约，今后就是患难兄弟，同舟共济，生死不分。接着他们开始拟订他们的计划。乔想去做隐士，到一个很远的山洞里生活，吃面渣儿活着，过些日子冻死，饿死，愁死算了；但是听汤姆说过后，他觉得犯罪的生活显然也不错，就欣然同意去当个海盗。

在圣彼得斯堡下面三英里的地方，密西西比河河面约有一英里宽，一座狭长的岛上树木茂盛，岛前面是一个浅浅的沙洲，算得上是无可挑剔的秘密聚会地。岛上没有人住；它离对面的河岸更近，与河岸并排处有一片茂密的森林，里面几乎完全没有人住。于是杰克逊岛就被选中了。至于谁是他们做海盗的劫掠对象，这等大事倒是还不曾为他们想过。后来他们找到了哈克贝利·费恩，他也欣然加入了他俩的行列，因为什么行当在他来说都是一样的；他无所谓。他们马上分了手，约好在他们最喜欢的时刻——半夜里——到这个镇子上游两英里的河边一个僻静的地方集合。那里有一个小木筏子，他们准备拿来一用。每个人都要带上鱼钩和钓线，还必须以最玄妙最秘密的方式把东西盗来——就像绿林好汉的所作所为那样。下午还没有过完，他们就放风说，镇上不久就会"听到某些事情发生了"，这一手使他们觉得很风光，很带劲。凡是得到这个模棱两可的提示的人，都被他们神秘兮兮地嘱咐说："别声张，等着吧。"

快到半夜的时候，汤姆带着一只清煮火腿和几件小玩意儿，在一个小悬崖上的茂密的树林里停下来，窥望着他们的聚会地点。繁星满天，万籁俱寂。汤姆直耳静听了一会儿，没有一点儿声音来打破这宁静的气氛。然后他吹响了一声低沉的清晰的口哨。在悬崖下面传出了回应。汤姆又吹了两次；这两声又得到了两次同样的回应。随后一个警惕的声音说：

"来者何人？"

"汤姆·索亚，西班牙海黑衣大盗也。快快报来你等姓名。"

"血手游侠哈克·费恩，海洋大王乔·哈珀也。"这些绰号都是汤姆从他最喜欢的文学读物里照搬来的。

"在下明白。快把口令报来。"

两个沙哑的小声回答在那安静的夜色里同时传出了一个十分可怕的字眼：

"血！"

随后汤姆把他的火腿扔下了悬崖，自己顺着火腿下落的路线往下滚，结果把皮肤和衣服都刮破了不少。悬崖下面有一条好走的舒服的小路，可是它不具备一个海盗所喜欢的那种困难和危险的优势。海洋大王带来了一大块咸肉，因为不堪负重累得精疲力竭。费恩这位血手游侠则偷来了一只长柄平底锅，一些熏得半干的烟叶，还有几个玉米核筒代替烟袋。不过这个海盗帮除他以外谁也不会吸烟，不会嚼烟叶。西班牙海的黑衣大盗说了，没有火那就什么都无从干起。这思想不失为明智之策；那时人们几乎还不知道什么是火柴。他们看见一百码远的上游的一只大木排上有一堆冒烟的火堆，他们就悄悄地靠近那里，去取了一点儿火种。他们把这一重大行动弄得玄而又玄，时不时就嘘上一声，马上把指头放在了嘴唇上；他们用手扶着想象中的刀把前行；把嗓子压得低低的，怪吓人地传达口令，说要是"敌人"胆敢乱动，就"给他来个血溅刀把"，因为"死人不会再传瞎话"。他们分明知道驾木排的人都到村子里泡酒店或者瞎胡闹去了，可是他们不能因此就不按照海盗的一套干这件事情。

他们马上撑排离岸，汤姆当指挥，哈克划后桨，乔划头桨。汤姆站在木排中间，拧起眉头，两臂交叉胸前，用低沉而果断的口气发号施令：

"顺风行驶，把握风向！"

"听命——听命，船长！"

"把稳舵，把稳舵！"

"把稳舵，船长！"

"偏外行！"

"偏外行，船长！"

这三个孩子稳稳当当不偏不离地把木排划向中流时，毫无疑问心下明白这些命令的下达只是为了摆一摆"气派"，实际上没有任何特别的意义。

"船挂的什么帆？"

"大横帆、中桅帆和三角帆，船长。"

"挂起上桅帆！一直扯到桅杆顶，喂，你们六个快动手吧——还有前中桅的副帆！麻利点儿呀，各位！"

"听命——听命，船长！"

"摇开大二接桅帆！扯动帆脚索和转帆索！好呀，伙计们！"

"听命——听命，船长！"

"大风来了——往左转舵！风来就顺风行使！左转舵，左转舵！好呀，伙计！加油！把稳舵！"

"把稳舵，船长！"

木排行驶过了河流的中间，孩子们把船头掉正，用劲划桨。河水不算很大，因此流速不过两三英里。后来的四五十分钟里，他们几乎没有说一句话。现在木排正路过远处那个镇子。镇上的两三处闪亮的灯火表明了镇子的方位，静静地熟睡了，远处是反射着点点星光的茫茫水面，全然不知道正在发生惊人的大事。黑衣大盗仍然两条胳膊交叉在胸前站在那里，"最后目送着"他从前的欢乐和近来的痛苦的背景，还指望"她"现在能看见他,行走在汹涌的大海上,面对危险和死亡而毫无惧色,嘴上挂着冷峻的微笑去向他的厄运挑战。他只稍稍动用了他的一点儿想象力就把杰克逊岛挪到了那个镇子的视线之外,所以他和那个镇子"最后告别"时,虽然有些伤心,倒也觉得快活。另外两位海盗也在最后目送镇子;他们都遥望了许久,差一点儿让急流把他们冲到了那个岛的范围以外去。不过他们及时发现了危险,赶紧纠正过来。早上两点钟的时候,木排在离岛首二百码的沙洲上搁了浅,他们在水里跑了好几趟,才把他们运载的东西搬到了岸上。木排上的东西有一张旧帆,他们便拿着它到灌木丛里找了一个隐蔽的地方撑开当帐篷,保护他们的用品;不过既然要当海盗,他们自己在天气好的时候得在露天睡觉。

在深入森林二三十步的隐蔽的地方,他们靠着一棵大圆木的侧旁生起了一堆火,然后用那个平底锅煎了一些咸肉当晚餐,把他们带来的玉米饼子吃了一半。在一个没有人开发、没有人居住的原始森林里,远离人烟,这样无拘无束、自由自在地大吃大喝,好像是妙不可言的事情,他们说他们永远不回文明世界去了。呼呼燃烧的火堆把他们的脸照亮了,还把它那红彤彤的火光照到了他们的林中庙宇里那些用来做柱子的树干上,以及那些晶莹的叶子和花彩簇簇的藤蔓上。

最后一片咸肉吃掉之后,最后一份玉米饼子也消灭了,孩子们躺在草地上伸展身体,感到十分满意。他们可以找到一个凉快一点儿的地方,可是他们守着灼热的篝火另有一份浪漫情调,不愿意轻易一走了之。

"这不是很快活吗?"乔说。

"真是快活极了!"汤姆说,"学校的孩子们要是看见我们,会有何话可说呢?"

"可说?噢,他们恨不得立即到这里来——噢,哈克!"

"我看也是,"哈克贝利说,"反正我顶适合这种生活。我还不愿意过比这更好的生活呢。平常我连肚子都混不大饱——可在这里他们就不能随便欺负人，打骂人了。"

"对我来说，这生活正对胃口，"汤姆说，"每天早上，你用不着起早，你用不着上学去，用不着洗脸，用不着干所有那些该死的蠢事傻事。你看，乔，一个海盗上了岸，他就什么事情都不用干了，可是一个隐士还不得不没完没了地祈祷，却没有一点儿乐趣可图，只能一成不变地活着。"

"哦，是呀，正是这样的。"乔说，"不过我对这事原本也没有好好想想，你知道。这下我尝到当海盗的滋味了，那就根本不想别的了。"

"你看，"汤姆说，"人们现在不大喜欢去当隐士了，和过去的习惯大不一样了，可是当海盗却总是受人尊敬的。隐士得想着法子找最硬的地方睡觉，把粗麻布和草灰往头上弄，站到雨里去挨淋，还有……"

"他为什么要把粗麻布和草灰往头上弄呢？"哈克问道。

"我也不知道。可他们就得那么干。隐士都那样，没有例外。你要是当了隐士，你也得那么干。"

"我要当隐士我就他妈的不是人。"哈克说。

"嘿，那你要干什么呢？"

"我不知道。可我就是不当隐士。"

"嘿，哈克，要是你非当隐士不可，那你可怎么办呢？"

"嗨，我就受不了那份罪。我会偷跑了算了。"

"偷跑了算了！得，那你可就成了一个顶呱呱的懒汉隐士了。那样你就把脸丢尽了。"

血手游侠没有作答，正忙着干别的事情。他已经掏空了一个玉米核筒，往上面配了一个草杆子，装了烟叶，拿一块火炭按在上面，接着就喷出一股股清烟——这下他是饭后一袋烟，赛过活神仙了。另外两个海盗对他这个很神气的坏习惯羡慕不已，暗下决心要把这一手尽快学过来。过了一会儿，哈克说：

"海盗会干些什么呢？"

汤姆说：

"哦，他们过的全是顶呱呱的日子——抢来船把它们烧掉，抢来钱埋在他们岛上可怕的地方，让鬼魂和精灵守着，再把船上人都干掉——就是让他们走窄木板掉到海里去。"

"他们还把女人带到岛上去呢，"乔说，"可他们不弄死女人。"

"对，"汤姆表示同意，"他们不弄死女人——他们是很讲风度的。再说，那些女人也都很漂亮呀。"

"他们都穿着花里胡哨的衣服！哦，还不止呢！他们都戴金戴银戴钻石呢。"乔兴致勃勃地说。

"谁？"哈克问。

"嘿，海盗嘛。"

哈克丧气地把他的衣服打量一下。

"我看我这身行头可不适合当海盗，"他说，话音里满是情绪低落的调子，"可我就只有这身衣服呀。"

但是另外两个孩子告诉他，他们开始进行历险活动以后，阔气的衣服唾手可得。他们给他解释说，阔气的海盗虽然一般起家时穿戴讲究，可是他穿着破衣服从头干起也没有问题。

渐渐地，他们的谈话停止了，睡意不知不觉地开始爬上了这几个小流浪儿的眼皮上。烟袋从血手游侠的手指间跌落下来，他就无忧无虑、精疲力竭地睡着了。海洋大王和黑衣大盗却不那么容易入睡。他们在心里默念了祈祷，是躺着念的，因为这里没有什么权威逼他们跪下，出声地背诵；实际上，他们压根儿就不想祈祷，可他们又害怕走得太远了，没准会惹翻了老天爷，在他们头顶上突然响起个炸雷惩罚他们。后来，他们也立即到了迷糊入睡的边沿儿，要睡未睡的样子——可是就在这当儿，一个闯入者来了，还不愿意"罢休"。它就是良心。他们开始隐隐约约觉得他离家出走是不对的；接着他们又想起来那偷来的肉，然后真正的折磨就来了。他们试图劝说他们的良心，说他们从前偷糖果和苹果次数不老少了；可是良心对这样不经一驳的理由根本不当一回事；思想斗争到最后，他们好像觉得有个事实实在抹不掉，那就是他们偷糖果偷苹果只是"顺手拿"，而把咸肉和火腿这类值钱的东西悄悄拿掉，这就是不折不扣的偷盗行径了——《圣经》里十诫有一条就是禁止这个的。所以他们就暗自下了决心，只要他们一直干这个行当，他们就决不能让偷盗的行径玷污了他们的海盗生涯。然后，良心总算让他们心里平衡起来，这两个少见的自相矛盾的海盗才算安安生生地睡着了。

第十四章　海盗生活开始了

千姿百态的野营生活——轰动一时的事件——他们让人哀痛了——汤姆从营地溜走了

汤姆一大早醒来时，一时竟然不明白他在哪里。他坐起来，揉了揉眼睛，环顾四周。随后他恍然大悟了。已是黎明时分，凉飕飕，灰蒙蒙，森林里静悄悄的，没有声息，到处是一片美妙的安宁和平的气氛。没有一片叶子摇动；大自然在沉思，没有一点儿声音忍心打扰。露水珠儿逗留在树叶和草地上。一层白色的灰烬覆盖在火堆上，一缕淡蓝的烟柱直冲天空。乔和哈克还在睡觉。

这时，森林深处传来一声鸟叫；另一只鸟儿遥相呼应；不一会儿，啄木鸟哚哚地开始啄木。渐渐地，凉爽而灰薄的晨雾变白了；渐渐地，各种声音响起来，生命显示出勃勃生机。大自然的精灵抖掉了睡意，开始千姿百态地呈现在这好奇的孩子面前。一条绿色的小虫在一片湿淋淋的叶子上爬行，把它那一多半身子探向空中，一次又一次"四下闻探"，然后继续前行——它是在量距离吧，汤姆说；等那条虫子主动地爬近汤姆时，他坐在那里一动不动，像一块石头，心头的希望一会儿高，一会儿低，随着那只小生灵朝他爬近或者探头探脑地似乎要爬往别的地方起伏不定；最后它把弯弯的身子探向空中苦苦地思索了一会儿之后，终于决定爬到了汤姆的腿上，开始在他身上长途跋涉，这时汤姆高兴坏了——因为这意味着他要有一身新衣服穿了——毫无疑问是一套神气十足的海盗行头了。接着一群蚂蚁排着队不知从什么地方跑出来了，四处奔波劳碌；有一只蚂蚁雄壮地对付着一只比它大五倍的死蜘蛛，蹄忙爪子乱地拖呀拖呀，勇猛直前地向一个树桩走去。一只棕色斑点的红娘子爬上了一片草叶的尖尖上，汤姆立即低下头跟它说："红娘子，红娘子，快飞回你的房子，你的房子着了火，家里只有你的孩子。"随后它果然就展开翅膀飞去救火了——这没有让这孩子感到吃惊，因为他早知道这种虫子对于火灾疑心重重，他只是拿它的简单头脑开开玩笑而已，而且不止一次了。随后就来了一只屎壳郎，不屈不挠地推着它的屎蛋蛋行走，汤姆动了它一下，就见它立刻把腿缩回身子，装起死来。这时，鸟儿们一片欢腾。一只猫雀——一种北方的学舌鸟——在汤姆头顶的树上落下，模仿着它的左邻右舍欢天喜地啾啾叫个不停；接着又有一只尖声的蓝鸟倏地飞下来，好像一道蓝色的闪电，在一根树枝上落下，汤姆差不多伸手就能够着它；它把头歪在一旁，好奇得不管不顾地打量着这位陌生来客；一只灰松鼠和一只"类狐"的大家伙匆匆地跑过来，坐在自己的后腿上不时地打量这三个孩子，咿咿呀呀地和他们交谈，因为这些野生动物过去也许从来没有见过人，根本就不懂得什么是害怕。这时，大自然完全清醒了，活跃了；缕缕阳光从枝叶间照射下来，远处近处都是亮点，几只蝴蝶飞来在这美景里翩翩起舞。

汤姆把另外两位海盗弄醒，他们都大叫一声哇啦哇啦说着话离开，不一会儿就脱下了衣服，在白色的沙滩上清亮透底的水里互相追逐嬉耍起来。他们不再想念宽阔河面远处还在沉睡的小村庄。一股乱窜的急流或者河里稍稍上升的水面已经把他们的木排冲走，不过这倒使他们感激不尽，因为没有了木排好比过河拆桥，他们这下算是和文明世界彻底决裂了。

他们玩耍得十分尽兴时才回到了营地，心里很痛快，食欲也很强烈；他们很快把营火拢得旺旺的，哈克在附近找到了一眼清洁凉爽的泉水，孩子们用宽大的橡树叶或胡桃叶做成杯子，觉得这里的泉水有一股森林的香甜的味道，足以代替咖啡饮用。乔在一旁切咸肉备早餐，汤姆和哈克要他先停一停；他们赶到河边一条很有希望的小溪旁，把钓鱼线甩下去；几乎在转眼之间，他们就钓到了鱼。乔简直没有怎么等待，他们就带着一些鲜活的鲈鱼、两条石首鱼和一条小鲇鱼来了——足够一大家美餐一顿。他们把鱼和咸肉煎在一起，味道惊人的可口；因为鱼好像从来没这么可口过。他们不懂得河鱼钓上来到火上烧烤得越快，那味道就越是鲜美可口；他们也没有想到露天的睡眠、露天的活动、洗澡和急不可待的食欲就是再好不过的佐料。

他们用过早餐后就在树荫下随便躺下来，哈克则在一旁吸烟，随后他们就钻进树林去探险。他们欢快地一路走去，跳过腐烂的木头，在乱七八糟的灌木丛里行走，穿过森林中的威严十足的大树，只见成串成串的葡萄藤从树上垂下来。他们时不时就会碰上一些清静的去处，地上铺着地毯似的青草，还开着一些鲜花，珠宝般点缀其中。

他们发现了许多令人愉快的东西，可是并不令人感到吃惊。他们弄清了这岛大约三英里长，四分之一英里宽，离河岸最近的地方不过是一条窄窄的水道，也许还不到两百码宽呢。他们大约一个小时就游一次泳，一直玩耍到了半下午才回到了营地。他们饿得要命，没有停下来钓鱼，不过他们吃冷火腿也吃得十分带劲，然后就躺在阴凉下聊天。可是没有过多久，他们的谈话就扯淡了，随后就索性停止了。树林里特有的那种安静，那种肃穆，以及那种孤独感，开始朝这些孩子们的精神进攻了。他们陷入了沉思。一种说不清道不明的渴望使他们心里难熬。随即这种感觉渐渐地有了形状——那就是萌发的想家情绪。甚至血手游侠费恩都在梦想着他从前睡觉的那门前台阶和空木桶。但是他们个个都又为自己的软弱引以为耻，谁都没有勇气说出来心里的念头。

有那么一会儿，这些孩子隐隐约约感觉到远处有一种特别的声音，响了一阵子，就像一个人对他不大注意的钟摆的滴答声所感受的一样。但是过了不一会儿，这神秘的声音越来越大了，逼着他们去弄清楚。孩子们不禁一愣，互相看了一眼，随后每个人都做出静听的样子。间隔的寂静好像很长很长，令人难耐，一直持续着；接着一阵深沉而阴郁的隆隆响声从远处飘了过来。

"这是什么声音呀！"乔悄声说。

"我也正纳闷呢。"汤姆小声答道。

"反正不是打雷，"哈克说，声音里带有几分惧怕，"因为雷声……"

"别出声！"汤姆说，"听着——先别说话。"

他们好像等了一个世纪似的那么长，随后又是那种闷声闷气的隆隆声打破了眼前的严肃的寂静。

"我们去弄个清楚吧。"

他们马上跳起来，朝镇子方向的岸边赶去。他们拨开岸边的灌木丛，向河面望去。离镇子大约一英里的地方有一艘小汽艇渡船在河里漂动。渡船的甲板上似乎都是人。另外有许多小船在围着渡船的水域划动或漂浮，可是孩子们一下子弄不明白那些人在干什么。过了一会儿，一溜白烟从渡船一侧射出来，随着白烟扩散后变成薄薄的雾气缓缓上升，那种震动的低沉的声音传到了这三个听众的耳朵里。

"我现在明白了！"汤姆大声说，"有人淹死了！"

"正是！"哈克说，"上次比尔·特纳淹死时，人家就这么干过；他们在向河面上放炮，要把他从河下震到河面上来。对，他们还把一条条面包灌上水银，放在河里漂浮，一到了有人淹死的地方它们就漂向那里，停下来不动了。"

"是的，我听说过这回事。"乔说，"我不明白面包怎么就有这本事。"

"噢，那倒也不是因为面包有什么本事。"汤姆说，"我看这大概是因为他们在把面包放到河面之前，对面包说了什么咒语吧。"

"可是他们没有对面包说什么，"哈克说，"我亲眼见过，他们没有说的。"

"噫，那就有意思了，"汤姆说，"不过他们也许对自己说了什么吧。

当然他们会说的。谁都明白这个。"

另外两个孩子同意汤姆说的话有道理,因为一块什么都不懂的面包,要是不念什么咒语给它,让它去干这么重大的差事,怎么说都是不能胜任的。

"我的乖乖,真希望我也在那里多好。"乔说。

"我也有同感,"哈克说,"很想知道淹死的是谁。"

孩子们还在听着,看着。没过多一会儿,汤姆的脑子闪过了一个念头,他于是大声叫起来:

"伙计们,我知道是谁淹死了——就是我们自己呀!"

他们立刻感觉到像英雄一样。这可是很辉煌的胜利;他们让人想念了;他们让人哀痛了;人们为了他们的缘故都伤心欲碎了;眼泪哗哗往下流了;人们想起从前对待这几个失踪的孩子怎么不好,心里感到不好受了,悔恨的念头缠在心头,可是没有什么用处;最可取的是,全镇都在议论这几个淹死的孩子,别的孩子对这种众人关注的名气一定羡慕得要死。这真是妙不可言。不管怎么说,当个海盗是很值得的。

黄昏临近的时候,那艘渡轮返回去干它的老行当去了,那些小船消失了。海盗们返回了他们的营地。他们对他们新获得的荣耀和正在制造的麻烦,洋洋得意,欣喜若狂。他们钓了鱼,做好晚饭,一起吃过,躺下来猜测全镇子的人正在怎么议论他们,想些什么;他们构想着大家为了他们出走伤心着急的景象,心里好不得意——不过只是从他们这方面想的。然而,等夜色把他们笼罩起来的时候,他们渐渐地停止了谈话,两眼瞪着篝火,脑子里显然早往别的地方胡思乱想了。兴奋的顶点现在过去了,汤姆和乔禁不住会想起家里的某些人,心里清楚他们显然对这个好玩的玩笑不像他们自己这样把玩不已。不安的情绪来了;他们俩渐渐烦恼起来,心里扫兴;不知不觉中他们长吁短叹一两声。后来,乔怯生生地绕着弯试探另外两个孩子的"心思",打探他们对返回文明世界有何态度——不是立即回去——而是——

汤姆马上嘲弄乔，让他下不了台！哈克还没有供出实话，马上附和汤姆，乔这个动摇分子就很快"打了圆场"，说很高兴让自己身上胆小的思家的毛病少沾染坏东西，尽量克服弱点。一场哗变的危险总算暂时平息了。

夜晚渐深，哈克开始打瞌睡，很快就睡着了。乔紧随其后。汤姆用胳膊肘支撑着身子，好久一动不动，专注地看着他的两个同伴。最后他小心地跪起来，在草地和营火射出的闪光中搜寻。他捡起一棵洋梧桐的一些半圆形的白色树皮，细细看了一会儿，最后选定了两块合意的。随后他在火堆旁跪下，使劲地用他那块红石头在这两块树皮上写了一些字；他把一块叠起来放进上衣的口袋里，另外那块他就放在乔的帽子里，再把帽子拿得离它的主人稍远一些。另外他还在这顶帽子里放了一些很珍爱的小学生的宝贝玩意儿——有一根粉笔、一个橡皮球、三个钓鱼钩和一颗叫做"真水晶球"的那种石弹子。然后他蹑手蹑脚地很小心地从树丛中离去，直至他觉得他走出了听觉范围，这才立即朝沙洲那边飞奔而去。

第十五章　母亲忏悔泪

他们到伊利诺伊州去——汤姆实地考察——了解形势——他偷偷地溜走——来自"营地"的报告

几分钟过去，汤姆就赶到了沙洲的浅水滩上，直向伊利诺伊州那边的岸边走去。河水还没有淹没他的腰部时，他已经走到了河的中间；急流不允许他再涉水前行时，他就很有信心地开始游泳，把剩下的部分游完。他向着上游划水，河水却把他往下冲，那速度比他预计的要快一点儿。不管怎样，他最后还是游到了对岸，再顺水往下漂，直到发现了一处比较低的地方，爬上岸来。他把手伸进了他的上衣口袋里摸了摸，知道那树皮还好好地待在那里，随后就钻进了树林，沿岸走去，衣服湿淋淋地贴在身上。将近十点钟的时候，他钻出树林，来到了面对着镇子的那片空地，看见那艘渡船停在树影里，紧靠着岸。繁星满天，一切都很安静。他悄悄地往岸下爬，两只眼睛四处打探，又钻进水里，划了三四下，爬上一只跟在大船后"备用"的小艇里。他躺在坐板下面，气喘吁吁地等待着。

过了一会儿，破钟敲响了，一个声音下命令"开船"。一两分钟之后，小艇的头被渡船激起的水浪冲得竖立起来，航行开始了。汤姆为自己的成功感到高兴，因为他知道这是渡船的最后夜班了。行走了十二或者十五分钟后，机轮停下来了，汤姆溜下小艇，在黑暗里向岸边游去，在下面五十码的地方上了岸，免得让路过的人看见。

他沿着人迹稀少的小胡同奔跑着，不久就到了他的姨妈的后围墙边。他翻过围墙，接近"侧房"，从起居室的窗户往里窥探，因为里面有烛光在燃烧。波莉姨妈、锡德、玛丽和乔的母亲都坐在里面说话。他们离床不远，而床就在他们和门之间。汤姆走到了门口，开始悄悄地把门栓拉起来；然后他稳稳地推门，那门就开了一点儿缝；他继续小心翼翼地往开推，每次门吱扭响一下，他浑身就颤动一下，直到他认为他可以跪着爬进去才不推了；于是他把头伸进去，警觉地往里爬去。

"这蜡烛怎么给风吹得摇晃呢？"波莉姨妈说，汤姆加快爬动。"门开着，我觉得。可不是，门就是开着。怪事怎么就没完了呢。快去把门关上，锡德。"

汤姆这时正好爬进了床下面。他窝在那里，"歇了歇气儿"，然后才爬到了他几乎能够着他姨妈的脚的地方。

"可是正像我刚才说过的，"波莉姨妈说，"他并不坏，这话没错——只是爱淘气。只是有点浮劲儿，冒冒失失的，你知道。他还只是个孩子，不懂事。他可从来没有坏心眼儿，比别的孩子的心眼儿一点也不差……"她接着就开始哭起来。

"我家的乔也是一样的——总是淘气得要命，什么花样也玩得出来，可是他一点儿也不自私，性格也不错，再好不过呢——我的天啊，一想起来心里就难受，我冤枉他偷吃了奶酪就抽了他一顿，一点儿没有想起来是因为奶酪酸了我自己把它扔了，现在倒好，我这辈子永远看不见他了，永远，永远，永远呀，可怜这受了冤枉的孩子！"哈珀太太抽泣起来，仿佛她的心破碎了。

"祝福汤姆在另一个世界过得更好，"锡德说，"不过要是他在某些方面不那么过分……"

"锡德！"汤姆都能感觉到那老太太的眼光气势汹汹的，尽管他看不见。"这孩子已经到另外一个世界去了，你就别说他的坏话了！上帝照管他了——你就用不着再为他操心了，小少爷！哦，哈珀太太呀，我真不知道把他丢了怎么是好呀！他是我的安慰，尽管他总让我的这颗衰老的心担惊受怕,不得安宁。"

"上帝把孩子赐予我们,现在又收回去了——感谢上帝吧!可这事太难接受了——哦,太难接受了!就在上星期六,我家乔还对着我放了个爆竹,我竟把他打得趴在了地上。我当时怎么知道他就快……哦,要是他现在再干这事,我一定要好好地把他抱在怀里,夸他干得好呢。"

"是呀,是呀,是呀,我完全知道你现在的心情,哈珀太太,完完全全知道你这时是什么感受。也就在昨天中午,我家汤姆还在给猫喂止痛镇静药呢,我当时真以为那小东西要把这房子给弄翻了呢。老天爷原谅我吧,我用顶针狠狠敲了汤姆的头,可怜的孩子,可怜的短命的孩子。可是现在他的委屈也随他去了。我最后听他说的话就是抱怨我……"

往事说到这里这老太太实在受不了了,精神完全垮台。汤姆这时自己也不禁鼻子一酸——不过他倒是更多地在同情自己,而不是别人。他听见玛丽在哭泣,一次又一次地为他说好话。他这下觉得自己比以往任何时候都高贵。不过,他还是被姨妈的忧虑大大地感动了,恨不得立即从床下冲出去,让她悲极生乐——这种行为的妙不可言的戏剧性倒是非常投合他的胃口,可是他到底还是忍住了,待着没有动。

他接着听下去,从东一句西一句的对话里他听得出大家开始还以为他们几个孩子是去游泳淹死了;后来发现那个小木排不见了;又往后听别的孩子说,那几个失踪的孩子曾经事先跟他们说了,村子里不久会"听到某件新闻";有些脑子灵活的人曾经"把东一点西一点的消息凑在一起",得出结论说那几个孩子是乘上木排跑掉了,很快会在下游的什么镇上出现的;可是到了中午时分,那个木排让人找到了,就在村子下游五六英里的地方靠密苏里河岸那边停着——于是人们这下都绝望了;他们一定是淹死了,要不然他们顶多支撑到傍晚时分,饥饿会把他们逼回家来的。人们相信,打捞尸体一无所获,主要是因为他们是在河流正中间淹死的,因为这些孩子都是游泳好手,要是离岸近怎么也扑棱到岸上去了。这是星期三夜里。要是等到星期日尸体还找不到,那就完全没有希望了,到了那天早上举行葬礼就是了。汤姆听得不禁打了个冷战。

哈珀太太抹着泪水说了晚安,准备起身离去了。随后两个伤心欲绝的妇人同病相怜,冲动地搂抱在一起,淋漓尽致地大哭一通,借以安慰,然后就分手了。波莉姨妈向锡德和玛丽道晚安的时候比平时温和得多。锡德抽泣了几下,玛丽却哭得很伤心地离去了。

波莉姨妈跪下来为汤姆祈祷得令人感动,十分恳切,她的祷词和她那上年纪人的颤动的声音流露出了无限的慈爱,她还在祈祷之中汤姆却早已泪流满面了。

她上了床好久,汤姆还得在床下面待着不动声色,因为她一次又一次地发出伤心的感叹,在床上翻来覆去睡不着。但是最后她安静下来了,只是在睡梦中偶尔呻吟一两声。这时候汤姆偷偷钻出来在床边慢慢站起来,把手遮住蜡烛的光,站在他姨妈身边看着她。他对她不禁心疼万分。他把那片写了字的树皮拿出来,放了蜡烛旁边。可是他心里突然产生了一个念头,他犹豫着想了一会儿。他拿定了主意后脸上马上露出了喜色;他立即把那片树皮装进了口袋里。然后他弯下身子吻了吻他姨妈那憔悴的嘴唇,马上偷偷地溜走,顺便把身后的门带上。

他顺原路返回渡船码头,四下望去无人走动,就大胆地登上了渡船,因为他知道船上没有人过夜,只有一个留守看船,总是天一黑就睡觉,一睡着就像一块雕刻的石像。他解开渡船后面的小船,钻了进去,很快小心翼翼地向上游划去。等他划到了离开村子一英里的地方,他开始斜转船身横着渡往对岸,全力以赴地挥桨前行。他干净利落地在对岸的着陆点上了岸,因为他干这事十分拿手。他灵机一动,打算把小船扣下,心想也许它可以当做大船使用,因此就成了海盗起家的合法缴获物,可是他又知道要是有人仔细搜查,它就会暴露,把整个事情弄砸了。于是他上了岸,钻进了树林。

他坐下来,好好地休息了一下,同时强迫自己保持清醒,随后小心翼翼地向下游走去。黑夜快完了。天空大亮时他才走到岛上的沙洲的对面。他又休息了一会儿，这时太阳高高升起，灿烂的阳光把大河照得十分壮观，随后他一跃跳进河里。不一会儿，他浑身湿淋淋地在篝火很近的地方停下来。他听见乔说：

"不，汤姆很可靠，哈克，他会回来的。他不会开小差。他知道开小差是当海盗的耻辱，他挺傲气的，不屑干这种事情。他肯定是去干什么事情了。我只是纳闷儿会是什么事情呢？"

"得，不管怎样，这些东西都是我们的了，不是吗？"

"差不多吧，不过还不到时候，哈克。这上面的话说，他要是早饭前来不了这里，它们才是我们的。"

"他按时回来了！"汤姆大声叫道，颇有些戏剧效果，大摇大摆地走进了营地。

丰盛的早餐很快就摆上了，有咸肉，也有鱼，孩子们大吃起来时，汤姆把他的历险经过讲了一遍，自然少不了添油加醋。故事讲完之后，他们就成了一伙自鸣得意牛逼哄哄的英雄了。然后汤姆躲在一个阴凉的安静去处，一觉睡到了中午，另外两个海盗则准备随时去钓鱼和探险。

第十六章　新的计划

　　白天的娱乐——汤姆泄密——海盗吃苦头——夜袭——印第安人的战争

　　午饭吃过后，一行三人都出发到沙洲上找乌龟蛋。他们到处走动，用棍子往沙里捅，碰到虚松的地方，他们就蹲下用手挖沙。有时他们在一个窝里竟能挖出五六十个乌龟蛋。它们都是些圆溜溜的白色玩意儿，略比英格兰胡桃小一点儿。晚上他们吃一顿呱呱叫的煎龟蛋，星期五早上又吃了一顿。

　　早饭吃过后，他们跑到沙洲上吱哇乱叫，兴奋不已，你追我赶，跑呀跑呀，一边跑一边把衣服通通脱下来，直到各个都脱得赤条条的，随后他们接着打闹，跑到沙洲边的浅水滩里去，对着急流站着，让流水猛烈地冲击他们的腿，给他们增加了极大的乐趣。他们还时不时低下身子站在一起，用巴掌撩起水往对方脸上泼。而且越撩越近，大家只好扭转脸躲避那些让人透不过气来的水花，最后他们扭在一起，纠成一团，直到最厉害的人把身边的伙伴按进水里，然后他们再一起钻入水中，只留着白白的腿和白白的胳膊在外面纠缠在一起，随后又站起来，喷出鼻子的水，吐出嘴里的水，大笑不止，同时大口大口地喘着气。

　　他们玩耍得精疲力竭的时候，就跑出水域，扑进又干又热的沙里，躺在那里用沙子盖满身上，过一会儿重新跳进水里，把一开始玩过的游戏再玩起来。玩到最后，他们猛然想到他们赤裸的皮肤可以毫不逊色地代替肉色"紧身衣"；于是他们就在沙里画了一个圆圈，玩起马戏来——一场戏三个小丑，因为谁都不甘心把这个最耀眼的角色让给自己的伙伴。

接着他们找来了他们的石弹子玩"指节弹球"、"球击球"和"球赢球"，直到玩得没劲了才罢休。接下来，乔和哈克又下水游泳去了，但是汤姆没有贸然下水，因为他发现他当初使劲甩下裤子以后，把他脚脖子上那串响尾蛇尾巴骨一起甩掉了，他纳闷儿他游了半天泳而没有这串神秘符咒的保护，居然没有抽筋。他直到找到了它才敢去游泳，可这时候另外两个孩子已经累得不行，只想休息了。他们渐渐地各自走开，陷入了"消沉状态"，开始用向往的目光向宽阔的大河对岸那在阳光下打瞌睡的小村庄望去。汤姆发现自己用脚拇趾在沙上写出了"贝基"的名字；他马上把它抹掉，为自己的软弱有些生气。可是他又把它写出来了；他管不住自己。他又把它抹掉，随后把另外两个孩子硬赶在一起，自己加入其中，抵挡这种诱惑。

然而，乔的精神几乎低落到了无可挽回的地步。他想家想得厉害，简直痛苦得受不了了；眼泪直在眼圈儿里打转转。哈克也沉默不语，郁闷不乐。汤姆心情发蔫儿，可是他强打精神不让这种情绪流露出来。他心里有一个秘密，还不想说出来，可是如果这种沉闷的气氛不打破，他只好把这招拿出来了。他故作喜态地说：

"伙伴们，我敢说，这岛上过去有过海盗。我们不妨探探险。他们也许在什么地方藏下了宝物了。你们要是找到一口破箱子里全是金子和银子，那该是什么感受呀？"

可是这番话只引发了一点儿微不足道的热情，没有人怎么响应就消失了。汤姆又使出了别的两招引诱，但是效果太差。这很让人泄气。乔坐在那里，用棍子捅沙，一副少精无神的样子。最后他说：

"喂，伙计们，咱们不干了。我想回家了。这生活太闷得慌了。"

"哦，不，乔，过一会儿你就会好起来的。"汤姆说，"想想这里的钓鱼多有意思吧。"

"我才不管什么钓鱼不钓鱼的。我想回家。"

"可是,乔,别的地方可没有这么好的游泳条件呀。"

"游泳也没有什么好玩的。不知怎么的,没有人拦着说不让游泳,我倒好像对游泳上不上心了。我就想着回家。"

"噫,丢人!像三岁娃娃!我看你是想见你妈妈了吧。"

"是的,我就是想见我妈妈了——你要是有的话,你也保管想了。你比我这三岁娃娃大不到哪里去。"乔说着就抽泣了几声。

"好吧好吧,我们就让这个哭鼻子的娃娃回家见他妈妈去吧,是不是哈克?可怜的小东西——不就是想去找妈妈吗?那就去找吧。你喜欢这里,不是吗,哈克?我们待在这里,好吗?"

哈克说声"是的"——说得一点儿也不由衷。

"我这辈子是不会再理你了,"乔说着站了起来,"听清楚就是了!"他闷闷不快地走开,开始穿戴衣服。

"谁在乎这个!"汤姆说,"谁愿意和你搭理似的。快回家哈哈大笑吧。哦,你还是个呱呱叫的海盗呢。哈克和我可不是爱哭鼻子的娃娃。我们要留下来,是不是,哈克?他想走就让他走吧。我看我们离了他照样干下去。"

然而,汤姆还是不安起来,眼看乔阴沉沉地把衣服就要穿戴好了,不由得感到紧张。后来看见哈克眼巴巴地看着乔准备离去,也不帮着说会儿话,兆头不好,更感到事情不妙了。没有过多一会儿,连句告别的话也不说,乔就上路往伊利诺伊州岸边走去了。汤姆的心开始下沉了。他看了一眼哈克。哈克受不了汤姆的看视,把眼睛垂了下来。然后他说:

"我也想回家,汤姆。不管怎么,这生活还是太没劲了,现在就更加没有意思了。我们还是一块儿走吧。汤姆。"

"我不走!你要想走,你们都走好了。我是要坚持下来的。"

"汤姆,我还是回去的好。"

"好啊，回去吧——没有人拦着你呀。"

哈克开始把他散乱的衣服捡起来。他说：

"汤姆，我希望你也一起走。你现在还是想一想吧。我们到了岸边会等你的。"

哈克忧心忡忡地离去了，汤姆站在那里目送他离去，内心深处升起强烈的欲望，恨不得扯下他的那点儿自尊，也一起离去算了。他多么希望那两个孩子停下来，可是他们仍然在往前慢慢地走。汤姆突然感到身边变得异常孤独和安静。他和自己的自尊斗争了一会儿，然后向他的同伙追去：

"等等！等等！我有话要跟你们说！"

他们马上停了下来，转过身来。汤姆走到他们跟前时，开始把他的秘密说了出来，他们两人阴沉沉地听着，听到最后才听出了汤姆的"妙处所在"，接着就大叫大喊着赞不绝口，说这招真是"绝极了"！还说汤姆要是早告诉他们，他们就不会离去；可是汤姆藏而不说的真正原因是一直担心甚至这个秘密也留不住他们太久的时间，所以他就打算把这招留到万不得已时才拿出来当诱饵。

三个孩子欢欢喜喜地返回来，痛痛快快地玩耍起来，喋喋不休地谈论汤姆那个了不起的计划，对计划的妙处大加赞扬。晚餐是鲜美的龟蛋和鱼，饭后汤姆说他想学吸烟。乔立即响应，说他也想试试。于是哈克备好烟袋，装上烟叶。这两个外行过去从来没有吸过烟，除了葡萄藤制的雪茄，而那种雪茄是辣舌头的，人家见了也不认为有什么派头。

这时他们趴在地上，用胳膊肘支撑着身子，开始吸烟，很当回事，担着很大的心。烟的味道很不是滋味，抽着反胃，可是汤姆说：

"咳，吸烟这么容易呀！早知道这么容易，我应该老早就学会它。"

"我也是，"乔说，"吸烟真的没什么难的。"

"哦，很多次，我看见人家吸烟，满以为我迟早要学学的，可是从来没有想到我就真的吸起来了。"汤姆说。

"我就是这么想的,对吧,哈克?你听我这样说过吧——不是吗,哈克?我要是没有这么说过,那就由哈克来说说。"

"是的——说过好多好多次呢。"哈克说。

"对,我也说过这话。"汤姆说,"噢,说过不下一百次。有一回在屠宰场。你不会忘记吧,哈克?鲍勃·坦纳在场,约翰尼·米勒和杰夫·撒切尔也在场,我当着他们的面说的。我说过的话你没有忘记吧,哈克?"

"是的,正是这样的。"哈克说,"就在我把我的白弹子丢掉的第二天。不对,是在前一天的。"

"是吧——我是这样说的吧。"汤姆说,"哈克记起来这事了吧。"

"我相信我能一整天都吸这烟袋,"乔说,"我还不觉得恶心呢。"

"我也不觉得恶心,"汤姆说,"我吸一天也没有问题。不过我相信杰夫·撒切尔做不到这点。"

"杰夫·撒切尔!他吸两口就趴下了。只要让他试试就够他呛。他准保出尽洋相。"

"我敢说他会出洋相。还有约翰尼·米勒——我希望我能看见约翰尼·米勒试一试。"

"哦,我这里正想到他了!"乔说,"嘿,我敢说约翰尼·米勒吸烟比干别的任何什么都不在行。只要吸进去一点点就会弄得他晕头转向的。"

"当然准会是那样,乔。喂——我真希望那些孩子这时都在这里就好了。"

"我也这么想呢。"

"喂——伙计们,别说这个了,过些时候当着他们的面,我走到你跟前,说:'乔,带着烟袋吗?我想吸袋烟。'你则会一副满不在乎的样子,仿佛这根本算不了一回事,你会说:'是呀,我带着我的旧烟袋呢,另外还有一根,不过我的烟叶可不怎么好呀。'而我就会说:'哦,那就好,只要有劲就行。'然后你就把烟拿出来,我们俩老练地把火点上,让他们开开眼界!"

"乖乖,那可太好玩了,汤姆!我多希望现在就发生啊!"

"我也是这心情!等我们告诉他们我们是当海盗时学会的,难道他们不羡慕得要命,恨不得跟我们一起来吗?"

"哦,我看准没错!我完全相信他们会那样想的!"

他们的谈话就这样进行下去。可是过了一会儿谈话就扯淡了,变得前言不搭后语。沉默的时候越来越多;吐痰的时候越来越多。两个孩子的腮帮成了喷水的泉眼;他们的舌头下面好像水灌了的水窖,他们得不停地往外淘水,害怕大水成灾;尽管他们干得很卖劲,小股的水还是免不了往喉咙下面流去,每流一点儿他们都会感到一阵恶心。这时候两个孩子都看上去脸色走样,一脸痛苦。乔的烟袋从他那无力的手指间掉下去了。汤姆的也不例外。两眼喷泉的水都涌流不止,两台水泵也就加大马力往外扬水。乔有气无力地说:

"我的小刀不见了。我看我还是去找找的好。"

汤姆的嘴唇哆嗦着,口齿不清地说:

"我去帮你一把吧。你往那边走,我到那眼泉水旁边找找。不,你不用来了,哈克——我们找得到的。"

这样,哈克就又坐了下来,等了一个小时。后来他觉得闷得慌,起身去找他的伙伴。他们两个在树林里东一个西一个,两个人脸色都很苍白,早睡得死沉沉的了。但是哈克从情况看,要是他们有什么危险的话,他们也早挺过去了。

那天晚上吃晚餐时,他们的话不多了。他们露出一种低眉顺眼的样子,晚饭后哈克准备烟袋,给他们两个装烟叶时,他们都说不行,他们觉得不大对劲——他们吃晚饭吃得有些不合胃口了。

大约午夜时分,乔醒来了,喊另外两个孩子。空气里有一种郁结的憋闷,似乎在预示着什么。孩子们紧紧地依偎在一起,靠近火边寻求友好的相伴，尽管窒息的大气里弥漫着难耐的死气沉沉的闷热。他们静静地坐着，神情专一，耐心等待。肃穆的安静持续不断。火光以外的一切全都被茫茫无际的黑暗吞并了。不一会儿，一道闪光亮起，模模糊糊地把树上的枝叶照亮，而后迅速消失。过了一会儿，一道闪光又亮了，略比先前亮了一点儿。然后又是一道。接着隐隐约约的隆隆声在森林里的树枝间响起，孩子们感觉到他们的脸上起了丝丝凉意，不禁心头一颤，以为黑夜的精灵从他们身边过去了。一阵停息。随后是一道令人胆战的闪光，把黑夜照得一如白昼，也照亮了他们脚旁的每根野草，茎茎叶叶一清二楚。这道光也照亮了三张惨白的受惊的脸。一声深远的雷声轰轰隆隆地在天际炸响，一路滚过，向远处渐渐地变得闷声闷气，终于消失了。一阵凉风刮起，把树叶吹得沙沙作响，篝火的灰烬白雪般纷纷旋起。又一道强烈的光亮把树林照得锃亮，紧接着就是一声炸雷爆裂，似乎把孩子们头上的树顶炸开了。他们吓得紧缩在一起，躲避紧接着到来的漆黑。几滴大雨点啪啦啪啦打在了树叶上面。

"快跑！伙计们，快到帐篷里去！"汤姆大声喊道。

他们一跃而起，在黑暗里深深浅浅磕磕绊绊踩着树根和藤蔓奔跑，摔得东倒西歪。一阵凶猛的大风在树间呼呼刮着，所到之处都带出呜呜的鸣叫。耀眼的闪光一道接一道，震耳的雷声一阵接一阵。很快，瓢泼大雨下起来了，渐渐猛烈的大风把大雨顺着地皮刮成了一片片水帘。孩子们你叫我喊，可是狂吼的大风和隆隆的雷声把他们的喊叫立即淹没了。好在他们终于各自都溜回了营地，在帐篷下躲避起来，又冷又怕，每个人都给浇成了落汤鸡。可是能够终于同甘苦共患难还是得谢天谢地。他们说不出话来，即使别的声音构不成干扰，那块旧帆布啪啦啪啦起劲的击打声也饶不过他们。暴风越刮越大，不久那大帆布就给刮离了固定的绳子，跟随大风卷走了。孩子们互相拉起了手，飞奔到河边一棵大橡树底下去躲避，一路上跌了一跤又一跤，摔得到处是伤痕。这时这场大战正在最激烈的时候。在一道接一道的闪亮中，地上的万物都毕露无遗，连影子都没有了；躬起腰的树，大河浪涛汹涌，白沫飞溅，水帘在风中忽起忽落，大河对岸那些高崖若隐若现，每幕景物都在急行的乱云和横斜的雨幕中偶露峥嵘。每过一会儿，一棵大树就会打了败仗，咔嚓一声从较小的树丛中间倒下来；越来越猛的响雷爆发出一声又一声震耳欲聋的又烈又急的劈裂声，简直是难以形容地让人惊心动魄。眼前的这阵狂风暴雨显示出了无比的威力，使出了浑身的解数，仿佛要在眨眼之间就把这岛炸成碎片，烧成灰烬，把上面的树木通通淹掉，全部刮走，把岛上的所有生物都毁于瞬间。离家出走的孩子们跑到这样的世界，遇上这样野蛮的黑夜，算是倒了大霉了。

好在这一场战斗终于结束了，战场上的各种力量鸣金收兵，助战的呐喊和隆隆鼓声变得越来越弱，和平恢复了优势。孩子们惴惴不安地回到了营地；不过他们发现应该感谢的事情就在眼前，因为庇护他们床位的那棵大洋梧桐树让雷电完全劈毁了，幸亏他们当时不在树下，躲过了这场劫难。

营地的所有东西都淋得精湿，营火也没有幸免。他们毕竟是丢三落四的毛头小子，有他们那代人的通病，没有作防雨的准备。这是令人十分丧气的事情，因为他们全身都湿透了，冷得要命。他们的狼狈处境是显而易见的；可是天无绝人之路，火堆原来挨近的那根倒地的大木头（在它翘起离开地面的地方）被火力烧进去很深很深，因此一块巴掌那么大的地儿没有被雨淋湿；于是他们从那些躲避了雨淋的木头底下弄到一些碎片和树皮，在那点儿火种上很耐心地引火，终于把火燃着了。然后他们又加了许多大块的枯树枝，一直把火烧得熊熊冲天，他们的心情才快活起来。他们把火腿烤干，饱吃了一顿，然后围火而坐，把半夜里的历险活动夸张和渲染一气，一直吹嘘到早晨，因为周围一带没有一处可以躺下来睡觉。

太阳开始悄然升起，照到了孩子们身上，睡意在他们的身子里作祟，他们就向沙滩走去，准备躺下来睡觉。没过多一会儿他们就被晒得暖烘烘的，有些无聊地坐下来吃早饭。早餐后，他们觉得身子发硬，骨头转动不灵，又开始有点想家了。汤姆看出了这种苗头，就尽量说些好玩的事情让另外两个海盗高兴起来。但是他们俩对弹子啊，马戏啊，游泳啊，还有别的什么，都提不起兴趣。他又给他们提起那件了不起的秘密，总算让他们有了一点点兴致。趁着这点兴趣，他又为他们想出了一种新花样，让他们保持兴趣。那就是暂时放弃当海盗，换换花样，当当印第安人。这个主意令他们神往；接下来他们就立即把衣服脱得精光，浑身都抹上了黑泥，各个都像斑马一样——还真把自己当长酋长——随后他们就哇哇叫着冲进树林，去袭击英国人的居住地。

过了一会儿，他们分成了三股势不两立的部落，打埋伏，哇哇叫唤着互相冲击，成千上万地杀戮对方，刮下头皮。这真是一个血腥的日子。杀人放血的日子是很可以让人心满意足的。

将近晚饭的时候，他们才在营地聚会；又饿又高兴；可是这时发生了一个难题——彼此仇杀的印第安人必须先讲和，才能在一起友好地吃饭，而这又需要吸一口讲和的烟。除了这个办法，他们还没有听说什么别的办法。这三个野蛮人中间有两个还希望当海盗。这样一来，他们就没有办法调和了；于是他们只好拼命做出高兴的样子，把烟袋要过来，按照习惯的仪式轮着抽了一口烟。

看看吧，他们很高兴他们成了野蛮人，只因为这下他们有所收获；他们发现这时他们能吸一口烟，而不必晕晕乎乎地去找什么丢失的小刀了；他们没有吸烟吸得恶心难受，不堪收拾。这是大有希望的快事，他们当然不会不再下一番苦功，轻易放走这种尝试。不会的，晚饭后他们又小心翼翼地练习了一番，取得了可喜的成功，这样一来他们就过了一个快活的夜晚。这项新的成就使他们自豪，使他们欣喜，简直比他们把六个大部落的头皮和人皮剥下来还带劲。我们暂把他们留在那里吸烟，瞎聊，胡吹吧，因为目前我们还用不着他们登场亮相。

第十七章 让人欢笑的葬礼

回忆失踪的英雄——丧礼仪式仍在进行——汤姆的秘密的要点——参加葬礼的人们唱起来

但是，在这同一平静的星期六下午，小镇上却没有任何欢乐。哈珀一家，波莉姨妈一家，都穿上了丧服，悲伤不已，泪流满面。村子笼罩在一片不平常的安静之中，尽管平常的日子已经真的够安静的了。村民们都在忙自己的事情，带着心不在焉的神色，不多说话；但是他们总在长吁短叹。星期六放假似乎成了孩子们的累赘。他们都无心做他们的游戏，渐渐地干脆不玩耍了。

到了下午，贝基·撒切尔在学校空空如也的院子里走来走去，觉得心里憋闷。可是她找不到什么东西来安慰自己。她自言自语地说：

"哦，要是我再能得到一个铜壁炉架上的把手多好！可是我现在没有一样想念他的东西了。"随后她就抽抽噎噎地哭起来了。

过了一会儿，她停下来，心里说：

"就在这里。哦，要是再来一次的话，我怎么也不会说那种话的——无论如何我都不会说那种话了。可是他现在去了；我永远永远永远再也看不见他了。"

这个念头使她受不了，她胡乱地离去，脸上的泪水直往下流。然后一大群男女孩子——汤姆和哈珀的玩伴儿——走来了，站下来看着围栏外面，用虔敬的口气谈论汤姆过去如何如何干事，他们最后一次如何看见他，乔又如何如何说些无关紧要的事情（现在他们很容易看得清楚了,那些话都是十分可怕的预兆!)——每个说话的孩子都准确地指得出那些丢失的孩子当时所站的地点,而且往往加上这么一些话:"我就站在这里——就像现在一样,你就好比是他——我离他很近——他微笑着,就是这个样子——随后什么东西似乎袭击了我一下——很可怕,你知道——我当时一点儿没有想到这就意味着什么,真的,不过我现在明白了!"

后来,到底是谁最后看见那几个死去的孩子活着的样子,他们发生了争论,许多孩子都急着把这个残酷的荣誉往自己头上归,而且列举了一些证据;还让见证人多少纠正一下;后来他们认定了是谁最后看到死者的,和他们进行了最后的谈话,那些幸运的角色就摆出一副神圣凛然的样子,别的人就好只好张大嘴羡慕不已。有个可怜的孩子因为说不出什么了不起的行为,只好把他想到的一件往事牛逼哄哄地说出来:

"嘿,汤姆·索亚还揍过我一回呢。"

不过这个牛可没有怎么吹响。绝大多数孩子都能举出这样的例子,因此那个孩子的牛气就算不了什么了。这群孩子就这样打发时光,仍然用敬仰的口气回忆着死去的英雄的行踪。

第二天上午,主日学校下课之后,敲响的钟声不如平常那么嘹亮,听上去缓慢沉重。那是个非常安静的安息日,悲凉的钟声好像是和大自然的默然不语在呼应。村子里的人开始集合,在教堂的走廊里停留一会儿,互相耳语几句,说说这件不幸的事情。可是教堂里边没有人吭声;只有女人们走进她们的座位时,她们的服装发出的悲伤的沙沙响声打破了教堂的静默。谁都想不起来这教堂曾经在什么时候像这时一样坐满过。人们在鸦雀无声之中作最后的等待,后来波莉姨妈进来了,身后跟着锡德和玛丽,他们后面又跟着哈珀一家,他们都穿着黑色的丧服;全体会众,还有上年纪的牧师,都恭恭敬敬地站起来,等着那些穿丧服的人在前排一一坐下来。随后又是一阵沉默祷告的安静,其间夹杂着一些强忍的抽泣声,然后牧师把两手往两边摊开,做了祷告。一支动人的圣歌唱起来，随后就念了一段经文："我复活了，我有生命。"

丧礼仪式在进行之中，牧师把失踪的孩子们的可爱之处，上进的表现和非凡的前途描述得栩栩如生，在座的每个人都觉得承认这些描述真实可信，因此他们想到以前一直瞎了眼睛没有看见这些，还一直盯着这几个不幸的孩子们的过错和毛病，心里不免觉得十分难受。牧师还讲述了死者生前很多动人的事迹，借此证明他们那可爱的宽厚的天性，人们这时就很容易看出来他们那些偶尔为之的小事是如何的高尚和美丽，同时又很难过地回想起当初这些事情发生的时候，都好像是十足的流氓行为，非得用鞭子抽才管得过来。牧师这番十分动人的话继续往下讲述时，会众们越来越感动了，后来全体人终于哭起来，和死者的家属的悲痛的哭声混成了一片，牧师本人也不能自已，在讲道台上哭起来了。

教堂的楼座里响起一阵沙沙声，可是谁也没有注意到；过了一会儿，教堂的门吱咕一声打开了；牧师泪淋淋的眼睛从他的手绢上抬起来时，呆瞪着一动不动！起先是一双两双眼睛跟着牧师的眼睛看去，然后全体会众几乎突然一致站起来，瞪起眼睛看着那三个死了的孩子从过道走过来，打头的是汤姆，其次是乔，最后是哈克穿得破破烂烂的，有些害羞的样子跟着！他们一直藏在那空余的楼座里，偷听追悼他们的祷文呢！

波莉姨妈、玛丽和哈珀一家一下子朝他们的复活的孩子扑过去，把他们吻得透不过气来，谢天谢地的话成千上万，而可怜的哈克却很别扭地站在那里，浑身不舒服，不知道去哪里躲避那许多没有欢迎意思的眼睛。他动摇了片刻，准备溜走，可是汤姆抓住他，说：

"波莉姨妈，这不公道，应该有人欢迎哈克呀。"

"的确的确。我就很高兴见到他，可怜的没娘的孩子呀！"波莉姨妈对他表示的爱抚，恰恰是他比原来感到更加别扭的东西。

突然，牧师扯足嗓子大声喊叫说："赞美上帝，赐予万福——唱吧——用心地唱吧！"

人们唱起来。颂歌百首响起了洪亮的声音，胜利的调子；歌声震动房梁时，海盗汤姆·索亚向四周张望，看见了他周围的那些羡慕不已的小同伴们，心里暗暗承认这是他有生以来最最引以为豪的时刻。

等"被耍"的全体会众结队走出教堂时，他们说他们几乎很愿意再让别人开开玩笑，好听听颂歌百首重唱一次。

汤姆那天又吃了许多巴掌和亲吻——全看波莉姨妈的情绪变化——比他以前一年之内还多；他简直弄不清楚这两种东西哪个是表示对上帝的最大感谢，哪个是表示对他自己的最大爱戴。

第十八章 "梦"的回述

汤姆的感情投入——美妙的梦——贝基·撒切尔丢面子——汤姆嫉妒了——黑色的报复

这就是汤姆的大秘密——和他的海盗兄弟们回家出席他们自己的葬礼的计划。在星期六的黄昏时分他们骑着一根圆木,划水到了密苏里州岸边,在小镇的下游五六英里的地方上岸;他们在小镇外围的树林里睡到拂晓,然后穿过黑暗的胡同和小巷,在教堂的楼座里乱七八糟的破板凳中间睡到了早上。

星期一早上吃早饭的时候,波莉姨妈和玛丽对汤姆恩宠有加,他要什么就答应什么。他们说的话也大大多于平常。在谈话中,波莉姨妈说:

"噢,要我说呀,汤姆,你们这些孩子在外面疯玩,让所有的人苦熬了一个星期,这可算得上绝好的笑话,可惜你竟然这般狠心,让我吃了不少苦呢。你既然能坐上圆木来参加你们的葬礼,那么你就应该能来家里用什么方式提醒我一下,说你没有死,就是出走了。"

"可不是,你应该这样做才是,汤姆。"玛丽说,"我相信你要是想到这点的话,你会这样做的。"

"你会吗,汤姆?"波莉姨妈说,脸上满是渴望的神色,"说说看呀,你要是想到了,你会那样做吗?"

"我……噢,我不知道。那样的话,什么事情也玩不成了。"

"汤姆,我希望你对我有那份孝心。"波莉姨妈说,口气里的悲伤情绪使孩子感到很不安。"即使你不那么干,就是想到了,那也算我没有白疼你了。"

"唉,姨妈,那也没有什么关系。"玛丽替汤姆开脱说,"汤姆一向就这么毛手毛脚的,难为他能想到这个。"

"那可就更不像话了。换了锡德,他就想得到的。锡德还会来家暗示一下的。汤姆呀,以后会有一天,你回想起来,后悔就来不及了,你会想到,像这样不需要你花什么代价的事情,你应该多为我做点儿才是正理儿。"

"姨妈,你知道我心里有你。"汤姆说。

"你要是行动上多来点儿,我心里就更清楚了。"

"现在我真希望当时想到就好了。"汤姆说,口气有点儿懊悔,"可是我总算梦见你了。这不也算点儿什么?"

"那算得了什么——猫儿狗儿还做梦呢——不过话说回来,梦见总比没有梦见的好。你都梦见什么了?"

"噢,星期三夜里,我梦见你就坐在床那里,锡德坐在木头箱子旁,玛丽坐在他旁边。"

"噢,我们正是那么坐的。我们就一直这样坐吧。我很高兴你在梦里为我们操那么多的心。"

"我还梦见乔·哈珀的妈在这里呢。"

"哎,她真的在这里的!你还梦见什么了吗?"

"噢,事多了去了。不过现在模糊不清了。"

"得,好好想想看——成吗?"

"我好像梦见是风……是风吹开……了那……"

"使劲想,汤姆!风是把什么东西吹开了。接下去!"

汤姆把手指头按在脑门子上,用劲想了一会儿,然后说:

"我现在想起来了!我这下想起来了!风把蜡烛吹了!"

"我的老天爷哩!接下去,汤姆——接下去!"

"我好像觉得你说，'嘿，我相信是门……'"

"接下去，汤姆！"

"还是让我仔细回想一下吧——等一小会儿。哦，是的——你说你相信是门开着吧。"

"一点儿都不带错的，我是说来着！可不是，玛丽！接着说！"

"然后呢……然后呢……哦，我是没有把握了，不过你好像让锡德去把……去把……"

"怎么？怎么？我让他去干什么，汤姆？我让他去干什么了？"

"你让他去……你……哦，你让他去把门关上了。"

"嘿，真是巧极了！我活了这把年纪还从来没有听说过这种事情呢！可别和我说什么梦里的话信不得了。我马上就去跟塞里尼·哈珀说说。我非让她用那套迷信不迷信的话把这事说清楚不可。接着说，汤姆！"

"哦，现在完全记清楚了。后来你说我并不坏，就是爱淘气，干事冒失，可不能全怪我……说我不过……我想说我不过是一个毛孩子，或者什么。"

"是这样，是这样！噢，老天爷！接着说，汤姆！"

"然后你就开始哭了。"

"我是哭了。我是哭了。还不是第一次哭呢。后来……"

"后来哈珀太太也开始哭了，说乔和我完全一样，她后悔她抽过他，分明是她自己把奶酪扔了，赖到了乔的头上……"

"汤姆！你真神了！你能当预言家——你这就是在预言呀！真了不起，接着说，汤姆！"

"后来锡德说……他说……"

"我认为我什么都没有说。"锡德说。

"不，你说了，锡德。"玛丽说。

"别瞎掺和，让汤姆说下去！他说什么了，汤姆？"

"他说……我想他说他希望我在另一个世界活得更好,不过要是我有时候不是那么过分……"

"哎呀呀,听听吧!这正是他说过的话!"

"你立刻要他把嘴闭上!"

"我肯定我说来着!一准有天使在你梦里的。有天使在你梦里从中帮忙的!"

"哈珀太太说乔放爆竹把她吓坏了,你说彼得和解痛镇静药的事……"

"简直完全一模一样!"

"后来就说起在河里怎么打捞我们的事,还说到星期天举行葬礼的事,后来你和老哈珀太太抱在一起哭了,然后她就走了。"

"正是这样的!一模一样,就跟我现在坐在这里一样真实。汤姆,你就是亲眼见了,也不会比这个讲得更清楚!后来又怎么了?接着说,汤姆?"

"后来我想你开始为我祈祷了吧——我能看见你,听见你说的每句话。你上了床,我心里很难受,我就拿出一块洋梧桐皮,在上面写下'我们没有死——我们只是在当海盗',把树皮放在了桌子上的蜡烛旁边;后来你看上去安心极了,躺在那里睡着了,我想我是走了过去,低下身子吻了你的嘴唇。"

"你吻过了,汤姆,你真吻过了!我为此原谅你的一切过错了!"

随后她一把将孩子揽在怀里,使劲抱着,反倒使汤姆觉得是个罪孽深重的小坏蛋。

"还有点儿孝心,尽管只是梦中的事。"锡德自言自语地说,刚刚让人听得见。

"闭嘴,锡德!一个人只有醒着时干什么,他梦里才会干什么。这是我留给你的一个香蕉苹果,汤姆,为了你能被找回来——现在你上学校去吧。我感谢慈爱的上帝和圣父,你总算回来了,凡是相信他的人,听他的话的人，他必定对他们把心操尽，大发慈悲，尽管老天知道我不配这福分，可是要是只有配受他爱护的人才能得到他的保佑，靠他的帮助才能渡过难关，那恐怕就不会有多少人到了死的时候还能微笑着去安息，去见主了。快走吧，锡德、玛丽、汤姆——赶快走吧——你们耽误了我不少工夫。"

三个孩子上学去了，老太太去拜访哈珀太太，一心想用汤姆的奇妙的梦把哈珀太太的现实主义打个粉碎。倒还是锡德更有鉴别力，不过临出家门也没敢把心里的想法直接说出来。那想法是这样的："太悬乎了——一个梦竟能做到这种地步，一点儿错都不带有的！"

汤姆现在可成了鸟枪换炮的英雄了！他走路不再蹦蹦跳跳，举手投足大摇大摆，俨然一个感觉良好的众望所归的海盗。情况也的确如此；他走路时虽然故意装出没有注意别人在看他，没注意到别人的话，但是那些目光和话语对他来说，是食物，是饮料。比他小的孩子跟在他脚后屁颠儿屁颠儿的，以和他为伍感到自豪，让人看见海盗英雄不嫌弃他们，要多风光有多风光；汤姆则在前面像个游行队伍的头号鼓手，或是一头带领众动物进城炫耀的大象。和他一样大小的孩子装着不知道他外出闯荡的经历；可是不管怎样他们还是妒忌得要命。他们要是能有那样晒得黑黝黝的皮肤，还有那叫呱呱的名声，那他们是付出任何代价都在所不惜的；汤姆呢，那是给他一个马戏团都不会放弃这两样东西的。

在学校里，孩子们把他和乔看得很了不得，大家眼睛里都流露出异常羡慕的神色，这两个英雄也就"蹬着鼻子上脸"，越发不可一世了。他们开始把他们的历险讲给那些着急听的人——不过他们也就光唱个开场白；有了他们那样的想象力为他们的故事添油加醋，这段经历就是一件可以一直发挥下去的东西了。最后等他们拿出烟袋，抽上烟神气十足地四处显摆，他们的光荣就达到巅峰了。

汤姆认定他现在能把贝基·撒切尔晾到一边独立自主了。光荣足够他享受的。他要为光荣活着了。既然他现在名声在外，那她或许想与他

"破镜重圆"。得了吧，随她去——叫她看看他汤姆也像别人一样满不在乎。这不，她就果然来了。汤姆装出没有看见她。他走到一边，去和一群男孩和女孩说话。很快他发现她脸红红的，眼神活跃，高高兴兴地跑来跑去，装出很忙的样子追逐同学，抓到了人就哈哈发笑，叽叽嘎嘎；但是他注意到她总是在他的周围把人抓住，并且每在这种时候她就会朝他这边故意瞅上几眼。他身上那种发狠的虚荣心这下充分得到满足；所以，她这种举动不但没有赢得他的喜欢，反倒使他摆起了"花架子"，越发弄出一副无动于衷的样子，装着不知道她在他身边。随后她也就没意思玩了，只是迟疑地来回走走，叹息一声两声，偷偷地渴望地看上汤姆两眼。后来她看到汤姆特别爱跟艾米·劳伦斯说话，比跟任何人都多。她觉得猛然间挨了一下，烦得要命，同时也很不安。她试图一走了之，可是她那双脚不听使唤，神差鬼使地把她往那一群同学那里带。她同一个几乎紧挨着汤姆胳膊肘的女孩子说话——故意做出活泼的样子：

"嘿，玛丽·奥斯丁！你这个坏丫头，为什么你不上主日学校来呀？"

"我来了——难道你没有看见我吗？"

"噢，没有！你来了吗？你坐在哪里来着？"

"我在彼得小姐那一班，和往常一样的。我都看见你了。"

"是吗？哦，真怪，我就是没有看见你。我本想和你说说野餐的事呢。"

"哦，那太好了。谁做东呢？"

"我妈答应让我举行一次的。"

"哦，好啊，我希望你妈算我一个。"

"噢，她会的，野餐是为我举行的。我想让谁来，谁就能来，我请你来好了。"

"那真是好极了。什么时候举办？"

"不用多久。也许就在暑假吧。"

"哦,那是太好玩了!你会把所有的女孩和男孩都请去吗?"

"是的,和我是朋友的都要请的——想和我交朋友的也都请。"她这时偷偷地看了看汤姆,可汤姆正和艾米·劳伦斯大谈发生在那个岛上的那场风暴呢,他说闪电如何把那棵大洋梧桐树劈成了"八百瓣儿",而他当时就"站在离大树三英尺的地方"。

"噢,我可以去吗?"格雷西·米勒说。

"当然。"

"我呢?"萨莉·罗杰斯说。

"当然。"

"我也算一个吗?"苏茜·哈珀说,"还有乔呢?"

"当然。"

就这样,大家一个接一个请求参加野餐,还快活地击掌以示庆贺,只有汤姆和艾米不以为然。然后汤姆冷冷地走开了,还不停地说着话,把艾米带到一旁。贝基的嘴唇哆嗦着,泪水在眼睛里打旋儿;她强作欢颜,继续说话,把这些情绪通通掩饰起来,可是有关野餐的那种生气却没有了,显得比什么都没劲了;她赶紧躲避起来,用她们女孩子家喜爱的方式"痛快地哭了一顿"。然后她坐下来,自尊心受到了伤害,一直坐到了钟声响起,这才站起来,怀着报复的眼神瞥了一眼,把辫子甩了几下,说她知道下步该怎么办了。

课间休息的时候,汤姆继续和艾米吊膀子,自我感觉良好,得意洋洋的样子。他专门溜来溜去,寻找贝基,在她面前玩这套把戏,惹她生气。最后他看见了她,可是他的温度表一下子直线下落。贝基正坐在学校后面一条小板凳上,很舒服的样子,和艾尔弗雷德·坦普尔一起看小画书呢——他们两个竟是那么专心致志,连头都快碰在一起了,好像外界的什么事情都不在话下了。汤姆血管里呼呼地涌动着嫉妒的火焰。他开始恨自己白白放过了贝基给他和解的大好机会。他骂自己是傻瓜,把所有他能想起的难听名字往自己头上安。他难受得直想大哭一场。艾米和他边走边快活地交谈，因为她的心这时在欢唱，可是汤姆的舌头却失去了功能。他没有听见艾米在说些什么，等她停下来要汤姆答话时，汤姆只是结结巴巴，别扭地应酬，而且十句有九句回答错了。他忍不住一次又一次往教室的后面溜达，去受那个刺眼的可恨的场景的刺激。他真是管不住自己。他发现贝基·撒切尔始终没有一次想到人间还有他汤姆这样一个人，一想到这点他就气得发疯。然而贝基早看见他了，还知道她斗赢了这场戏，看见他像她先前那样痛苦，心里好不得意。

艾米兴致勃勃的聊天变得令人难以忍受。汤姆表示他有些事情得去做，是些必须做的事情；很快就回来。可是没有用——那个姑娘非得呱呱啦啦说个不停。汤姆心想："啊，她好讨厌，我就永远摆脱不了她了吗？"后来他实在是必须赶快去干那些事情了——她依旧傻乎乎地说，等放学的时候她还会"绕过来的"。他就赶紧离开，对她的话反感极了。

"哪怕是任何别的孩子呢！"汤姆心想，咬牙切齿的，"全镇上任何别的孩子都行，就是圣路易来的这花小子不行，他以为自己穿得阔气，就是纨绔子弟了！噢，好啊，在这镇上让我第一次碰上你就臭揍了你一顿，先生，我还会再揍你一气——"对着空气挥拳踢脚，用大拇指抠眼睛——"哦，你领教了，是吧？你嗷嗷叫了，是吗？现在你总算识点儿趣了吧！"于是这顿想象中的痛打完成了，令他感到心满意足。

汤姆中午跑回了家。他的良心再不能忍受艾米的那种感激的快活了，他的嫉妒心也再受不了那另一桩晦气事。贝基继续和艾尔弗雷德一起看小画书，但是随着时间的推移，汤姆没有再来找罪受，她的胜利就开始大打折扣，她的兴趣没有了；心情沉重起来，恍恍惚惚的，随后就郁闷起来；有两三次她听见了脚步声，可到头来空欢喜一场；汤姆没有来。最后她完全陷入痛苦之中，后悔不该逗弄得太过分了。等可怜的艾尔弗雷德看出来他在她跟前失了宠，竟然一点儿不明白怎么回事，只是不断地大声说："噢，快看这幅好看的画儿！快看呀！"她终于失去了耐心，说："哦，别烦我了！我对它们一点儿兴趣也没有！"接着眼泪流出来，站起来走了。

艾尔弗雷德追上来跟着，一心想安慰她，可是她说：

"一边去，别理我，你烦不烦！我恨你！"

于是那孩子停下来，一时不知道他究竟是怎么得罪了她——因为她说过她整个午间想看小画书的呀——她边哭边走。后来艾尔弗雷德蔫蔫地走进了空无一人的教室。他感到丢人和气愤。他没有费什么劲儿就找到了根源——那女孩只是利用他向汤姆·索亚发泄一通恶气而已。一想到这里，他并不因此就少恨汤姆了。他恨不得立即找到什么办法让汤姆吃尽苦头，自己却又不至于冒多少风险。汤姆的拼音课本一下子进入他的眼界。他的机会来了。他感激地打开那天下午要上的课本，往那书页上倒了墨水。

贝基这时正好在他身后的窗户前往里看，逮住了他的所作所为，一点儿没有暴露自己。她于是动身往家走，打算去找汤姆，把这事告诉他；汤姆听了准会感激她，他们之间的恩恩怨怨就化解了。但是她走到了半路上，又改变了主意。她想起汤姆在她谈论野餐的时候那种恶劣的态度，心里就恨得直冒火，感到受了奇耻大辱。她狠下心来让汤姆为了那本弄脏的拼音课本去挨一顿鞭子，就这么永远地把他恨下去。

第十九章　姨妈原谅他了

　　姨妈恨不得剥了汤姆的皮——汤姆讲了实情——姨妈脸上露出了笑容——姨妈的原谅

　　汤姆满心烦恼地回到了家里，他姨妈对他说的劈头一句话就让他明白，他把他的种种烦恼带到一个没有指望的市场来兜售来了：
　　"汤姆，我真恨不得剥了你的皮！"
　　"姨妈，我又干了什么错事了？"
　　"哼，你干得够多了。我忙不迭地赶到塞里尼·哈珀那里，像一个老笨瓜似的，一心指望我会让她相信关于那个梦的废话，可是好家伙，看吧，她早从乔那里听说你那天夜里回来了，把我们的谈话全听到了。汤姆呀，我怎么就弄不懂，一个孩子干出这样的事，以后能有什么出息。你竟然忍心让我去找塞里尼·哈珀充当大傻瓜，连声招呼也不打，我为此感到伤心死了。"
　　这真是防不胜防的一家伙。他早上耍的花招，还以为是个很高明的玩笑，瞒天过海了。现在看来是又拙劣又低级。他低下头，一时间想不出任何搪塞的话。后来他说：
　　"姨妈，我很后悔干了这种事——可是我没有想那么多呀。"
　　"哦，孩子，你从来就不想的。除了你的自私心，你从来都不多想。你想到了大黑天从杰克逊岛跑老远的路来笑话我们的痛苦，你还想到了编造个梦来骗我们；可就是想不到可怜可怜我们，让我们少受点儿痛苦。"

"姨妈，我现在知道这是很可耻的，可我本意不想干可耻的事。说实话，我没有那种意思。再说，那天夜里我也不是来这里笑话你们的。"

"那你是来干什么来了？"

"是来告诉你别为我们着急，因为我们并没有淹死。"

"汤姆呀，汤姆，要是我相信你有这样的好心眼儿，我可就成了世界上最感恩戴德的人了，可是你心里清楚你没有这份好心眼儿——我很清楚这个，汤姆。"

"的的确确我是有的，姨妈——我要是没有那个心，我就根本不会来打扰的。"

"哦，汤姆，别撒谎了——别干这种事了。这只会把事情搞得更糟糕。"

"这不是在撒谎，姨妈，这是真的。我想让你别一直担惊受怕——我所以来就是因为这个嘛。"

"我说死了也不会相信这话——这会把数不清的罪过掩盖住的呀，汤姆。真要是这样，我倒高兴你跑出去胡闹一气呢。可是这理儿说不通；因为你为什么不把真相告诉我，孩子？"

"噢，你看，你说要举行葬礼嘛，我就一脑门子想到来教堂藏起来偷听的主意，我不忍心把这个主意搅黄了。所以我就把那片树皮又放回我的兜里去了，没给你留下话。"

"什么树皮？"

"我在上面写了我们去当海盗的话的树皮嘛。现在我希望那天晚上我吻你时你醒来就好了——说实话，我现在就希望是这样就好了。"

汤姆姨妈脸上紧绷的皱纹放松了，她的眼里突然有了柔和的目光。

"你真的吻了我吗，汤姆？"

"噢，当然，我吻了。"

"你敢肯定你吻过，汤姆？"

"噢，当然，我吻了，姨妈——当然肯定。"

"你为什么吻我,汤姆?"

"因为我很爱你,你却躺在床上呻吟,我感到很难过。"

这些话听起来是真实的。老太太说话时激动得声音发抖:"再吻吻我吧,汤姆!——现在上学去吧,别再给我找麻烦。"

汤姆刚刚离开,老太太就走到里间,把汤姆去当海盗穿的那件毁坏的衣服找出来。后来却把衣服拿在手里,没有掏兜,跟自己说:

"不,我不敢捅破。可怜的孩子,我看他准是又在说瞎话——不过这个谎让人高兴,让人舒心,这里面有许多让人宽慰的东西。我希望上帝——我完全知道上帝会原谅他。因为他说这瞎话是表明他还有孝心呀。可我不愿意把这个谎话揭穿,我还是不看的好。"

她把那件衣服放在一边,站着想了一会儿。她两次伸出手去拿那件衣服,两次又都缩了回来。最后她又大胆地伸出手去,完全是为了给她自己下决心,心里还这样想:"这个谎撒得好——这个谎撒得好呀——揭穿了我也不会难过。"于是她终于伸手去掏衣服的兜。不一会儿,她已经念到了那块树皮上的话,眼睛里顿时满是泪水:"我这下能原谅这孩子了,哪怕他犯一百万个错误!"

第二十章　书是谁撕的？

贝基陷入绝境——可怜的姑娘——老师的发问——汤姆大义凛然代人受过

波莉姨妈亲吻汤姆时，她的态度里有某些让汤姆宽慰的东西，汤姆的低落情绪于是一扫而光，心情轻松，高兴起来。他径直向学校走去，碰巧在草地胡同的口碰上了贝基·撒切尔。他的情绪总是决定着他的态度。他毫不迟疑地跑过去，说：

"我今天的行为有些缺德，贝基，我感到非常对不起。我一辈子永远永远再不会干这种事了——请你和好吧，行吗？"

那女孩儿站住，有点儿不屑一顾地看着汤姆的脸：

"我感谢你一直没有纠缠我，汤姆·索亚先生，我永远不再跟你说话了。"

她把头往后一仰，径直走了。汤姆给弄得措手不及，脑子一时没有反应过来，连句"谁在乎，漂亮的小姐"的话都没有说出来，等反应过来，已经来不及了。所以他就什么也没有说。可是他气坏了。他扫兴地走到学校，巴不得她是个男孩，想象着他痛痛快快地把她臭揍一顿。很快他就碰见她，走过她身边时说了一句刺人的话。她也回敬了一句，他们就气呼呼地决裂了。贝基气得火烧火燎，简直等不得学校快快"上课"，迫不及待地看着汤姆为弄脏拼音课本的事挨一顿鞭子。尽管她本来还有心揭发艾尔弗雷德·坦普尔，可是汤姆恶毒地骂了她，这念头就早没有了。

可怜的姑娘，她一点儿没有觉察到她自己马上就要大祸临头了。老师多宾先生人到中年，却壮志未酬。他本来一心想做个医生，可是家境贫穷，生不逢时，眼前只当了一个小小村子的小学老师，无法升迁。每天他都从讲桌里掏出一本神秘的书来，一等学生们都背课文时就津津有味地看起来。他一直把这本书锁着。学生们谁都好奇得要命，总希望能看它几眼，只是机会难得。每个男孩和每个女孩对它到底是本什么书都说法不一；没有两个人的看法是一致的，却又没办法弄个清楚。老师的讲桌离门口很近，这次贝基路过时发现钥匙插在锁里！这真是千载难逢的好机会。她环视一下；只有她一个人，她马上拿起书来。书的封面上有某某教授的《解剖学》的字样，但是她对此还是一无所知；于是她开始往里面翻去。她很快就翻到了一张雕刻精致的彩色卷首插图——一个一丝不挂的人体像。就在这时候，一个人影落在了书页上，汤姆走进门来，瞭了那幅画儿一眼。贝基手忙脚乱地合上书，可是倒霉透了，把那张画儿从中间撕开了。她把那本书塞进抽屉里，锁上，又害羞又生气，禁不住就哭了。

"汤姆·索亚，你这个人真是下流得不能再下流了，偷偷地溜到别人身边偷看人家在看什么。"

"我怎么知道你在看什么呢？"

"你应该为你自己的行为感到害羞，汤姆·索亚；你会告状的，你心里很清楚，哦，我可怎么办呢，我可怎么办呢！我会挨鞭子的，可我从来没有挨过呀。"

然后她跺了一下她的小脚，说：

"只要你甘居下流，随你的便！我知道有些事情就要发生了。咱就走着瞧吧！可恶，可恶！"她说完又哇地哭着冲出了教室。

汤姆静静地站着，被这突发事件弄得不知所措。随后他跟自己说："女孩子家都是莫名其妙的傻子。从来没有在学校里挨过打！活见鬼了。挨揍又怎样！这才真是女孩子家的见识——她们脸皮薄，胆小如鼠。噢，我才不会去向老多宾告状，当一个小傻子呢，只要想和她摆平，还有别的办法，用不着这么卑鄙；可我不说又有什么用？老多宾还是会问谁撕了他的书呀。谁都不会回答。那么就会来他那老一套——一个接一个地拷问，等他问到了那个撕书的姑娘，一眼就看出来了，根本就用不着别人告状。女孩子的脸能暴露一切。她们都是胆小怕事的主儿。她这下要挨揍了。哦，贝基·撒切尔这下滑到了绝路了，一点儿退路都找不到了。"汤姆把这件事情想了想，随后找补一句说：

"唉，也罢也罢，她不是一心还指望我碰上这样的倒霉事嘛——让她去干着急吧！"

汤姆到外面和一群打闹的伙伴玩耍去了。过了一会儿，老师来了，学校开始"上课"。汤姆对他的学习不怎么上心。他时不时就朝教室里女孩子那边看看，贝基的脸让他很不安。方方面面想去，他一点儿不想可怜她，可是他也就是忍不住会这么做做而已。从心里说，他根本也没有什么幸灾乐祸的意思。过了一会儿，拼音课本的麻烦发现了，随后他为自己的麻烦苦恼了一阵子。贝基从那种倒霉的心情里解脱出来，对这件事情表示了很大的兴趣。她以为汤姆不承认自己往书里弄了墨水，也难躲过这次灾难；她估计对了。汤姆的否认似乎只会让他更加倒霉。贝基原以为她会感到幸灾乐祸，而且还极力让自己相信她为这事感到高兴了，可是她发现满不是那么回事。等到事情越来越糟糕时，她一时冲动，打算站起来揭发艾尔弗雷德，可是她使劲逼着自己沉住气没有吭声——因为她心里在说："他肯定会揭发我撕了那张画的事。我才不管他呢，哪怕要他的命！"

汤姆挨了一顿鞭子，回到了自己的座位上，一点儿不觉得伤心，因为他以为很可能是他在和别人胡闹时，打翻了墨水却不知道——他所以不承认，是为了形势需要，也因为是老规矩了，否认是个原则问题。

一个小时过去了，老师坐在他的宝座上开始打瞌睡，空气充满了嗡嗡哝哝的念书声，让人昏昏欲睡。过了一会儿，多宾先生伸了伸懒腰，打了个哈欠，打开抽屉上的锁，伸手去拿他的书，却又犹豫拿不拿。绝大多数孩子懒洋洋地看了看，只有两个孩子聚精会神地看着这些动作。多宾先生用手指心不在焉地摸了一会儿，随后把书取出来，在椅子里坐好开始看书了！汤姆朝贝基瞟了一眼。他看见贝基像一只被猎捕的无助的兔子，一杆枪正对着脑袋。刹那间他忘记了他和她的恩怨。快呀——一定得想出个办法来！而且还得说干就干！但是又因为迫在眉睫，他一下子没了主意。好！——他灵机一动，主意有了！他要跑过去夺过那本书来，从门口蹿出去，溜之大吉。但是这个决心只动摇了一会儿，机会就失去了——老师把那本书打开了。汤姆要是不错掉这个机会多好啊！来不及了。贝基这下是没救了，他心里说。接下来，老师面对全教室的学生看着。在他的注视下，每个学生的眼光都躲开了。他眼光里有一股煞气，连清白的孩子都吓坏了。全场静默了足够从一数到十的工夫，老师把他的怒气鼓足了。然后他发问了：

"谁把这本书撕了？"

鸦雀无声。绣花针落地的声音都听得见。安静还在继续；老师开始一个接一个寻找犯罪的那张脸。

"本杰明·罗杰斯，你把这本书撕了？"

一声否定。又是一阵停顿。

"约瑟夫·哈珀，你呢？"

又一次否定。这种折磨慢慢继续进行时，汤姆变得越来越不安了。老师把一排又一排的男孩审视了一遍——又思索了一会儿，然后转向了女孩那边：

"艾米·劳伦斯呢？"

摇了摇头。

"格雷西·米勒呢？"

又是头摇了摇。

"苏珊·哈瑞，你干这事了吗？"

又一次否定。接下来就是贝基·撒切尔了。汤姆紧张得从头到脚直打战,眼看目前的形势是没有办法挽回了。

"丽贝卡·撒切尔,"(汤姆瞟了一眼贝基的脸——那张脸吓得煞白煞白的)"你撕过……不,看着我的脸。"(她举起手表示告饶)——"你撕了这本书吗?"

一个念头像闪电一样从汤姆的脑子里穿过。他腾地站了起来,大声说:"是我干的!"

全教室的人都对这愚蠢的行为感到不解,可怜的贝基眼睛往他身上射出的惊奇、感激和爱慕,使他似乎觉得足够他挨一百鞭子的抵偿了。他为自己的壮举所鼓舞,接受了多宾先生有生以来下手最狠的一顿毒打,却没有叫一声;他还满不在乎地接受了一个外加的命令:放学后在学校里多待两个小时的惩罚,因为他知道谁会在外面等他把禁闭熬完,还不会把那干等的时间当成损失。

那天夜里,汤姆上床睡觉时,打算好好收拾艾尔弗雷德·坦普尔一顿;贝基怀着羞愧和悔恨的心情跟他坦白了一切,还没有忘记交代她自己的背叛行为;但是连这种找坦普尔算账的渴望也很快不得不让更快活的念头取代了;最后他睡着了,贝基说过的那些话在他的耳朵边梦一般回响:

"汤姆,你怎么能表现得那么高尚呀!"

第二十一章　讲演练习

　　年轻人的口才——年轻姑娘的作文——冗长的幻象——男孩的报复得逞了

　　暑假就要到了。一贯严厉的校长比过去变得更加严厉和较真儿了，因为他一心指望学生在考试那天好好露露脸。他的教鞭和戒尺现在很少闲着了——至少在比较小的学生中间是挺忙的。只有那些最大的男孩和十八九二十岁的姑娘才能幸免吃打。多宾先生的鞭子抽得非常凶狠利落；因为在他的假发下，虽然有一颗完全秃顶、明闪闪的脑袋，可他也才将将到了中年，肌肉没有一点儿松软的迹象。随着大考的日子来临，他身上的所有暴君元素就都浮上了表面；他似乎从那些吹毛求疵的惩罚里可以得到惩罚的快乐。这样一来，较小的孩子在白天吓得胆战心惊，度日如年，夜里就计划着如何还以颜色。他们不放过任何一个同老师作对的机会。然而老师总是招招占先。每次报复的成功往往惹得老师施行更加厉害和严厉的惩罚，孩子们不得不暂时照例狼狈不堪地从战场上败下阵来。最后他们只好在一起图谋大计，想出一个妙法，很有希望取得耀眼的胜利。他们拉来招牌油漆匠的儿子，把这个计划告诉他，要他帮忙。这个孩子有他自己的理由对这一行动踊跃参加，只因那老师就在他父亲家寄宿，他有一百个理由恨他。那几天老师的老婆要到乡下去做客，正好是实施这个计划的大好时机；老师每逢什么大的活动，照例会喝得醉眼蒙眬，借此给自己壮壮胆。招牌油漆匠的儿子说，等到大考那天晚上老师醉到了相当的程度倒在椅子里瞌睡时，他就可以"趁机把事办了"；然后他在适当的时候把老师弄醒，催他上学校去。

时光终于到了，这个令人感兴趣的时刻也就不期而至。晚上八点钟，学校里灯火辉煌，到处装饰着绿叶和花朵编成的彩环和彩带。老师坐在讲台上他那把威风十足的椅子里，黑板就在他的身后面。他看上去真可谓醉意蒙眬。他的两边都有三排条凳，前面有六排，镇上的来宾和家长占了这些座位。在他左边，就是三排公民的后面，设立了一个临时的大讲台，上面坐着那天晚上将要参加各种练习的学生；一排排的小男孩脸洗得干净，衣服穿得整洁，显得很是别扭；一排排大男孩呢，显得呆头呆脑；一排排大的和小的姑娘们洁白如雪，身穿细麻布和细软布，对她们的裸臂，她们祖母留下的古老小装饰，还有她们头上的花花绿绿的彩带和花朵，显然十分在意。教室里别的地方都是不参加节目的学生。

练习终于开始了。一个很小的男孩站起来，很害臊地说"各位也许想不到我这样小小年纪的孩子会上台来当众讲话吧"等等之类的客套话——还像一部机器一样痛苦地做着一些精准而生硬的动作——还得假设那部机器出了一点儿小小不言的毛病。不过他尽管吓得不轻，他到底还是把他的任务完成了，等他机械地鞠躬和退场时，赢得了一阵热烈的掌声。

一个害羞的小姑娘咬着舌头念"玛丽有一只小羔羊"这样的诗句，然后乖乖巧巧地行屈膝礼，赢得了她应得的掌声，红着小脸很高兴地坐下了。

汤姆·索亚信心百倍地登上了舞台，仰头挺胸地背诵那篇汹涌、一往无前的《没自由不如死》[①]，慷慨激昂地配着一些疯狂的手势，可是背到一半就忘了词儿。这下他傻了眼，两条腿直发抖，他因怯场都快要瘫

[①] 此文系美国独立运动时期的政治家和演说家帕特里克·亨利（Patrick Henry, 1736—1799）的一篇著名的演说。

倒在地，连气儿都喘不顺了。没错，他显然赢得了全场人的同情——可是他也让全场人鸦雀无声，这倒比同情更加糟糕。老师把眉头拧起来，这场大祸就到了极点了。汤姆苦苦挣扎了一会儿，然后只好退场，溃不成军了。场上响起稀稀拉拉的掌声，但是很快就消失了。

"那孩子站在燃烧的甲板上"①紧随其后；再往后是"亚述人下来了"②，另外还有名家名诗的背诵。接着是朗诵练习和拼音的比赛。人数寥寥的拉丁课的背诵赢得了荣誉。那天晚上最精彩的节目上场了——姑娘们构思独特的作文。每一位挨个儿走到台前，轻轻地咳嗽一声清清嗓子，把稿子举起来（用鲜艳的丝带扎着），随后念起来，为了"传神"而拿腔拿调，语气特别。题材都是老一套，都是她们的母亲和祖母在这样的场合表演过的东西，不用说，她们的母系分支上的所有祖先，远至十字军的时代，也都是在这样的题材上显过身手的。"友谊"是其中之一，"往事的回忆"、"历史上的宗教"、"梦乡"、"文化的种种优势"、"政体形式的比较和对照"、"伤感"、"孝道"、"心愿"等等等等。

这些作文的特色是千篇一律，无非是些刻意培养出来的无病呻吟的情调；另一特色是"佳句"堆砌如山，辞藻重叠花哨；第三个特色是专门把一些特别夸耀的词句短语硬捏在一起，一直用到了破烂不堪极其讨厌的说教词儿。不管是什么题目，憋破脑袋也要照例曲里拐弯地说出一番大道理，让守道德和信宗教的人仔细琢磨，受到启发。这种说教的会话显然是没有诚意的，可是这并不足以使这样的风气文章在学校里遭到淘汰，眼下也毫无改进；或许只要世界存在，这样的风气文章就有足

---

① 此句出自英国女诗人赫曼斯（Felicia Hemans，1793—1835）的名诗《卡萨比昂卡》，写一个法国海军舰长的儿子遵父之命，坚守起火的船只，父子二人双双英勇殉职。此句影射汤姆勉为其难的痛苦场面。

② 英国著名大诗人拜伦（George Gordon Byron，1788—1824）的名诗《西拿基立的毁灭》里的诗句。诗中故事出自《圣经·列王记下》，讲亚述王西拿基立率领军队攻占耶路撒冷，遭神谴，大败而归。此句影射汤姆在规矩场合下只会一败涂地。

够的市场。在我们的国家,没有一所学校的姑娘们不会感觉到她们的文章,非得有一段说教的话才能结尾;你还会发现,全学校最轻浮的、最不虔诚的女孩子,写出来的说教词儿往往最长,话还讲得最虔诚。不过且打住吧。实话实说总是赢得不了掌声的。

咱们还是说说这场"考试"吧。第一篇念的作文的题目是《人生不过如此吗?》。也许读者尚能忍受其中择出的一两段吧:

在人生的普通步调里,年轻人的心胸怀着何等的快活情绪,向往着期待已久的美好景象啊!想象力忙着描摹玫瑰色的欢乐图画。在幻想之中,醉心于时髦生活的人儿看见自己行走在欢乐的人群之中,充当"所有观察者的被观察者的角色"。她身姿优雅,银装素裹,在欢乐舞步的迷津里旋转;她的眼神无比明亮,她的舞步在快乐的舞场上轻捷如燕。

在如此甜美的幻想之中,光阴飞逝。她步入极乐世界的美好时刻终于到来了,她为此曾经做过许多美丽的梦啊。在她的梦境里,一切都像神仙乐土一样令人神往!每幕新的风景都可谓青出于蓝胜于蓝。可是转眼她又发现这美好的外表下面,一切都是过眼烟云:曾令她神往入迷的奉承话,现在听来十分刺耳;舞厅失去了它的魅力;拖着疲倦的身子,怀着刺痛的心,她摆脱了这种生活,相信人世的欢乐终不能满足灵魂的渴望!

诸如此类,不足列举。在朗诵的过程中,时不时有夸奖的赞叹声出现,有的忍不住低声赞美说:"多么动听啊!""多么动人啊!""多么真实啊!"等等。而且在这篇东西以一段特别烦人的说教结束之后,立即响起了一阵很热烈的掌声。

然后一个瘦弱而忧伤的女孩站了起来,她的脸色显得"有趣的"苍白,那是药丸和消化不良引起的;她念了一首"诗"。这里选两段以飨读者：

密苏里少女告别阿拉巴马

阿拉巴马，再见了！我爱你刻骨铭心！
可我要暂时离开你！
愁啊，是的，我心里满是对你的离愁，
火烧的回忆就在我的眉头！
我曾在你鲜花遍地的树林里游荡；
曾在塔拉普萨河畔读书和闲逛；
曾倾听塔拉西湍急的河流；
曾在库萨山边向曙光女神招手。
可是我没有什么羞耻而满心伤痛。
回头看泪淋淋不觉脸红；
我现在要离开的不是陌生的地方，
我不会向陌生人表示叹息感伤。
在本州里尽是对我的由衷欢迎，
我要离开那些山谷——我眼前消失了山峰；
亲爱的阿拉巴马啊，山水对我冰冷时，
我的眼睛和心和尘埃也一定冰冷和停止！

听众里没有什么人知道"尘埃"是什么意思，可是不管怎样这诗还是令人满意的。

接下来上场的是一个脸黑、眼黑、头发黑的大女孩，她静立少许，给人以难忘的印象，做出一种悲戚戚的表情，开始用一种适度的、庄重的口气朗诵起来。

幻 象

　　夜，漆黑一团，暴雨骤起。天穹的宝座不见一颗星的闪烁；可是沉重雷声的深远鸣响在耳边震荡；同时可怕的闪电从乌云遮掩的天宫射出愤怒的光，好像在讥诮杰出的富兰克林[①]对它的恐惧所加的力量！甚至那一阵阵的发狂的风也一起从它们的神秘的窠眼里吹出来，四处咆哮，好像要借它们的力量给这发疯的景象增添热闹。

　　在这样一个时刻，如此漆黑，如此无奈，我的精神在为人的同情叹息；但是就在此刻，"我最亲爱的朋友，我的顾问，我的安慰者和向导——我忧伤的欢乐，我欢乐中的第二个福气"，来到我身边。

　　她像浪漫而年轻的人儿所描绘的伊甸园里阳光下散步的活泼的仙女，一如美丽的王后，不加修饰，只有自身绝色的可爱。她的脚步非常轻巧，走路没有一点儿声响，要不是和别的谦逊美女一样，轻轻的抚摩会生出奇妙的快感，她便会一闪而过——不允许追踪。她指着外面激烈的风雨雷电，吩咐我注视那两个出现的形象，她的脸上出现了一种陌生的悲伤，一如十二月长袍上的结冰的泪花。

这个噩梦足足占了十页稿纸，结尾一无例外的是一段说教，把非长老会的教徒批驳得毫无获救的希望，终把头等奖夺下。这篇作文被认为是那天晚上最出色的收获。镇长为作者发奖时发表了一番热情的讲话，说这是他有生以来听到的最"动听"的文章，就是连丹尼尔·韦伯斯特[②]本人也会为它感到骄傲的。

[①] 本杰明·富兰克林（1706—1790），美国政治家、作家和发明家；他在雷雨中用风筝证明闪电的导电性，从而发明避雷针。
[②] 丹尼尔·韦伯斯特（1782—1852），美国著名政治家和演说家。

在此顺便提一提的是，特别爱使用"美丽的"这个词儿并且爱把人生经历说成"生活的一页"的文章，其数量同往常一样多。

现在老师的酒劲晕乎到了兴高采烈的地步；他把他的椅子往旁边一推，背朝观众，开始在黑板上画美国的地图，为地理班练习作准备。但是他的手不听使唤，画出了一幅十分别扭的地图，场上于是出现了憋不住的喊喊笑声。他知道症结在哪里，就极力挽救。他擦掉了线条，重新画图；可是只会把图画得更糟糕，喊喊的笑声就更响了。他这时全神贯注地画图，仿佛他一心想的就是不因那喊喊的笑声停下来。他觉得所有的眼睛都紧紧地盯着他；他想象自己一定能成功，可是那喊喊的笑声继续不断；它显然在增加。这倒是难免的了。他的头顶上方有一间阁楼，上面有个天窗；这时从那天窗放下来一只猫，用一条绳子拴着腰吊在空中；猫的头和嘴用布捆着，防止喵喵叫唤；猫儿慢慢往下降时，它朝上弯着腰，爪子抓着那绳子，随后突然翻下身来，在无依无托的空气里乱抓。喊喊笑声越来越响亮——那猫儿离一心作画的老师的头只有六英寸了——下一点，又下一点，又下一点点，它那拼命挣扎的爪子一下逮住了老师的假发，紧抓住不放，它和它的战利品很快就拉上了阁楼去了！老师的秃头在灯光的照耀下多么亮堂啊——因为招牌油漆匠的儿子早已给它涂上了一层金光了！

会场就这样散了。孩子们总算报了仇。暑假也就到来了。

注：本章所引用的这些冒充的"作文"，只字未动地选自一个名为《一个西部女士的散文和诗歌》的集子——不过它们真真切切地是按学校学生的模式写成的，所以索性引用这些材料，倒比引用纯粹的仿制品有意思多了。

第二十二章　退会的会员

　　汤姆发现他想喝酒——汤姆的信心动摇了——汤姆的病又犯了——期待预兆的惩罚

　　汤姆因为对少年节制会员的花里胡哨的"绶带"深感兴趣，便参加了这个新的组织。他保证只要身为会员，就不吸烟，不喝酒，不亵渎。这下他倒发现了一件新鲜事——就是说，下保证不干某件事情，恰恰是逗弄一个人特别想去干这件事的最好方式。汤姆很快发现他很想喝酒，很想骂人，为此备受折磨；他想得很厉害，要不是一心指望争取一个戴上红红的绶带出出风头的机会，他早退出这个组织了。七月四日① 就要来到了；可是他不久就放弃了这个日子——离他戴上他的种种束缚还不到四十八小时呢——把希望寄托在治安官老弗雷泽法官的身上，因为他明摆着不行了，一次盛大的丧礼势在必行，他可是个大官呢。在接下来的三天里，汤姆对这位法官的病情十分上心，渴望得到新的消息。有时他的希望很高——他就忍不住把他的绶带拿出来，在镜子面前戴上过过瘾。然而老法官的病情发展得令人十分扫兴。最后他竟有恢复健康的消息——接着就果真好起来了。汤姆这下倒了胃口；进而觉得受了伤害。他马上申请退会——偏偏就在那天晚上老法官旧病复发，死了。汤姆下决心他永远不再相信这样的人了。

　　葬礼是一件千载难逢的事情。少年节制会员们有模有样地列队游

---

　　① 美国建国日。

行，使这位刚刚退会的会员气得要命。但是，汤姆又成了一个自由自在的孩子——这倒也是点落头了。他现在又可以喝酒，又可以骂人了——出乎意料的是，他并不想这样做了。事情就这么简单：他可以为所欲为了，那种渴望就没有了，其中的魅力也就没有了。

汤姆不久有些纳闷地发现，他渴望已久的暑假对他来说开始变得有点儿沉重了。

他打算记日记——但是接下来三天没有什么好记的，于是他就放弃了。

所有黑人行吟歌手中的一流歌手来镇上演出，成了头等大事。汤姆和乔·哈珀也拉起了一个演唱队，快快活活地玩了两天。

甚至连光荣的七月四日也不怎么带劲，因为雨下得很大，结果就没办法游行，这世界上最了不起的人物（在汤姆看来）本顿先生，一位实实在在的美国参议员，原来是一个令人大打折扣的角色——他身高竟没有二十五英尺，甚至连这个边都沾不上。

马戏团来了。这之后，孩子们就在破毯子搭成的帐篷里玩起马戏的游戏——入场费，男孩交三枚别针，女孩交两枚——后来马戏的游戏也放弃了。

骨相家和催眠师先后来了——当然又先后走了，村子里这下显得越发乏味和无聊。

举行过几次男孩和女孩联欢会，但是仅仅几次，开起来又很热闹，这反倒使得那种间隔更加痛苦和难熬。

贝基·撒切尔回她的君士坦丁堡老家了，和父母亲一起过暑假——这样一来，生活简直过得没有一点儿劲了。

那桩谋杀案的可怕秘密始终是一种没完没了的折磨。根本就是一个永远疼痛不已的毒瘤。

后来麻疹开始流行起来。

在漫长的两个星期里，汤姆像囚犯一样躺在床上，对外界发生的事情一无所知。他病得很厉害，对什么事情都没有兴趣了。他最后能站起来到镇上弱不禁风地走走时，每件事和每个人都变得闷闷不乐的样子。镇上曾经举行了一次"奋兴会"，人人都"入了教"，不光是大人，连男孩女孩也一样。汤姆四处走动，一心指望看见一张受到祝福的有罪的脸，但是他每到一处都大失所望。他发现乔·哈珀在苦念《圣经》，就赶紧难受地离开了这个压抑的景象。他好不容易找到了本·罗杰斯，发现他正提着一篮子布道小册子访贫问苦呢。他转了半天找到了吉姆·霍里斯，霍里斯却劈头跟他现身说法，拿自己得麻疹的难得教训来警告他。他碰上的每个孩子都只会给他添恶心；在实在无可奈何的心情下，他最后去找知己哈克贝利·费恩，他得到的却是一段《圣经》引文，他的心一下子全碎了，拖着疲劳的身体回了家，躺在床上想到，他这下成了镇上唯一不可得救的人了，永远，永远。

那天夜里，一场可怕的暴风雨来了，雨在倒流，雷声爆裂，闪电炽白晃眼。汤姆用床单把头蒙上，在恐惧中等待，以为厄运就在头上；因为他毫不怀疑天上这场大乱全是冲着他来的。他相信他已经把天条触犯到了极点，老天爷忍无可忍，而这就是结果了。他似乎觉得这样鸣枪放炮地消灭一只小虫是小题大作，白白浪费，但是为了彻底铲除像他这样一只小虫子身下的草皮，使用这样一场狂风暴雨外加雷电，倒也在情理之中。

渐渐地，暴风雨劲使完了，并没有完成它的任务。这孩子的第一冲动就是谢天谢地，悔过自新。他的第二个冲动是等待——因为也许还有更多的暴风雨要来呢。

第二天，医生们又来了；汤姆的病又犯了。这次他在床上躺了三个星期，好像过了一个世纪。等他最后能到屋外走动时，他想起他的处境是多么寂寞，他是多么孤单和悲凉，自己真没有什么可感激，还不如让老天爷收走算了。他无精打采地顺街走下，看见吉姆·霍里斯在为小孩子的法庭扮演法官，审判一桩猫的谋杀案，那里摆着被猫杀害的小鸟。他看见乔·哈珀和哈克·费恩在一条小胡同里吃偷来的甜瓜。可怜的小子们呀！他们——像汤姆一样——早已犯了旧病。

第二十三章　出庭作证

老穆夫的朋友——穆夫·波特的出庭——书记要汤姆出庭——穆夫·波特得救

这种昏昏欲睡的气氛终于被搅动了——搅得还很厉害：那桩谋杀案在法庭审理了。这事立即在镇上成了最热门的话题。汤姆是想躲也躲不了。每当有人提起这个案子，他就心惊肉跳，因为他良心不安，担惊受怕，几乎说服他相信别人的话都是说给他听的，来"试探"他了；他看不出来人家为什么能怀疑到他是这桩谋杀案的知情人，但是他在别人的交头接耳时却总是不能袖手旁观，视若无睹。这使得他无时无刻不在打冷战。他把哈克带到一个僻静的地方谈了一次话。暂时说说心病，和另一个有心病的人分担忧心忡忡的负担，他可以得到几许安慰。另外，他还需弄清楚哈克是不是始终严守着秘密。

"哈克，你没有和任何人说过有关那件事情吧？"

"有关什么呢？"

"你知道是指什么。"

"哦——当然没有了。"

"一丁点儿也没有吗？"

"一丁点儿也没有。老天在上。你问我这个干什么？"

"噢，我害怕呀。"

"咳，汤姆·索亚，那事要是让人识破了，咱俩可是连两天都活不过去了。你应该明白这点。"

汤姆觉得更加不舒服了。过了一会儿，他又说：

"哈克，他们谁也不能让你说出实话来，是吗？"

"让我说出实情？得了，他们能让我说出来，那就等于我想让那个杂种王八蛋活活把我淹死算了。这两种死法没有什么区别。"

"哦，那么我就放心了。我估计只要我们俩都严守秘密，我们就没什么危险。不过我们还是再发一次誓吧。那样更保险。"

"我同意。"

于是他们又郑重其事地对天发誓了。

"你听到什么风声没有，哈克？我听到的可是太多了。"

"风声？哦，不就是穆夫·波特，穆夫·波特嘛，没完没了。这让我冷汗出个没有完了，所以我想到什么地方去躲一躲。"

"我的情形和你一模一样。我以为他完了。你是不是有时替他难受？"

"几乎没有停止过——几乎没有停止过哟。他本来什么都不是；可是他也从来没有干过什么事情伤害别人呀。也就是钓钓鱼，弄几个钱喝喝酒——再有就是到处乱转悠；可是天啊，我们谁不干这些——至少绝大多数都是这样的——连讲道的都一样。可是他这个人心眼不坏——有一次他钓的鱼不够分，还分给我半条呢；每当我倒霉的时候，他总是来帮我一把。"

"是啊，他还给我修补过风筝呢，哈克，还给我的钓线上装过钩子。我希望我们把他救出来才好。"

"我的天！我们救不了他的，汤姆。再说了，那样做也不会有任何好处呀；他们还会把他捉回来的呀。"

"是的——他们准会的。可是我听说他们把他骂得什么都不是，真的是很难受呀，他根本就没有干什么——有关那桩事。"

"我也心里难受啊，汤姆。天啊，我听他们说，他的样子一看就是全国最坏的恶棍，巴不得他早早就给吊死呢。"

"是的，他们是这样说的，总这样说。我听他们说，他要是放出来，他们就使用私刑把他给弄死。"

"他们可是做得出来的。"

两个孩子说了很长时间的话，可是这并没有给他们多少安慰。天快黑下来时，他们还在那个孤立的小牢房周围转悠，心里也许没有拿定主意，却是一心希望会出现什么奇迹，把他们的种种困难解决了。可是什么事情也没有发生；看样子没有什么天使或者精灵来搭救这个倒霉的囚犯。

这两个孩子还像以往一样——常到那个小牢房的铁窗前给波特送一些烟叶和火柴。他关在地下室里，没人看守。

波特对他们的礼物很感激，这反倒总是让他们大大的不安——这一次他们听了感谢的话就更心如刀割了。他们听了波特说出下面这些话，他们完全觉得自己成了胆小鬼，变节分子，没脸做人：

"你们两个对我太好了，孩子们——比这镇上谁都对我好。我忘不了，我不会忘记的。哦，我经常跟自己说：'我过去没有少给所有的孩子们捣鼓风筝什么的，告诉他们哪里可以钓到鱼，尽量跟他们交朋友，可是现在老波特有了麻烦，他们就把老波特忘记了；可是汤姆没有，哈克没有——他们俩没有忘记了他。'我还说：'我也不会忘掉他们的。'唉，孩子们，我干了一件可怕的事情——当时喝得醉了，什么都不知道——早死早拉倒。唉，我们不谈这事了。我不想让你们听了难过。可我要说的是，你们以后可千万别喝酒呀——那样你们永远不会关进这里来的。你们再往西边站一点点——好的——就这样很好；一个人落到这等地步，还能看见你们这样友好的脸，心里总算有了安慰，眼下只有你们理我，别人谁都不理我。多么友好的脸——多么友好的脸。你们一个爬上另一个背上，让我摸摸你们的脸。对，就这样。再握握手吧——你们的小手伸得进来，可是我的手太大了。小手哪，又小又弱——可是它们帮了穆夫·波特不少的忙啊，它们要是办得到，还会帮更多更大的忙呢。"

汤姆痛苦地回了家,那天晚上他做了许多噩梦。第二天和第三天他一直在法庭外面转悠,差不多总是让一种难以抗拒的冲动驱使着往里冲去,却又强迫自己待在外面。哈克的表现跟他的大同小异。他们俩故意回避对方。每个人都躲到一边,一次又一次,可是那种压抑的迷惑力总是把他们很快就带到了一起。汤姆一见有闲人从法庭出来就竖起耳朵听人家说什么,但是听到的无一例外都是坏消息——无情的绳索离可怜的波特越来越贴近了。第二天快过去的时候,村里人纷纷传言说,印琼·乔的证词十分可靠,没有漏洞,陪审团会作出什么判决是毫无疑问了。

那天晚上汤姆在外面待得很晚,是从窗户进家上床睡觉的。他兴奋得不能自已了。他在床上躺了好几个小时才入睡。第二天上午全镇上的人都涌向法庭去了,因为这天是审判日,拥挤的听众里男女数量相当。等了好长时间,陪审团一个接一个进来坐到了自己的座位上;没过多一会儿,波特被带了进来,脸色苍白,憔悴,害怕,半死不活的样子,戴着脚镣,在全会场都能看得见的地方坐下来;印琼·乔的位置也很显眼,和过去一样沉得住气。又等了一会儿,这时法官才到场,执法官宣布开庭。接下来律师们照例交头接耳,整理文件。这些细节和相应的种种拖沓程序,营造了一种开庭的气氛,产生了强烈效果,把人们的注意力紧紧地吸引住了。

这时一个证人被叫上法庭,证明他在这桩惨案发现的那个清晨的早些时候,他看见穆夫·波特在小溪里洗东西,波特马上溜走了。经过一些问答后,原告方面的律师说:

"询问证人。"

犯人抬起眼睛看了一会儿,但是听见他的律师说出下面的话后又把眼睛垂了下来。

"我没有问题问他。"

下一个证人证明在那具尸体周围找到了那把刀。原告方面的律师说：

"询问证人。"

"我没有问题问他。"波特的律师回答说。

第三个证人发誓说他经常看见波特携带这把刀。

"询问证人。"

波特的律师拒绝对证人提出问题。听众的脸上开始出现了不快的表情。这个律师难道不准备做出任何努力就抛弃了他的委托人吗？

好几个证人都提供了波特被带到凶杀现场的畏罪行动。被告的律师都没有提出问题诘问他们，就让他们离开了证人席。

那天早上的墓地发生的破坏性情况的所有细节，全都记得很清楚，这时可靠的证人们也都提供出来了，但是，波特的律师对所有的证人都没有反证。法庭上的人都感到迷惑和不满，议论纷纷，惹得法官维持了一下秩序。原告方面的律师这时说：

"公民们言简意赅的话不容置疑，根据他们的证词，我们判定这桩凶杀案就是被告席上这个不幸的犯人干的，人证物证毫无问题。本案到此停止举证。"

可怜的波特发出了一声呻吟，他用双手捂住脸，身子无力地摇来晃去，同时法庭上笼罩着一种痛苦的沉默。许多男人心有所动，女人们则流下了同情的眼泪。这时被告的律师站起来说：

"法官阁下，本案开始审理时我们列举的种种意见，极力证明我的委托人是因为喝多了酒，在盲目的、不负责任的情况下干出了那件可怕的事情，这是弄错了目标。我们已经改变了初衷。我们不再提供那个申请了。"然后他向书记说："叫汤姆•索亚出庭！"

法庭上的每一张脸上都呈现了一种迷惑的惊疑神色，甚至包括波特在内。汤姆站起来往证人席上走时，每一双眼睛都含着惊奇的兴趣盯着他。这孩子吓坏了，看上去不知如何是好。他首先宣了誓。

"汤姆·索亚,六月七日大约午夜时分你在哪里呢?"

汤姆看了一眼印琼·乔的脸,铁青可怕,他的舌头一下子就发硬了。听众凝神屏息地听着,可是他的话就是说不出来。但是过了一会儿,这孩子缓过一点儿劲来,勉强用劲弄出一些声音,使得听众中的部分人听见了:

"在墓地里!"

"请把话说大声一点儿。别害怕。你当时在……"

"在墓地里。"

印琼·乔脸上掠过一丝冷笑。

"你是在霍斯·威廉姆斯的墓地里吗?"

"是的,律师。"

"请讲下去——提高一点儿声音。离墓地有多远?"

"就像我离你这么远。"

"你是藏起来了,还是没有?"

"我藏起来了。"

"藏在哪里?"

"藏在墓地边上那些榆树后面。"

印琼·乔几乎不易察觉地震动了一下。

"有人和你在一起吗?"

"是的,律师,我是和……"

"等等——稍等一会儿。先别提出你同伴的名字。到了适当的时候我会让他出庭的。你带着什么东西去的?"

汤姆犹豫一下,看去有些慌乱。

"说下去,我的孩子——别顾虑。说实话总是受人尊敬的。你带着什么到那儿的?"

"只带了一只……一只……死猫。"

场上出现了此起彼伏的笑声,法庭制止了。

"我们将会把猫的尸体出示给法庭。现在,我的孩子,把所发生的一切告诉我们——用你自己的方式讲出来——别漏掉什么,也别害怕。"

汤姆开始说起来——开头还有点儿吞吞吐吐,但是随着他对这个话题的投入,他的话讲得越来越流畅自如了;没过多一会儿,全场鸦雀无声,只有他的声音了;每双眼睛都紧紧地盯着他;听众张着嘴,屏住呼吸,一字不落地听着他的话,顾不上时间过了多少,完全被这个令人入迷的故事吸引住了。汤姆把积蓄在心头的郁闷情绪说到高潮时,他说:

"……医生把那块牌子抡起来,穆夫·波特就倒在地上了,这时印琼·乔就拿起那把刀子跳起来,一家伙……"

咔嚓!像一道闪电一样,那个混血种从窗户跳了出去,冲开所有阻拦他的人,一下子跑得无踪无影了!

第二十四章　耀眼的英雄

汤姆成为镇里的英雄——白天大出风头和黑夜胆战心惊——追踪印琼·乔

汤姆又当了一次耀眼的英雄——成了老人眼里的宠儿，又为年轻的人所羡慕。他的名字甚至印进了不朽的文字，因为镇上的报纸把他大大夸赞了一番。有的人还相信只要大难不死，他都会有朝一日当上总统。

和通常一样，这个反复无常、无理性可言的世界把穆夫·波特迎进了怀抱，像前不久虐待他一样使劲地善待他了。但是这种行为是这个世界的长处；因此，还是不要鸡蛋里挑骨头的好吧。

汤姆白天的日子过得十分风光，洋洋得意，但是到了夜里，恐怖就包围了他。印琼·乔在他的梦里频繁出现，他眼里总是有一股凶光。任凭什么诱惑都不能使这孩子在天黑人静之后到外面走动。可怜的哈克也处在担惊受怕的倒霉的境地，因为在审判日的前一天夜里，汤姆把整件事情都跟律师讲了，尽管印琼·乔的逃走免除了哈克出庭作证的痛苦，可是他仍然担心他参与这桩案子的消息会泄漏出去。这可怜的小家伙已经叫律师答应保密，可是那就能万无一失吗？既然汤姆受折磨的良心已经驱使他夜里到律师家里，从他那张早已被那最阴森、最可怕的誓言封住了的嘴里说出了事情的真相，哈克对人类的信心也就丧失殆尽了。

白天，穆夫·波特的感激态度使得汤姆高兴，他讲了实情；可是夜里他又后悔他没有严守秘密。

汤姆有一半时间在担心印琼·乔永远不能捉拿归案了；另一半时间

又担心他被抓到。他常常觉得不等到那个人死了，他看见了尸体，他是永远没法安安全全呼吸了。

赏金已经有了，周围一带全搜查遍了，但是印琼·乔没有找到。一个神通广大、令人敬畏的侦探从圣路易斯专程来实地侦察一番，摇了摇头，一番无所不知的样子，像他那一行的角色一样取得了某种令人吃惊的成功。也就是说，他"发现了线索"。可是你总不能为谋杀案把"线索"吊死啊，所以等那个侦探把事办完打道回府，汤姆还是和过去一样感到没有安全感。

难熬的日子一天天过去了，每过一天，焦虑的心里倒是也少了一分重量。

第二十五章 挖宝

欲望突然来到——关于国王和钻石——搜索财宝——挖宝挖错了地方——死人的鬼魂的形象

在每一个正常发育的男孩的生活中，有一段时间他强烈地渴望去什么地方挖出秘藏的宝贝来。一天，这种欲望突然来到了汤姆身上。他立即跑出去找乔·哈珀，但是没有找到。接下来他去找本·罗杰斯；罗杰斯去钓鱼了。不一会儿，他碰见了血手游侠哈克·费恩。哈克会响应的。汤姆把他带到一个僻静的地方，和他很交心地把事情交代出来。哈克果然同意。哈克总是愿意前去的，因为他有的是足够的时间，并不把它当作金钱看待，正愁着没有地方使它呢。"我们去哪里挖宝呢？"哈克问。

"哦，差不多哪里都行。"

"得了，真的会哪里都藏着财宝吗？"

"不，当然不完全是那样了。财宝藏在非常特别的地方，哈克——有时藏在海岛上，有时装在烂箱子里，藏在老枯树的粗树枝底下，半夜里树影就正好落在那里；但是，多半是藏在闹鬼的房子地板下面。"

"谁藏在那里的？"

"嘿，当然是强盗嘛——你以为会是谁？还能是主日学校的校长吗？"

"我不知道。财宝要是我的，我就不会藏在什么地方；我会把它花掉，好好享受一番。"

"我也会的。可是强盗不那样干啊。他们总是把财宝藏起来，扔在那里不管了。"

"那他们以后就不来了吗？"

"来的，他们本来想来的，可是他们总是忘记了他们留下的记号，要么他们死掉了。不管如何吧，财宝藏在那里很久很久，都生了锈；后来，有人发现了一张旧黄纸，那上面说明如何能找到那些记号——这种黄纸得花上一个星期才能破译，因为上面都是符号和象形文字。"

"象……象什么呀？"

"象形文字——图形之类的东西，你知道，看上去好像没有什么意思。"

"你弄到那样的黄纸了吗，汤姆？"

"没有。"

"哦，那么你怎么能找到那些记号呢？"

"我不用什么记号。他们总是把财宝藏在闹鬼的屋子，或者海岛上，或者死树的干粗枝下面。噢，我们到杰克逊岛上找过了，我们有时还可以到那里去碰运气；死房河上那所闹鬼屋没有去过，那里有很多枯死的粗树枝——很多很多。"

"所有粗树枝下面都有财宝吗？"

"你这是怎么说话！不！"

"那么你怎么知道哪根树枝下面有呢？"

"见树枝下面就找啊！"

"噢，汤姆，那得花上一个夏天。"

"噢，那又怎样呢？假如你发现一个铜锅里装满了一百块钱，都生了锈，斑斑点点的，或者一只烂箱子里全是钻石。那有多么带劲？"

哈克的眼睛亮起来了。

"那真是呱呱叫。那对我来说就成了大富翁了。只给我一百块钱就行了，钻石我倒不稀罕。"

"好吧。不过我肯定不会把所有的钻石都扔掉。有的钻石值二十块钱呢——少说也值个六七毛钱或者一块钱吧。"

"不!真是那样吗?"

"当然——谁都会跟你这样说的。你没见过钻石吗,哈克?"

"我不记得见过。"

"哦,国王有的是钻石。"

"噢,我不懂什么国王不国王的,汤姆。"

"我估计你不懂的。不过你要是到欧洲去,你能看见国王满地乱跳。"

"他们只会跳吗?"

"只会跳?——他奶奶的!不是的!"

"哦,那你怎么说他们乱跳呢?"

"废话,我只是说你能看见他们——当然不是乱跳的——我只是说你到处看得到——到处都有,你知道,一种常见的现象。就像那个驼背的老理查①一样。"

"理查吗?他的另一个名字呢?"

"他没有别的名字了。国王是只有名字没有姓的。"

"能没有姓吗?"

"可就是没有啊。"

"哦,好吧,他爱怎样随他去吧,汤姆;可是我不想当国王,只有一个名字,像个黑人一样,不过你说——你要先到哪里挖财宝呢?"

"喔,我也说不准。我们先到死房河上那边小山的那棵死树枝下挖挖怎么样?"

"我同意。"

---

① 指英王理查三世(1452—1485),莎士比亚的著名剧本《理查三世》就是写这个国王的,此王形象丑陋,心地险恶,以奸诈出名。

于是他们找来了一把有缺口的镐，一把铲子，动身往三英里远的地点走去。他们赶到那里时又热又喘，躺在附近一棵榆树的阴凉下面休息，吸了一会儿烟。

"我就喜欢这个。"汤姆说。

"我也一样。"

"喂，哈克，要是我们在这里找到了财宝，你准备拿你那份干什么去呢？"

"哦，那我会每天吃个馅饼，来一杯汽水，来了马戏团我天天都去看。我敢肯定我会活得十分快活的。"

"哦，你难道不想省下一部分吗？"

"省下一部分？省下干什么？"

"哎呀，为以后生活有个着落呀。"

"哦，那才是多虑呢。爹说不准哪天就来到镇上，我要是不赶紧花掉，他就会把手伸向它，我跟你说，他很快就会挥霍掉的。你怎么使用你那份呢，汤姆？"

"我要去买一面新鼓，一把结实的剑，一条红领带和一只小狗娃儿，准备结婚。"

"结婚？"

"正是这样。"

"汤姆，你——哦，你的脑子出了毛病了吧。"

"等着吧——你会看见的。"

"哦，你是要做一件愚蠢的事情啊。看看我爹和我娘。打架！哎呀，他们打得没完没了。我对这事可记得清楚了。"

"那算不了什么。我要娶的那个女孩儿是不会打架的。"

"汤姆，我看她们都差不多。她们就想跟你打在一块儿。你还是好好想想再说吧。我劝你还是多想想的好。那闺女的名字叫什么？"

"根本不叫闺女——叫姑娘。"

"我看就是一回事,有人叫闺女,有人叫姑娘,都没有错的——差不多的。不过,汤姆,她叫什么名字呢?"

"另找时间告诉你吧——现在不行。"

"好吧——那也成。只是你一结婚,我就更没有人一起玩了。"

"你不会的。你可以来和我们一起住嘛。现在我们不谈这个,我们该去挖财宝了。"

他们大汗淋漓地干了半个小时,什么也没有挖到。他们又苦干了半个小时,仍然一无所获。哈克说:

"他们总是把财宝埋得这么深吗?"

"有时埋得深——不总是埋这么深的。一般说来是有深有浅的。我琢磨我们没有找对地方。"

于是他们换了新地方,又开始挖。这次他们干得不那么猛了,不过还是挺有成效的。他们默不作声地干了一阵子。后来哈克倚在他的铲子把上,用袖子擦了擦汗,说:

"我们挖完了这里,你打算再去哪里挖?"

"我看可以去卡迪夫山那边的那棵老树下面试试,就在寡妇家的房子后面。"

"我看那棵树倒是不错。不过寡妇不会夺走我们的财宝吧,汤姆?那可就在她的地盘上呢。"

"她夺走!她倒是想夺去的。可是这种财宝一向是谁找到就是谁的。在谁的土地上是无关紧要的。"

这样就让人放心了。挖掘工作还在进行着。过了一会儿,哈克说:

"真扯淡,我们准是又找错地方了。你认为呢?"

"也真是怪透了,哈克。我不明白这是怎么回事了。有时妖巫爱来捣乱。我看没准就是妖巫在作怪呢。"

"胡说,妖巫在白天是没有魔力的。"

"哦,那倒是。我没有想到这个。噢,我现在明白是怎么回事了!

我们俩真是愚蠢透顶了！你得在半夜里找到树枝的影子在什么地方，在什么地方挖才行！"

"那是太糟糕了，我们傻乎乎地白干了这么老半天，他奶奶的，我们只好晚上来了。路可是很不近呢。你夜里能出来吗？"

"我一点儿问题没有。我们要干就今天晚上来干，因为要是有人看见这么多坑，他们马上会明白是怎么回事，把我的后路给抄了。"

"好吧，我今天夜里到你家里学猫叫。"

"一言为定。我们先把这些工具藏在树丛里。"

这两个孩子那天晚上在约定时间来到了那里。他们坐在阴影里等待着。那地方荒凉得很，因为历来的种种说法，这个时刻就显得阴森森的。精灵在沙沙作响的树叶里窃窃私语，幽灵潜伏在阴暗的角落里，很远很远的地方有狗的汪汪叫声，猫头鹰用它那阴沉的调子应和着。两个孩子被这种阴森森的气氛震慑住了，连话也不敢多讲了。过了一会儿，他们估计十二点到了；他们把树影落下的地儿划出来，开始挖掘。他们的兴头很足，他们的干劲也就很足，挖得很快。坑挖得越来越深，可是每当他们听见镐头碰在什么东西上，他们的心就为之一震时，他们却每每遭受一次失望的痛苦。那只是一块石头，或者一块木头。最后汤姆说：

"还是没有用啊，哈克，我们又找错地方了。"

"噢，可是我们不应该找错呀。我们是按着树影指的地儿挖的呀。"

"我知道这个，不过还有疏忽的东西。"

"什么东西？"

"哎，我们只是猜了个大概时间。很可能不是早了就是晚了。"

哈克的铲子落在了地上。

"可不是，"他说，"问题就出在这上面了。我们不能再挖这个坑了。我们永远也弄不准时间，再说了，干这种事情也太吓人，半夜三更来到这里，妖巫和幽灵到处活动。我觉得总有什么东西在我的身后待着；可是我又不敢转过身来看，害怕身前说不定又有什么在捣乱。自打来到这里，我就一直提心吊胆的。"

"哦，我也是这个样子，哈克。他们埋财宝时还差不多总要埋一个死人守着呢。"

"天啊！"

"真的，他们就这样干的。我总听人这么说。"

"汤姆，我不喜欢在埋着死人的地方瞎转悠。跟死人搅在一起容易出麻烦，真的。"

"我也不想打扰他们。要是这里突然蹦出个骷髅来说几句什么可怎么办！"

"别说了，汤姆！吓死人了。"

"啊，就是就是。哈克，我觉得很不对劲。"

"喂，汤姆，我看还是放弃这里吧，去别的地方试试。"

"好吧，我看那样更好。"

"到哪里去好呢？"

汤姆想了想，随后说：

"去闹鬼屋吧。那是个地儿！"

"他娘的，我可不喜欢闹鬼的屋子，汤姆。哎呀，那样的地方比死人还要命。死人也许会说话，可是他们还会穿着裹尸布到处转悠，你却看不见他们，突然从你身后偷看你一家伙，牙齿磨得咯咯响，跟闹鬼一样。我可受不了那样的折磨，汤姆——谁也受不了。"

"是啊，不过哈克，幽灵只是在夜里出来转悠。我们白天去那里挖掘，它们不会跟我们捣乱吧。"

"噢，这倒是。可是你知道，不管白天还是黑夜，人们都不爱到鬼屋附近去的。"

"哦，那多半是因为人们不喜欢到杀害人的地方去——可是除了夜里，鬼屋也不见有什么特别的动静——夜里也只是窗户上映出一些蓝光来——算不上真正的鬼吧。"

"得了,有蓝光一闪一闪的地方,汤姆,就保不准会有鬼在那里。这是有道理的。因为你知道,除了鬼,别人谁都不会使用蓝光照明的。"

"也是,这话有道理。可是不管怎样,它们白天是不会出来的,所以我们还害怕什么呢?"

"哦,好吧。按你说的,我们就到那个鬼屋去试试——不过我看那还要看运气。"

这时,他们开始下山了。在他们下面,那个"闹鬼"的房子就在那月亮照射下的山谷中间,孤零零的,围墙早已没有了,野草丛生把台阶都侵占了,烟囱倒塌,窗户框架空空的,屋顶的一个角塌陷下去了。这两个孩子盯住看了一会儿,还指望能看见蓝色的光出现在窗户上;然后他们用那种时刻和那种环境下合适的低声音交谈着,尽量靠右边走道,远远地躲开那个闹鬼的屋子,穿过卡迪夫山后生长的树林向家走去。

第二十六章　闹鬼的房子

闹事的，是鬼吧？——睡觉的鬼魂——一箱金币——苦命人的运气

第二天大约中午时分，这两个孩子来到了那棵枯树旁边，他们来拿他们的工具。汤姆急不可待地要到那个鬼房子去；哈克也很想去——可是他突然说：

"看啊，汤姆！你知道今天是什么日子吗？"

汤姆在脑子里把那个星期的日子算了算，随后很快抬起眼睛，露出十分吃惊的神色——"我的天！我一点儿没有想到这个日子，哈克！"

"哦，我也没有想到，可是我猛地一下子想到今天是星期五。"

"真操蛋，还是小心没大错，哈克。我们在星期五干这样的事情，弄不好就会惹出大麻烦的。"

"弄不好？还不如说准会的！别的日子也许会有点儿运气，可是星期五是不会有运气的。"

"即使傻瓜也知道这个。我看你不是第一个发现这点的，哈克。"

"唉，我从来没有说我是第一个发现的呀，是吧？星期五还不是唯一的问题，我昨天晚上还做了个糟透了的梦——梦见老鼠了。"

"哎呀呀！倒霉的兆头呀。老鼠打架了吗？"

"没有。"

"噢，那还不坏，哈克。老鼠要是没有打架，那么这个兆头只是说麻烦在靠近你，你知道。我们所要做的是保持高度警惕，别麻痹大意。

我们今天不干这事情了,玩去。你知道罗宾汉吗,哈克?"

"不知道。谁是罗宾汉?"

"哎,他曾经是英格兰最了不起的人呢——也是最棒的。他是一个绿林好汉。"

"好家伙,我希望我也是一个多好。他抢谁的东西?"

"只抢郡长、主教、富人和国王,都是这一类人。可是他从来不抢穷人。他喜爱穷人。他总是和穷人平分东西呢,非常公平。"

"哦,他肯定是个好汉了。"

"我跟你保证他就是一个呢,哈克。噢,他是有史以来最高贵的人。现在这样的人都没有了,我跟你说吧。他把一只手捆在身后打遍英格兰无敌手;他拿起他那把水松大弓,从一英里半远就能射中一个铜币的眼儿,箭无虚发。"

"什么是水松大弓?"

"我也不清楚。不用说,那肯定是一种箭了。他要是只能射中铜币的边儿上,他就会坐下来大哭一场——还要大骂一顿。不过我们来扮演罗宾汉吧——那可是好玩极了。我来教你。"

"我同意。"

于是他们整个下午就玩起了罗宾汉,时不时眼巴巴地看一看那个闹鬼的房子,还说起第二天去那里的前景和可能。太阳渐渐西下时,他们穿过长长的树影向家走去,很快他们就消失在卡迪夫山的树林里了。

星期六中午刚刚过去,这两个孩子就又来到了那棵枯树下面。他们在树荫下吸了会儿烟,说了会儿话,然后在他们上次的坑里又挖了一会儿,没有抱着很大的希望,只是因为汤姆说许多情况都是有人挖到离财宝只有六英寸的地方放弃了,结果别人来了只挖了一下就发财了。然而这次还是白挖了,于是这两个孩子扛起他们的工具离去,觉得他们好歹没有轻易放弃财运,而是做了挖宝活动应有的各个步骤。

他们俩来到闹鬼房子的时候,只见在炎热的太阳下到处都是死一般的寂静,那种气氛格外令人胆寒,周围一带的凄凉和荒芜景象显得沉重压抑,把他们吓得一时间简直不敢大胆往里走。过了一会儿,他们悄悄接近门口,战战兢兢往里窥探了几眼。他们看见屋子里杂草丛生,地板坏掉,墙灰剥落,壁炉老旧,窗户空洞,楼梯破烂;这里,那里,到处都是破破烂烂废弃不用的蜘蛛网。他们随即悄悄地走了进去,脉搏跳得飞快,他们耳语着,支起耳朵想捕捉任何微小的响声,肌肉也绷得紧紧的,随时准备逃之夭夭。

熬了一会儿,他们渐渐稳住了神,恐惧减少,他们开始仔细审视,好好地把这地方看了一番,不禁对他们的胆量有几分羡慕,感到有些不可思议。随后他们就想上楼看看了。这招颇有点儿破釜沉舟的味道,不过他们彼此壮了壮胆子,这下就产生了唯一的效果——他们把他们的工具扔到了角落,开始上楼。楼上也到处一片衰败的景象。在一个角落里他们找到了一个壁橱,看来大有希望,但是希望只是骗局——里面什么也没有。这时他们的胆子大起来,劲头也来了。他们正准备下楼,开始挖掘,这时——

"嘘……"汤姆说。

"什么声音?"哈克小声说,脸都吓白了。

"嘘!……那里……听见了吗?"

"听见了!……噢,我的天!我们快跑吧!"

"别出声!别乱动!他们是朝门口来的。"

这两个孩子趴在楼板上,把眼睛对着楼板的木节窟窿,乖乖地等着,害怕得要命。

"他们站住了……不——又来了……就在这里。可别再吭声了,哈克。我的老天爷,我真后悔来到这里!"

两个男人走了进来。每个孩子都在心里说:"有一个是最近在镇上露过一两次面的那个西班牙聋哑老头儿——另一个可是还从没有见过。"

"那另一个"是一个穿得破烂不堪、蓬头垢面的家伙,一脸苦相。

那个西班牙人披着一条墨西哥花围巾；他留着密匝匝的花白胡子；长长的白发从他那墨西哥宽边帽檐底下垂下来，他还戴着一副绿色的眼镜。他们两人进来的时候，"那另一个"小声说着话；他们在地上坐下来，面朝着门口，背朝着墙，那个说话的人接着往下说。他一直说下去时，他的样子变得随便起来，声音也变得清晰了。

"不行，"他说，"我对这事想了又想，我不愿意干它。这事太危险了。"

"危险！""聋哑"西班牙人嘟哝说——这两个孩子一听大吃一惊。"胆小鬼！"

聋哑人的声音使这两个孩子粗气大喘，浑身发抖。那人原来是印琼·乔！谈话停了好一会儿。然后乔说：

"比起我们在上面干的事，还能有更危险的事吗？可那也没有什么坏结果呀。"

"情况不同嘛。远离河上游那么多，附近又没有房屋。尽管我们试过，没有成功，可是谁也不会知道的。"

"哼，哪还有比大白天来这里更危险的事！——谁见了我们都会疑心的。"

"我知道这点。自从我干了那件蠢事后，没有什么地方比这里更安全。我想离开这所破房子。我昨天就想离开的，可是那两个该死的孩子在山上玩耍，这里看得清清楚楚，想动也动不了。"

"那两个该死的孩子"听见这句话，真相大白，吓得又抖动了，心里思忖说，他们及时想起了昨天是星期五多么幸运啊，幸亏等待了一天。他们心里真恨不得等上一年呢。

两个男人拿出一些食品，当午餐吃了。经过很长一段的思考后，印琼·乔说：

"看哪，哥儿们——你还是回你生活过的河那边去吧。在那里等我的消息。我不管怎样再到镇上去走走，看看情况。我到处去打听一下，觉得情况有利,能够下手时我们不妨就干那件'危险'事情。然后我们躲到得克萨斯去!我们两个一起逃走!"

这个主意还令人满意。两个人随后哈欠连天,印琼·乔说:

"我困得要死!今天该你放哨了。"

他在草地上蜷着身子躺下,很快就打起了呼噜。他的哥儿们推了他一两次他就不打了。不一会儿,放哨的开始点头瞌睡;他的头往下垂了又垂,于是两个男人就一起开始打呼噜了。

这两个孩子这时谢天谢地,长长喘了一口气。汤姆小声说:

"我们的机会可算来了——动身吧!"

哈克说:

"我不敢走——他们一旦醒了,我就死定了。"

汤姆催促了半天——哈克就是不动。最后汤姆慢慢站起来,动作很轻,一个人离开。但是人刚走了一步,就踩得摇摇晃晃的楼板咯吱咯吱直响,吓得半死,只好再趴下。他再也不敢尝试了。两个孩子趴在那里扳着指头数时间,到了后来,他们好像觉得时间到头了,永恒都熬得白了头;后来他们谢天谢地,总算看见太阳下山了。

这时有一个人的呼噜停止了。印琼·乔坐了起来,四下仔细看看——对着他的哥儿们冷笑一下,因他正把头垂在两膝之间呼呼大睡——乔用脚把他踢醒,说:

"喂!你还是放哨的呢,好啊!还好——总算没有出什么事。"

"我的天!我睡着了吗?"

"哦,还行,还行。我们出发的时间快到了。我们剩下的那些小玩意儿怎么办?"

"我不知道——我看还像往常一样留在这里吧。我们不到南方去,带上它们也没有大用。六百五十块大洋背起来好大的重量呢。"

"啊——好吧——再多来这里一次不会有什么事的。"

"不会——不过要我说我们还是像我们习惯的夜里来这里吧——那

样更好点儿。"

"行,不过你听我说,我干那件事兴许要花很长时间才等到机会;不怕一万,就怕万一;在那样一个地方算不上十分保险;我们还是把它规规矩矩地埋起来吧——把它埋得深深的。"

"好主意。"那哥儿们说,然后走进屋子,跪在地上,取下壁炉边的一块石头,拿出一个哗啦作响听着悦耳的袋子。他从袋子里给自己取出二三十块大洋,也给印琼·乔取出同样多的数量,随后把袋子递给印琼·乔,因为印琼·乔正跪在角落里用他的猎刀挖窟窿。

这两个孩子忘记了害怕,眼前的痛苦也全没有了。他们眼光亮亮地看着他们的每一个动作。运气呀!——那笔钱的数目之大远非他们能想象得出啊!六百块大洋足足可以让半打孩子成为阔人啊!这才真是寻宝碰上了天大的运气——简直不费吹灰之力就知道在哪里下镐挖掘了。他们俩不断地你捅我一下我捅你一下——轻轻一捅胜于千言万语,真可谓一捅就懂,意思十分明白:"哦,现在你该高兴我们来到这里了吧!"

乔的猎刀捅到了什么东西。

"喂!"他叫了一声。

"什么东西?"他的哥儿们问。

"烂掉一半的木板——不,是木箱,没错。来呀——搭一把手,我们来看这是什么玩意儿。别在意,我已经捅了一个窟窿。"

他把一只手伸了进去,使劲往外拉——

"伙计,这是钱呀!"

那两个男人检查了几个硬币,原来是金币。这两个孩子在楼上和他们一样兴奋,一样欣喜。

乔的哥儿们说:

"我们得手脚麻利一些。壁炉那边的角落里有一把生锈的镐——我刚才正好看见了。"

他跑过去把孩子们的镐头和铲子拿了过来。印琼·乔接过镐头,使劲看了看，摇了摇头，自己跟自己嘟哝了几句，然后开始刨起来。那个箱子很快被挖了出来；箱子不是很大；有的地方裹了铁皮，看样子很结实，可惜这么多年腐蚀坏了。两个男人欣喜若狂却不吭一声，只是看着那宝贝没个够。

"伙计，这里面有好几千金币呢。"印琼·乔说。

"早听说默雷尔那帮人有一年夏天经常到这里来的。"那个陌生人说。

"我知道，"印琼·乔说，"要我说呢，看样子就是这么回事。"

"这下你用不着去干那件事了。"

那个混血种皱起了眉头。他说：

"你不了解我。至少你对那件事情了解不全面。那可不是抢劫——那是报复！"他的眼里就闪出了凶光，"在这事上我需要你的帮助。那事干了——到得克萨斯去。先回你的老家南斯去，跟你孩子们团聚，好好待着听我的消息。"

"哦——照你这么说，我们怎么处理这箱子呢？把它再埋起来？"

"对。(楼上的两个听了高兴坏了。)不行！我的大酋长乖乖，不行！(楼上的两个又顿时蔫儿了。)我差点儿忘了。那把镐头上有新泥土！(两个孩子一下子惊呆了。)这里怎么会有镐头和铁铲呢？它们还粘了新的泥土？谁把它们带到这里的——他们到哪里去了？你听见了什么响动吗？——看见什么人了吗？把它再埋起来，让他们来了看见这地上有人挖过吗？使不得——使不得呀。我得把它弄到我的窝里去。"

"噢，当然，当然！早该想到这一点才是。你是指一号吧？"

"不——二号——埋在十字下面。另一个地方不保险——太一般了。"

"好吧。天快黑了，差不多可以开始了。"

印琼·乔站起来挨个窗户往外张望。过了一会儿，他说：

"是谁把这些工具拿到这里来的呢？你看他们会在楼上吗？"

两个孩子顿时吓得不敢出气。印琼·乔把手放在他的猎刀上犹豫少许，一时拿不定主意，随后向楼梯走去。两个孩子想到了那个壁橱，可是他们吓得没有力气了。脚步在楼梯上咔吱咔吱响起来——千钧一发的形势唤醒了这两个孩子身处绝境的决心——他们正要跳起来往那壁橱跑去，这时楼下传来木头断掉的声音，印琼·乔一下子摔进了楼梯垮掉的烂木头中间。他站起身来，不干不净地骂着，他的哥儿们说：

"这时你还骂个什么？要是这里有人，又在楼上待着，那就让他们待在上面好了——谁还在乎呢？他们要是想跳下来，找找麻烦，也没有人反对呀？再过十五分钟天就黑了——他们要想跟着我们走，那就让他们来吧。我不反对。照我看来，不管是谁把这些东西扔在这里，恐怕是一看见我们就把我们当成鬼怪什么了。以我看他们这时还在逃跑呢。"

乔嘟哝了几句，后来他同意了他的哥儿们的意见，觉得趁着天亮赶紧收拾好东西，准备离开是正事。过了不一会儿，他们在渐渐暗下来的黄昏里溜出了屋子，带着他们的宝贵的箱子朝河边走去。

汤姆和哈克站起来，身上无力，但是感到莫大的快慰，从房子和木板缝隙之间看着他们的背影。尾随而去？不是他们的事。他们没有摔到地上，摔断脖子就心满意足了，翻过山快快回家吧。他们路上没有多说话。他们一心在恨自己——恨运气太坏，把那把铁铲和镐头带到了那鬼房子。要是没有这个茬儿，印琼·乔根本不会怀疑。他会把大洋和金币都藏起来，等他们完成了"复仇"的心愿再作打算，那样的话他就运气逆转，发现钱财通通没有了。倒霉透了，倒霉透了，干吗把那些工具带到这里来呢！

他们下决心把那个西班牙人紧紧盯住，等他到镇上来寻找报复的机会，那时他们就尾随他到"二号"，随便在哪里都去。接着一个可怕的念头出现在汤姆的脑子里：

"报复？他的意思要是指我们可怎么办，哈克！"

"噢，别说了！"哈克说，差一点儿晕过去。

他们把这事又好好分析了一番,两个人进镇时一致同意相信印琼·乔也许可能指别人——至少也只能是指汤姆,因为只有汤姆曾经出庭作证了。

汤姆这下一个人陷入了麻烦,这使他感到非常不舒服,非常难受!他心里想,有人陪着共患难终归好受得多啊。

第二十七章 梦之辩

汤姆夜里做了噩梦——找到"二号"地儿——疑团尚待解开——没有门牌号码——小侦探

那天的历险活动让汤姆夜里做了许多噩梦。他梦见四次他已抓住了那笔巨额财宝,但是四次醒来时他都两手空空,不见踪影,清醒的头脑使他想到他倒霉的残酷现实。他大清早躺在床上回想他这次了不起的历险中的各种情形,发觉它们都奇怪地淡化了,遥远了——不知怎么仿佛它们发生在另一个世界,或者发生在遥远的过去。后来他就想到这次了不起的历险就是一场梦!他的这一看法具有一个非常有力的理由——那就是,他当时看见的硬币数量太大了,不可能是真实的。他过去从来没有见过五十块堆积起来的钱,他和他年龄相当、生活状况相当的孩子一样,在钱财方面只能想象到"几百"和"几千"的说法不过是想象丰富的表达形式,这么大的数目在这个世界上实际上并不存在。他从来没有一刻想到一百块这样巨大的实实在在的钱全归一个人所有。要是把他对于财宝的观念加以分析,他心目中的数目或许不过是一把可以抓光的一堆真正的硬币,和大堆模糊、可观而不可捉摸的大洋而已。

可他的历险的各种情形经过再三的琢磨之后,变得更加鲜明和清楚了,所以他很快发现他依赖上了这样的印象,就是那次历险说到底也许还不是一场梦。这种难以确定的心理必须扫除,他得赶紧对付点儿早饭,出去找到哈克。

哈克正坐在一艘平底船的舷上,懒洋洋地把两只脚垂在水里,一副闷闷不乐的样子。汤姆决定让哈克先谈起这个话题。要是他不谈这事，那就足以证明这次历险只是一场梦了。

"喂，哈克你好！"

"喂，你好。"

出现了短暂的安静。

"汤姆，我们要是把那两件该死的工具扔在那棵枯树下，那我们就得到那笔钱了。唉，真是窝囊透了！"

"那么它不是一场梦啊，它不是一场梦！不知怎么搞的，我就简直希望它是一场梦呢。我要是说假话我就不是人，哈克。"

"什么是梦不是梦的？"

"哦，昨天的那件事啊。我就一直半信半疑它是一个梦呢。"

"梦！要不是那些楼梯坏了，那么你可就真看见那是多么可怕的梦了！我倒是做了一夜的梦——梦见那个眼睛上贴着纱布的西班牙鬼子在追我——那个该死的东西！"

"不，别骂他。要找到他才是！要顺藤摸瓜把那笔钱找到！"

"汤姆，我们永远找不到他了。一个人只有一次发大财的机会——可这个机会已经错过了。再说了，我要是再碰上他，我肯定会吓得趴下的。"

"哦，我也差不多；可是我不管怎样还是想找到他——找到他的踪迹——找到'二号'地儿。"

"'二号'——是啊，那是个好地儿。我一直在想它呢。可是我一点儿弄不懂那是怎么回事。你怎么看这地儿？"

"我也弄不懂。那太悬乎了。喂，哈克——也许它是一所房子的门牌呢。"

"乖乖！……不，汤姆，不会是门牌。要是门牌的话，那也不会是在这个小不点儿镇上。这里就没有门牌号码。"

"噢，那倒是。让我想一会儿。有了——那就是一个房间的号码——客店里的,你知道!"

"哦,这下有门儿!镇上不过两个客店。我们一下就找到了。"

"你待在这里,哈克,我马上回来。"

汤姆马上离去了。他不想和哈克一起在公共场合露面。他去了半个小时,他发现在那家最好的客店里,二号房间一直让一个年轻律师占着,现在还住在里面。在那个比较简陋的客店里,二号房间倒是个谜。客店老板的小儿子说,那房间一直上着锁,他从来没有看见有人进去或者有人出来,夜里除外;他也不知道究竟为什么会是这样子;他有过一点好奇心,不过也不怎么太在乎;他认为最大的秘密可能是那屋子是在"闹鬼"吧,他就只想到了这个;他还注意到昨天夜里那房间有灯光来着。

"我就打听到了这些消息,哈克。我看那房间就是我们要找的'二号'。"

"我看就是,汤姆。现在你准备怎么办呢?"

"让我想一想。"

汤姆想了好长时间。然后他说:

"我来告诉你吧。那个二号房间的后门是连通客店和那个破烂的老砖厂中间的小胡同的。现在你去把你能弄到的钥匙通通拿来,我去把我姨妈的弄到手,到了第一个漆黑的夜里我们就到那里去试试开锁。你要小心,盯着印琼·乔,因为他说他要溜进这镇上,寻找机会报复一下的。你要是看见他,千万跟他的梢;他要是不到'二号'房间去,那就不是那个地儿。"

"天啊,我可不想自己一个人去跟他的梢!"

"哦,那当然是夜里了。他根本不可能看见你——哎呀,他要是看见了,也许他压根儿想不到什么。"

"噢,要是天黑得厉害,我看我可以盯上他。我说不定——我说不定。我来试试吧。"

"我敢保只要天黑我就能看住他,哈克。哎呀,他要是一看没有复仇的机会,他没准就直接取钱去了。"

"是这样,是这样的,汤姆,我来跟他的梢;我去,他妈的!"

"你这说的才像个话!你从来不是熊包,我是决不当熊包的。"

第二十八章　黑夜盯梢

两个孩子同样不走运——试探"二号"——守候了一个整夜——哈克守望

那个夜里，汤姆和哈克准备好出去冒险。他们两个在那家客店附近一直晃荡到九点以后，一个在远处观察那条小胡同的动静，另一个盯着那家客店的门。没有人出进那条小胡同；也没有一个像那个西班牙人的人出进那家客店。那个夜晚看起来也不会很黑；汤姆于是先回家，跟哈克说好要是夜色越来越黑，哈克就去学猫喵喵，他听见后就溜出去试试那些钥匙。不过那天夜里一直很晴朗，哈克守到十二点左右才结束了他的岗哨，钻进一个空糖桶里睡觉去了。

星期二这两个孩子同样不走运。星期三也毫无改观。不过星期四夜里看样子好多了。汤姆瞄准机会溜了出来，带着他姨妈的旧铁皮灯笼，还有一条包裹灯笼的大毛巾。他把灯笼藏在哈克的糖桶里，开始进行观察。午夜前一个小时的样子，客店关了门，里面的灯光熄灭了（周围一带仅有的灯光）。西班牙人没有出现。那条胡同里也不见有人出进。一切都显示出好的兆头。夜间的黑暗笼罩了一切，万籁俱寂，只有远处偶尔传来的隆隆雷声。

汤姆拿出他的灯笼，在那糖桶里点上，用大毛巾裹上，两个冒险者向那个客店悄悄靠近。哈克站在胡同口，汤姆摸索着向胡同深处走去。随后那种焦急的等待像一座大山一样压迫着哈克的心灵。他早早希望看见那客店闪出灯笼的光来——那会让他害怕，可是又至少能告诉他汤姆还活着呀。汤姆消失在黑暗里以后好像过去了几个小时。他肯定是晕倒了；没准他没命了呢；也许因为害怕和紧张，他的心脏爆裂了。由于极度不安，哈克忍不住越来越靠近胡同了；他担心所有可怕的事情都会发生，又随时害怕会有不测之祸，他紧张得连气都喘不上来了。呼吸几乎快断了，他能做的只是短促而微小的喘息，他心脏跳动的力量马上就会消耗完了。突然闪出了光亮，汤姆从他身边跑过时说：

"快跑！"他说，"赶快逃命吧！"

他用不着再说第二遍，一遍就足够了，第二遍还没有说出来，哈克早以每小时三四十英里的速度跑起来。这两个孩子一直跑到镇子下头一个遗弃的屠宰房的小棚前才停下来。他们躲进去暴风雨就来了，大雨直往下倒。汤姆刚刚喘过气来，就说道：

"哈克，太可怕了！我试了两把钥匙，手轻得不能再轻了；可是那响声咔咔地简直能把人吓死，我吓得气都快断了。怎么也打不开那把锁。哦，我一定没有意识到我在干什么，却抓住了门把手，竟把门推开了！门根本就没有锁！我赶紧挤了进去，把毛巾拿下来，恺撒大帝的鬼魂呀！"

"什么什么——你到底看见什么了，汤姆！"

"哈克，我差一点儿踩在印琼·乔的手上！"

"不是吧！"

"是的！他就躺在那里，在地上睡得死死的，那块纱布还罩在眼上，胳膊伸展着。"

"天啊，你怎么办？他醒了吗？"

"没有，一点儿没有动弹。我看是喝醉了。我抓起毛巾就跑！"

"我敢说，要是我早把那条毛巾忘到脑后去了！"

"哦，我也差不多。只不过要是丢掉它，我姨妈会把我狠狠收拾一顿的。"

"喂，汤姆，你看见那个箱子了吗？"

"哈克，我没有来得及多看呀。我没有看见箱子，我没有看见十字。我什么也没有看见，只看见地上有一个瓶子，一个洋铁杯子，就在印琼·乔的身边；对啦，我还看见屋子里有两只桶和许多瓶子。这下你该明白那个闹鬼的屋子是怎么回事了吧？"

"怎么回事？"

"嘿，是威士忌在闹鬼呀！也许所有禁酒客店都有一个闹鬼的房间吧，是吧，哈克？"

"哦，我看也许是这么回事。谁会想到这样的事情呢？不过，喂，汤姆，现在可是得到那个箱子的大好时机呀，要是印琼·乔醉了的话。"

"说得倒好！你去试试吧！"

哈克打了一个冷战。

"得了吧，不成——我看不行。"

"我看也不行，哈克。印琼·乔身边只有一个瓶子，不够多呀。要是他身边有三个瓶子的话，那他醉得差不多，我敢去试试。"

他们想了很长时间，然后汤姆说：

"喂，哈克，除非我们弄清印琼·乔不在里面，否则可别轻举妄动。那真是太吓人了。哦，只要我们每天夜里盯着，我们准能看见他出去，早晚的事，那时我们好赶紧把那个箱子弄走。"

"哦，我同意。我来守候一整夜吧，我每天夜里守着都行，你要是去弄箱子的话。"

"好吧，我弄箱子。你只要到琥珀街的住房中间学猫叫——我要是睡着了，你就往窗户上扔块小石头，那样就马上把我惊醒了。"

"行，再好不过了！"

"现在，哈克，这场风暴总算过去了，我要回家了。再过一两个小时天就亮了。你回去好好守着吧，行吗？"

"我说了我同意，汤姆，我会干好的。我就是把那个客店守上一年也行！我白天全用来睡觉，夜里守它一整夜。"

"那就这么说定了。现在你去哪里睡觉呢？"

"本·罗杰斯家的干草棚里。他让我去的，他老爹的那个黑人也同意，就是杰克大叔。杰克大叔随时可以叫我去帮他提水，他要是省得出，他就给我点儿吃的。他可真是个顶好顶好的黑人，汤姆。他喜欢我，因为我从来没有表现出比他高高在上。有时我和他坐在一起吃饭。不过你可别到处去说这些。一个人饿得不行时，就只好干出一些平时不肯干的事情。"

"哦，白天我要是用不着你，我就让你好好睡觉。我不会来打扰的。夜里不管什么时候有了情况，你赶紧跑来学猫叫。"

第二十九章 野餐

别具风味的野餐——哈克跟踪印琼·乔——"报复"活动——援救道格拉斯寡妇

星期五上午汤姆听到的第一件事是一个喜讯——撒切尔法官一家前一天晚上回到镇上来了。印琼·乔和财宝的事通通暂时降到了第二位,贝基成了汤姆的首要兴趣。他看见她了,他们俩还和一大群同学玩"捉迷藏"和"挡关"的游戏。那天结束得锦上添花,特别令人满意;贝基缠着她母亲决定第二天举行那次早已说好、拖延已久的野餐,她母亲就同意了。贝基的高兴劲儿就别提了;汤姆的兴致也一点儿不差。太阳落山前就把邀请都通知到了,村里的孩子们马上变得闹闹哄哄,一边作准备,一边快活地预测着。汤姆由于兴奋而一直难以入眠,到了很晚还醒着,一心指望听见哈克的喵喵猫叫,好在第二天拿上他的财宝让贝基和参加野餐的人大吃一惊;但是他失望了。那天夜里没有得到任何信号。

早晨到底来了,十点或十一点的时候,一群兴奋不已、叽叽喳喳的孩子聚集在撒切尔法官家,一切就绪,只待出发。按照惯例,大人一概不参加,以免让野餐扫兴。他们都认为孩子中间有几个十八岁的大姑娘和二十三岁上下的小伙子张罗,很可以让人放心。那艘旧渡轮已经说定为这次野餐服务;很快这群欢天喜地的人儿抬着一筐筐食物,排着队上了街。锡德病了,不得不丧失这次大好机会;玛丽只好待在家里侍候他。撒切尔太太最后跟贝基叮嘱的话是:

"你们要是很晚才回来,你还不如在那些离码头近的女孩子家过一夜,孩子。"

"那我就到苏茜·哈珀家过夜吧,妈妈。"

"好吧好吧。注意守点儿规矩,别给人家添麻烦。"

然后他们蹦蹦跳跳地往前走的时候,汤姆跟贝基说:

"喂——我跟你说咱们怎么办吧。我们别到乔·哈珀家过夜,干脆上山到道格拉斯寡妇那儿住一夜吧。她会做冰激凌吃!她每天都吃冰激凌呢——多得要命。她一定很高兴为我们做点儿吃。"

"哦,那太好玩了!"

随后贝基想了一会儿,说:

"可妈妈会怎么说?"

"她怎么能知道呢?"

这女孩在脑子里把这个主意前思后想一番,有些不情愿地说:

"我看那样不好——不过……"

"不过个屁!你妈又不会知道,哪能有什么不好?她只是要你不出事就好;我敢说她要是想到这点,她自己都会说出来的。我知道她准会说!"

道格拉斯寡妇家的热情好客是个诱人的饵食。这个诱饵和汤姆的说服力很快把那天的去向解决了。于是他们决定不告诉任何人那天夜里的安排。后来汤姆又想起来哈克这天晚上也许会来找他发信号。一想到这,他所期待的快乐就打了不少折扣。不过他仍然不情愿放弃道格拉斯寡妇家的乐趣。为什么他要放弃呢?他推论着——前一天夜里也没有送来信号,那么今天夜里为什么就要更可能有信号送来呢?当天夜里确定无疑的娱乐把那飘忽不定的财宝取代了;他到底是个孩子,他决定按照强烈的愿望行事,那一天其余的时间不再考虑那箱钱的事了。

往镇子下游行驶三英里,渡轮在树木林立的山谷口停下,靠了岸。这群孩子蜂拥上岸,很快那树林深处和崎岖的山头响起了阵阵回声,远远近近都是喊声和笑声。一切累得满身发热和疲乏的玩耍方式都来了一遍，渐渐地那些到处游逛的小角色都三三两两回到了营地，每个人的胃口都很好，接着就开始扫荡那些美味的食物。美食一顿后，大家就在枝繁叶茂的橡树的阴影下痛快地休息和聊天。过了一会儿，有人大声说：

"谁想到那洞里去玩耍？"

谁都想去。一捆捆的蜡烛准备出来，孩子们纷纷蹦蹦跳跳地向山上爬去。洞口在山腰之间——那洞口的形状像一个 A 字。洞上那笨重的橡木门半掩着。洞里有个小套间似的洞穴，像冰窖一样冷，四面是自然形成的石灰石墙壁，墙壁上有一层冷汗般的水珠。站在这里深深的黑暗处，看着外面碧绿的山谷在太阳下闪闪有光，别有一番浪漫和神秘的情调。但是这个位置的美好景象很快就过去了，孩子们又开始打逗起来。一支蜡烛刚刚点上，大家就纷纷向拿蜡烛的人围了过去；接着就是一阵争抢和守护的扭打，可是蜡烛一下子被打掉，或吹灭了，孩子们于是哈哈大笑一阵，重新寻找起哄的引子。不过什么事情都有个完。过了一会儿，大家排成队一溜顺着往主要洞身的陡坡下走，一行闪耀的烛光影影绰绰地把高高的石壁照亮了，差不多照到了他们头上六十英尺高的两壁结合的地方。这段主要洞身也就八到十英尺宽。每走几步就有别的危险的、更狭窄的裂口从两边叉出去——因为麦克道格尔洞就是一个众多弯弯曲曲的分岔组成的迷宫，那些分岔互相交叉，互相背向，说不清究竟通到什么地方去。据说，一个人在里面乱逛，在它那些错综复杂的裂口和石缝里面走上几天几夜也找不到洞穴的尽头；他尽可以往下走，往下走，再往下走，一直朝地下钻去，但一直走一直是老样子——迷宫前头还是迷宫，没有一个迷宫是尽头。没有人"了解"这洞穴。要对这个洞穴知根知底是不可能的。这些孩子绝大多数只知道洞穴的一部分，按惯例没有人敢到他们所知道的那部分以外去冒险。汤姆·索亚对洞穴的了解和别人一样多。

孩子们排着队在洞穴主要通道走了四分之三英里，然后他们三三两两地结队溜进洞岔里，飞快地穿过那些阴森森的过道，在地道连接的地方互相吓唬对方逗乐。分散的小组可以互相躲藏，玩耍半个多小时还不至于走出"熟悉"的地盘。

后来，一群接一群的孩子零散地来到了洞口，大喘着气，兴奋异常，从头到脚都弄满了滴滴拉拉的蜡泪，粘满了泥土，谁都为这天的尽兴玩耍感到由衷的高兴。很快他们大吃一惊，发现他们没有顾上注意时间，天马上就要黑了。船上的钟叮叮当当响了半个小时。不过这天的冒险这样结束还是挺有浪漫情调的，因此他们感到心满意足。渡船载着那些欢天喜地的孩子驶向河内时，谁也没有在乎那点儿浪费了的时间，只有船长有些不满意。

渡船的灯光一闪一闪地驶过码头时，哈克早已上岗守望了。他没有听见船上的声音，因为那些孩子们像人们平常累得要死要活一样，都有气无力，一声不响了。他还纳闷那是只什么船，竟没有在码头上停泊——随后他就把船丢在脑后，专心干自己的事情。夜空云彩密集起来，夜色就黑暗了。十点钟到了，车马不再来往，零散的灯光开始熄灭，稀稀拉拉的行人不见了，整个村庄进入了梦乡，只剩下这个守望的小家伙与寂静和幽灵为伴了。十一点钟到了，那个客店的灯光没有了，这下到处一片漆黑。哈克等待了很长很长一段时间，可是没见什么动静。他的信心渐渐弱起来。这样等待有什么用吗？这样守候真的有什么用吗？为什么不放弃了算拉倒呢？

他耳朵听到了一点儿声音，他马上打起精神，全神贯注。胡同的门轻轻地关上了。他赶紧跑到了砖场的那个角落。不一会儿就有两个人从身边匆匆走过，其中一个好像在腋下夹着什么东西。那肯定是那只箱子！这样看来，他们要转移那笔财宝了。现在怎么去叫汤姆呢？那样做显然不行——这两个人带着箱子溜掉了，可就永远找不到了。不，他得在他们后面紧紧盯住，他可以依靠天黑保证安全，不让他们发现。哈克这么在心里盘算着，从角落闪出来，悄悄跟在那两个人的后面，跟猫一样，光着脚，只让他们在前面保持适当的距离，能看见为止。

他们起先走在沿河街，走了三个街区，然后向左转来到一条十字街上。他们一直朝前走，来到了通向卡迪夫山的那条小路，他们就走上了这条小路。他们路过半山腰老威尔士的房子，没有停留，继续往上走去。好啊，哈克想，他们要把箱子埋到那个老石坑里。可是他们在石坑那里没有停下，他们继续往前走，直奔山顶。他们钻进两个高高的漆树丛之间的一条小窄路，一下子隐蔽在黑暗里。哈克跟了上去，缩短了距离，因为他们很难看见他了。他小跑了一段路，然后放慢了步子，担心他追得太快，他又赶了一段路，随后完全停了下来，仔细听了听，什么声音也没有，只听见他自己的心脏在怦怦地跳动。山上传来猫头鹰喵喵地叫声——不祥的兆头！可是没有脚步声。天啊，一切都消失了啊！他正打算拔脚去追，这时一个人在离他不到四英尺的地方轻轻咳了一声！哈克的心腾地跳到了嗓子眼儿，不过他好歹又吞下去了；随后他站在那里直打战，仿佛十几次疟疾同时在袭击他，他浑身发软，以为他肯定会瘫痪在地上。他明白他身处什么境地。他知道他已经离那个通往道格拉斯寡妇的院子的梯磴就只有五步远了。好吧好吧，哈克心里想，就让他们把它埋在这里吧，这倒是不难找呢。

这时一个声音说——声音很低很低——是印琼·乔在说：

"该死的娘们儿，没准她有人陪着呢——这么晚了，灯还亮着。"

"我看不见什么灯光呀。"

这是那个陌生人的声音——那个鬼房子里的陌生人。一阵死一般的寒战直穿哈克的心——这原来就是"复仇"的勾当啊！他首先想到的就是逃之夭夭。接着他想起了道格拉斯寡妇不止一次善待他，也许这两个家伙就是要去谋杀她。他希望他敢冒险去给她送个信儿；可是他知道他没有这个胆量——他们很可能过来把他抓住了。他在瞬间转着这个念头和更多的思绪时，那个陌生人说过话后印琼·乔接着说：

"因为这个树丛挡住了你。来来来——这边来——这下你能看见了,是吗?"

"是的。哦,那里是有人陪着,我看是的。还是放弃为好。"

"放弃了,我就永远离开这个国家了!放弃了就很可能永远没有另一次机会了。我早跟你说过,我再跟你说一遍,我一点儿不在乎她的钱财——你尽可以得到它。可是她的丈夫对我太狠毒——很多次他都跟我过不去——更要命的是她丈夫是治安官,说我是个流氓,送我进了大牢。这还不是全部呢,这只不过是百万分之一!——他曾用马鞭狠狠地抽过我!——在大牢前用马鞭抽我,像虐待黑人一样!——让全镇的人都看着这一幕!用马鞭抽啊!——你明白吗?他占尽了我的便宜,他先死了。可是我要拿她把这笔账清算了。"

"噢,别杀死她!别干那种事!"

"杀死?谁说杀人的昏话了?要是他活着,我倒会把他给杀了,但是不会杀她。你要是向一个女人施行报复,你可别杀害她——你要毁她的容,你要把她的鼻子给豁了——你要像给猪捅耳朵一样把她的耳朵给废了。"

"天啊,那可是……"

"请你别多嘴!那对你最安全。我要把她捆在床上。要是她流血流死了,那能是我的过错吗?她死了,我不会哭了。我的朋友,你在这件事上帮我一把——为我吧——叫你来这里就是为这个——我一个人干太孤单了。你要是怕事,我就把你收拾了。你可听明白了吗?我要是非得把你杀了,那么我也只好把她杀了——那样我看就谁都永远不知道是谁干的这件好事了。"

"噢,要是非这样干不可,那就只有干了。越快越好——我在浑身打战了。"

"现在就下手吗?那里还有人吧?看着啊——你首先要清楚,我对你可是留着一手的。不——我得等到那灯光没有了——别着急,慢慢来。"

哈克觉得随即而来的一阵静默——比说成千上万的谋杀的话更加令人胆寒，于是他屏住呼吸，小心地往后退了退。他细心地放稳当一只脚，平衡自己的身子，却猛地向一边歪去，竟差一点儿歪倒在地，先朝一边，后朝另一边。他又往后退了一步，仍旧歪歪斜斜，差点儿跌倒；随后又退一步，又退一步，又……他脚下的一根小棍子咔嚓折了！他把气提起来，直耳静听。没有什么声音——寂静得没有一丝杂音。他的感激真是难以形容。这时他转过身来，在漆树丛的两道墙里行走——他转向转得非常小心，好像自己是一条船似的——然后他才加快了步子，但是仍然十分小心地走着。他一直来到了那个石坑方觉得安全了，于是他甩开他那灵活的脚，奔跑起来。他朝山下跑啊跑啊，一直跑到了威尔士的家前。他砰砰地把门敲响，很快那老人和他的两个壮实的儿子从窗户伸出头来。

"这般吵闹是怎么回事？谁在乱敲门？你要干什么？"

"让我进去——快呀！我会把事情说清楚的。"

"哦，你是谁？"

"哈克贝利·费恩——快呀，让我进去吧！"

"哈克贝利·费恩，的确是的！我看照这个名字是叫不开几家的门的！不过让他进来吧，孩子们，让我们看看他有什么麻烦。"

"请别和任何人说是我告诉你们的，"哈克一进门就说这句话，"千万别说——要不我肯定会被杀死的——可是寡妇有时待我很够朋友，我要把情况说出——你们要是不告诉别人是我说的我就立刻讲出来。"

"我的天，他的确有话要讲呢，要不他不会是这个样子！"老人大声说："快讲出来吧，谁都不会讲出去的，孩子。"

三分钟后老人和他的儿子都带好武器，立即往山上赶去，一进了那条漆树丛小路就踮起脚尖，武器紧紧地握在手里。哈克没有再陪他们走远，他藏在一块大石头后面，竖起耳朵静听。接下来的安静又长又让人着急，随后就是突然间的一阵枪声和叫喊声。

哈克没再等待更加细致的情况，他跳起身就往山下跑去，两条腿跑得要多快有多快。

第三十章 威尔士人

喷嚏，啊嚏一声它就来了——哈克发烧的姿态——撒切尔太太快要疯了——希望变成了绝望

星期日早上天刚蒙蒙亮，哈克就摸索着上了山，轻轻地敲响了老威尔士家的门。家里的人都还睡着，但是由于前一天夜里那次惊心动魄的大事，他们就睡得格外警惕。窗上传来一声喊叫：

"谁在门外？"

哈克用受惊的声音轻轻地说：

"请让我进去吧！是哈克·费恩！"

"就凭这名字，不管黑夜还是白天，这门都会向你敞开的，孩子！——欢迎欢迎！"

这些话在这个流浪儿听来很是陌生，也是他有生以来听到的最悦耳的话了。他记得最后那几个词儿以前从来没有人跟他讲过。门很快打开了，他走了进去。哈克还得到了座位，老人和他两个高大的儿子立即把衣服穿上。

"我的孩子，我琢磨你一定饿得够呛吧，太阳一出来早饭就现成了，我们可以热热乎乎地吃一顿——你随便点儿，就像在自己家一样！我和孩子们还希望你回到这里来过夜呢。"

"我都快吓死了，"哈克说，"我起来跑了，手枪一响我就拔腿跑了，一口气跑了三英里才站住。我来这里只是想知道一下事情怎么样了，你们知道，我趁天不亮来这里，是因为我怕跟那两个坏东西撞上，哪怕他

们早已死掉了。"

"哦，可怜的孩子，你看上去过了一个艰难的夜晚——不过这里有一张床，你吃了早饭尽可以在上面睡觉。没有啊，他们没有死掉，孩子——我们为此感到很遗憾。你看，根据你讲的情况，我们很清楚我们应在什么地方对他们下手，所以我们蹑手蹑脚地靠近他们，最后离他们就只有十五英尺了——那条漆树丛小路黑得像一个地窖——就在这时我着急打个喷嚏。这真是不能再倒霉的事了！我极力忍耐着，可是没有用处——喷嚏说来是非来不可，啊嚏一声它就来了！我举着手枪在前面走，那个喷嚏一打，那两个坏蛋就沙沙地溜出那条小路，我于是大声叫嚷：'开枪呀，孩子们！'枪弹就朝着沙沙作响的地方打去。孩子们也朝那个方向打去。可是他们马上就溜掉了，那两个狗东西，我们紧追不舍，追进了树林里。我估计我们没有打中他们。他们逃跑时也开枪了，子弹嗖嗖飞了过去，好在没有伤着我们。我们听不见他们的脚步声时我们就停止追击了，赶紧下山把治安官叫醒。他们集合了一队人，到河那边去把守关口，只等天一亮，治安官就会带上一伙人去搜索树林。我的孩子们一会儿就跟他们一起去。我希望我们能了解到那两个人的长相——那是非常有用的。可是你在黑道里看不清楚他们长的什么样子，孩子，是吧？"

"噢，我见过的，我看见他们来到镇上，我还跟踪过呢。"

"那就太好了！说说他们的样子——说说他们有什么特点，我的孩子。"

"一个是那又聋又哑的西班牙人，在这里露过一两次面，那另一个很难看的人穿得破烂不堪……"

"这就足够了，孩子，我们知道这两个人！有一天我在树林子里寡妇的房子后面碰上了他们，他们悄悄地走掉了。你们俩去跟治安官报告，孩子们——你们明天早上吃早饭吧！"

威尔士的两个儿子马上就要离去。他们走出屋子前，哈克呼地站起身来，大声说：

"哦，求你们别告诉任何人是我把他们说出去了！哦，求你们了！"

"既然你有这个要求，我们答应就是了，不过，哈克，你应该为你所做的事得到应有的功劳才对。"

"噢，不，不！求你们别说出去！"

两个年轻人离去时，威尔士老人说：

"他们不会说出去，我也不会的，可是你为什么不想让人知道呢？"

哈克没有多作解释，只是说这两个人中间有一个他已经很熟悉了，不想让这个人知道他在跟他作对——他一旦知道了肯定非要他的命不可。

老人再一次答应严守秘密，随后说：

"你怎么想到跟踪这两个人的，孩子？是他们看上去让人怀疑吗？"

哈克没有立即答话，在心里盘算着万无一失的回答，然后他说：

"哦，你知道，我是一个坏孩子——至少大家都是这样说的，我看这话也没有什么不对的——有时想到自己是个坏孩子就睡不着觉，总想努力重新做人。昨天夜里就是这种情形。我睡不着，于是我就半夜来到了街上，翻来覆去地想这事，当我走到那个禁酒客店旁边的旧窝棚砖厂时，靠在墙上又想这事。噢，就在这时那两个家伙悄悄来到离我很近的地儿，他们胳肢窝下夹着一些东西，我想他们准是偷来的。一个人在吸烟，另一个想要个火儿；所以他们停在了我跟前，点烟时照亮了他们的脸，从花白的胡子和眼睛上的那块纱布，我看出来那个块头大的就是又聋又哑的西班牙人，那另一个长相很恶，穿得又脏又破。"

"借着点烟的火儿，你就看得见衣服很破烂吗？"

这话使哈克一时答不上来了，后来他才说：

"噢，我弄不大清楚——不过好像我看见是那样的。"

"然后他们往前走，你就跟上去了？"

"跟上去了——是的。正是这样的。我想弄清楚到底是怎么回事——他们走得鬼鬼祟祟的样子。我跟着他们走到寡妇家的梯磴那里，站在暗地里，听见那个穿戴破烂的家伙为寡妇求情，那个西班牙人发誓说他要毁寡妇的容，正像我先前跟你和你的两个儿子讲的……"

"什么！又聋又哑的人说出了这么一大堆话！"

哈克又犯了一个可怕的错误！他一直在努力不让老人得到一点点线索，听出来那个西班牙人是谁，可是他的舌头好像非把他弄进麻烦里来，他怎么避免都无济于事。他几次努力摆脱窘境，但是老人的眼睛看着他，他就错上加错，欲盖弥彰。随后威尔士老人说：

"我的孩子，别害怕我，我不会伤害你的一根头发丝儿的，不会的——我要好好保护你——我会好好保护你的。那个西班牙人不聋不哑，你说漏了嘴，你现在打不了圆场了。你了解那个西班牙人，你只是想隐瞒他。相信我好了——告诉我到底怎么回事，相信我吧——我不会卖了你的。"

哈克对着老人诚实的眼睛看了一会儿，然后低下身子在老人的耳朵上说：

"那不是西班牙人——那是印琼·乔！"

威尔士老人差点儿从椅子上跳起来。过了一会儿，他说：

"这下事情全明白了。你先头说什么豁鼻子捅耳朵，我以为那只是你的编造，因为白人是不会这样进行报复的。原来是个印第安人！那完全就是另一回事了。"

吃早饭时，这次谈话还在继续，在交谈中，老人说他和他的儿子们上床睡觉前所干的最后一件事，是提着灯笼在那个梯磴旁边检查血迹。可是他们没有发现，却捡到了一个鼓鼓囊囊的……

"鼓鼓囊囊的什么？"

这些字就是闪电也不会从哈克嘴里那么快就脱口而出，又突然又惊人，快得不能再快了。他的眼睛瞪得圆圆的，憋着一口气——等待回答。威尔士老人不免吃惊——也瞪起了眼睛——三秒钟——五秒钟——

十秒——然后才回答说：

"鼓鼓囊囊全是行窃的工具。嘿，你怎么啦？"

哈克放松身子，轻轻地喘着气，心里的确别有一番深刻而难言的快慰。威尔士严肃而好奇地看着他——然后说：

"是的，行窃的工具。这好像让你大大松了一口气。可是刚才你为什么那种样子呢？你原以为我们找到了什么东西？"

哈克这下被挤到了崖边上了——那种询问的眼神紧紧盯着他——他愿意付出一切代价，换来一个明显有理的措辞——可没有合适的词儿——那种讯问的目光盯得越来越深越来越穿透——只有一个没有意义的回答出现在脑子里——而且来不及掂量轻重，于是他就硬着头皮说了出来——声音乏乏的：

"主日学校的课本吧，也许是。"

可怜的哈克给挤得实在无所适从，笑不出来，但是老人却笑得又高声又快活，从头到脚直打战，笑完了说这样的笑就是一个人口袋里的钱，因为它能把医生的账单给抵消了，还绰绰有余。然后他补充说：

"可怜的小家伙，你脸色发白，眼凹进坑里去了——你一定不舒服吧——难怪你有点儿神不守舍，沉不住气呢，不过你会缓过来的。我希望你好好睡上一觉，一整夜的折腾就过去了。"

哈克想到充当了那样一个呆头呆脑的角色，露出了那样一种令人生疑的激动，很是生气，因为一听那两个家伙在寡妇家梯磴旁边的对话，他也早不认为从那个客店带出的包袱是那笔财宝了。不过他也只是想到它不是财宝——他不知道它真的不是财宝——所以人家一提到一个捡到的包袱，他还是不能保持镇静。但是总的说来，他还是很高兴发生了这样一个小小插曲，因为现在他完全知道这个包不是那个包，因此他的心静下来，感到莫大的安慰。事实上，目前一切好像都向顺利的方向发展，那笔财宝一定还在"二号"，那两个家伙在当天会被逮捕，送进大牢，他和汤姆夜里就能不担任何麻烦，不受任何干扰，反将那笔金币顺利弄到手了。

早餐刚刚吃完，门边就响起了敲门声。哈克跳起来就去找藏身的地方，因为他一点儿不愿意和最近那桩事情牵连在一起。威尔士老人开门迎进来几位女士和先生，其中就有道格拉斯寡妇，威尔士还注意到成群的村民往山上爬去——去看梯磴旁边到底发生了什么事情。原来消息已经传开了。

威尔士只好把那天夜里发生的事情跟大家讲述一遍，寡妇为受到保护十分感激，爽快地说出了她的感激之情。

"快别说这样的话，太太。有一个人比我和我的两个儿子更应该受到你的感谢，可是他不让我告诉人家他的名字。要不是他，我们是不会到那里去的。"

这番话当然引起了一阵强烈的追问，差一点儿就把事情捅破了——可是威尔士老人硬是避而不说，让他的客人在肚子里使劲去想，再由他们传遍全镇。别的情况都了解到后，寡妇说：

"我是在床上看了一会儿书才睡的，睡着了就再没听见什么吵闹。你们为什么不去把我叫醒呢？"

"我们觉得不值得了，那两个家伙不可能再来了——他们手边没有任何作案工具了，把你叫醒了，让你吓得要死，还有什么用呢？我的三个黑人在你的房子周围守了一个夜晚。他们刚才才回来。"

客人越来越多，这个故事不得不说了一遍又一遍，一直说了一两个小时。

走读学校放假期间，主日学校也不上课，但是大家还是早早就到教堂来了。这件轰动的事件传得沸沸扬扬。消息说那两个坏蛋还没有发现一点儿踪迹。祷告仪式进行完后，撒切尔法官的太太跟着人群走下过道时，慢下步子等到哈珀太太，跟她说：

"我家贝基一整天都在睡觉吗？我看她是累得不行了吧？"

"你家贝基？"

"是呀，"神色很是惊讶——"她昨天夜里不是在你家过夜吗？"

"噢，没有呀。"

撒切尔太太的脸一下就白了，瘫倒在教堂里的座位上，这时波莉姨妈正和她的一个朋友起劲地说着话走过来。波莉姨妈说：

"早上好，撒切尔太太。早上好，哈珀太太。我家那个淘气的孩子不见了。我琢磨我家汤姆昨天夜里是在你们家过夜的——或者你们中间的一家。他这孩子一贯怕来教堂。我回去得跟他算账。"

撒切尔太太无力地摇了摇头，脸色变得更加惨白了。

"他没有在我们家过夜。"哈珀太太说，脸色有点不对劲儿了。波莉姨妈的脸上也立即出现了着急的神色。

"乔·哈珀，你今天早上看见我家汤姆了吗？"

"没有。"

"你最后一次见到他是什么时候？"

乔使劲想着，可是就是不能肯定地说出来。人们停下来，不再往教堂外面走了。人们交头接耳，消息立即传开，人人脸上都有了不安的神色。孩子们不停地受到着急的询问，年轻的老师也一样。他们都说当时没有注意到汤姆和贝基在不在回家的渡船上，当时天黑了，谁都没有想到问一问人到齐了没有。一个年轻人最后冒失地说，他担心他们俩还在那个山洞里！撒切尔太太听了一下子就晕了过去。波莉姨妈大哭起来，使劲绞着两只手。

这个可怕的消息从一张嘴传到另一张嘴，从一群人传到另一群人，从一条街传到另一条街，五分钟的工夫，教堂的钟就叮叮当当响个不停，整个镇上给搅得乱起来！卡迪夫山事件马上变得等而次之，那两个坏蛋被忘在了脑后，马匹备上了鞍子，小船准备起来，渡船让人开了出来，这个恐怖的消息传出来还不到半个小时，就有二百人浩浩荡荡地顺着大路和大河朝那个山洞开去。

整个漫长的下午村子里似乎都没人，死气沉沉的。很多女人都来看望波莉姨妈和撒切尔太太,极力安慰她们。她们和她们俩一起流泪,这倒是比说话好得多。整个难熬的夜里,全镇的人都在等消息,但是天亮的时候,传来的所有的话只是:"再送蜡烛来——再送食物来。"撒切尔太太都快要疯了,波莉姨妈也差不多了。撒切尔法官从山洞让人带来希望和鼓励的话,可是这些话并未带来真正的喜悦。

威尔士老人天亮时回到了家,身上都是蜡泪,蹭了许多泥土,累得有气无力。他发现哈克还躺在那张为他准备好的床上,发着高烧,昏迷不醒。医生们都在山洞里,道格拉斯寡妇于是来照顾这个病人。她说她会尽最大努力照料好他,因为不管他是好是坏,或者不好不坏,他都是上帝的人儿,而且只要是上帝的人儿,那就不能丢下不管。威尔士老人说哈克身上有许多优点,寡妇说:

"你这话没有错,那是上帝留下的记号,上帝不会偏心的,他从来都不偏心。只要是他亲手捏造的人,他就会在什么地方留下记号。"

下午早些时候,一队队疲劳不堪的人马开始歪七倒八地回到村子里,可是身强体壮的人还在继续搜索。所能得到的消息只是说,那洞里过去从来没有人去过的深处都有人在搜索,每个角落和每条缝隙都彻底搜查了,每逢有人在通道密集的迷宫里钻来钻去时,总是看见远处有亮光在闪动,喊叫声和放枪声顺着那些阴森森的通道发出了空洞的混杂声,传进了人们的耳朵。在某个地方,一般的游客很难走到,那里的石壁上发现了用蜡烛烟烧上去的"贝基和汤姆"的名字,附近还找到了一截儿蜡烛油弄脏的带子。撒切尔太太认出了那截儿带子,对着带子好一顿哭。她说那是她所能得到的她的孩子的唯一遗物了,又说她的别的遗物都没有那截带子宝贵,因为它是在她悲惨地死去之前从她活着的身上留下的最后的东西了。又有人说洞里时不时都有老远的一点亮儿在闪耀,紧接着就是一阵欢喜的欢呼声响起,于是就有一二十个人顺着那声音赶过去——随后照样是一次令人灰心丧气的失望,两个孩子不在那里,那只是一个搜索者的烛光。

三个可怕的昼夜令人疲倦地熬过去了,整个村子都陷入了无望的混乱之中。大家都没有心思干事。新近偶然发现那个禁酒客店的老板在他的房子里存放着酒,这本来是令人难以置信的事实,大家听了却漠然置之。哈克偶然清醒过来,身上乏力,倒还是说到了那家客店的事,还问起他生病之后是不是又在那个禁酒客店发现了什么——他心里暗自害怕会有最坏的消息。

"发现过的。"寡妇说。

哈克眼睛一下瞪得圆圆的,坐起身子:

"什么什么!发现了什么?"

"酒!——那地方已经封了,躺下吧,孩子——你可把我吓了一大跳。"

"只告诉我一件事——就只一件——求求你了!是不是汤姆·索亚发现的?"

寡妇一下子哭了。"别做声,别做声,孩子,别做声!我早跟你说过了,你不能多说话,你病得很厉害,很厉害呀!"

那么看来只是酒被发现了,要是金币也被发现了,那肯定会引起很大的轰动的。可见那笔财宝是永远找不到了——永远找不到了啊!可是她因为什么事要哭呢?她一下就哭起来却是令人奇怪了。

这些念头隐隐约约地在哈克的脑子里转悠着,想得乏了,他就又睡着了。寡妇心下说:

"嘿——他总算睡着了,可怜的人儿。汤姆·索亚找得到的!可惜谁都找不到汤姆·索亚了!唉,眼下怕是没有多少人还满怀指望、力气百倍地去找他了啊。"

第三十一章 游洞穴

一次探险——麻烦开始了——洞中迷路——漆黑一团——找到了却没有得救

现在回来说说汤姆和贝基在那次野餐中的活动。他们和同伴们穿过那些阴暗的通道，参观了洞里那些为人熟悉的景观——这些景观被人们取了一些名过其实的名字，比如"起居室"、"大教堂"、"阿拉丁宫"等等等等。过了一会儿，捉迷藏的游戏开始了，汤姆和贝基兴致勃勃地加入其中，一直玩到这种游戏变得有点儿烦了才罢休。然后他们俩高举着蜡烛走下一条弯弯曲曲的通道，念着石墙上用蜡烟烧成的花里胡哨的蜘蛛网一样的名字、日期、通信地址和格言一类的东西。他们一直往前走着，说着，不知不觉来到了石壁上没有蜡烟烧上字的地方。他们于是在石壁凹下的地方用蜡烟烧上了他们的名字，又继续走下去。接着他们走到了一条小溪流旁边，水流是从一块岩石上流下的，水里有石灰石的成分，经过成年累月的沉淀，形成了亮闪闪的、不朽的大奇石，简直就是镶花边的、起彩皱的尼亚加拉大瀑布。汤姆将他那瘦小的身子藏在奇石后面，为了从后面把它照亮，好让贝基看了喜欢，他发现那奇石挡住了一个夹在石壁中间的陡峭的天然石梯，他于是一下子就产生了当一个探险家的野心。贝基响应他的号召，他们就做下一个蜡烟记号当前行的标记，开始探索。他们转来转去，转到了洞里隐蔽的深处，又做了一个记号，拐上一条岔道另去发现新鲜景物，好告诉外面没有见过的人们。他们在一个地方发现了一个很宽阔的洞穴，从洞顶上倒垂下无数像人腿粗细的钟乳石;他们绕着它转了又转,又惊奇又欣赏,过了一会儿从通着它的无数通道的其中一条离去了。这条通道把他们引到了一眼迷人的泉水旁边,只见周围都是一层明闪闪的水晶体霜花。它在一个洞穴中间,洞穴的四壁由许多美妙无比的柱子支撑起来,而这些柱子则是一些大钟乳石和大石笋连接形成的,是多少年来持续不断的滴水的结果。洞穴顶下一大群蝙蝠聚集在一起,每一级都有成千上万只;烛光惊动了这些生灵,它们就成百只结队往下飞来,尖叫着,好奇地向蜡烛冲击。汤姆懂得它们的习性,知道这种行动的危险。他立即拉起贝基的手,急忙拉她进入所看见的第一个过道,这下躲得还算及时,因为贝基跑过那洞穴时就正好有一只蝙蝠用它的翅膀把贝基的蜡烛扇灭了。蝙蝠们追着这两个孩子飞了很远;不过这两个夺路逃跑的小家伙只要见了新通道就往里钻,最后总算摆脱了这些危险的东西。汤姆很快发现了一个地下湖,模糊不清地往纵深处延伸,一直把它的轮廓延伸到了阴影里。他想去弄清湖的边界,但是转念一想还是坐下来先休息休息合算。这时,这里极度的安静第一次向这两个孩子的心灵伸出了一只冷冰冰的手。贝基说:

"嘿,我一点儿没有注意到,可是好像我有很久没有听见别人的声音了。"

"不妨想想嘛,贝基,我们离他们已经很远了——而且我还弄不清是向南远去了,或者是向东远去了,或者是随便朝哪个方向远去了。反正我们在这里听不见他们了。"

"我不知道我们往这里来用了多少时间,汤姆,我们还是往回走的好。"

"是的,我看我们也是往回赶为好,也许那样更好。"

"你能找到原来的路吗,汤姆?我在这里可是像进了迷魂阵了。"

"我捉摸我能找得到的——只是那些蝙蝠要命,要是它们把我们俩的蜡烛都给扑灭了,那可就会完了。我们从别的路试试吧,那样就躲开了那一带了。"

"好吧。不过我可不希望我们迷了路，迷路可是太可怕了！"这女孩想到这种种可能发生的事，不由得浑身打了个寒战。

他们开始走过一条过道，一声不响地走了很长的路，每见一个新的开口就往里看看，弄弄清楚它的样子是不是有点儿熟悉，可是它们都很陌生。汤姆每次检查过，贝基都会看看他的脸，希望看见鼓舞的迹象，汤姆也会精神百倍地说：

"哦，没关系，这不是原来的那个，不过我们马上就会找到的！"

但是随着每一次失败，汤姆觉得希望越来越渺茫了，接着他就碰头撞脑地往岔道里闯，孤注一掷地希望发现那条要找的通道。他仍然在说"没关系"，然而他的心像铅块一样直往下沉，他的话就失去了脆生生的力量，听起来仿佛他是说："全完了！"贝基担惊受怕地紧贴在他身边，竭力不让泪水流出来，可是它们还是流出来了。最后她说：

"哦，汤姆，别在乎那些蝙蝠了，我们还是走那条路吧！我们好像一开始就越弄越糟糕了。"

汤姆站住了。

"听！"他说。

极度的寂静，寂静显得那么深远，他们轻轻的呼吸都听得一清二楚。汤姆大声喊叫一声，这喊叫在那些空荡荡的过道里引起回声阵阵，而后在远处变得越来越弱，那声音像一串模仿出来的咯咯笑声。

"哦，别再叫喊了，汤姆，这太吓人了。"贝基说。

"是有点儿吓人，可是我还是喊叫几声为好，贝基，他们也许就能听到我们的喊叫了。"于是他又喊了一嗓子。

"也许"这两个字竟比那种阴森森的笑声听起来还让人毛骨悚然，这简直就是说希望破灭了。这两个孩子站着静听，可是没有任何结果。汤姆马上顺着道往回走，步子加快了一些。但是没有过多久，汤姆举止中暴露出的迟疑不决，让贝基看出了另一个可怕的事实——他找不到原来的路了！

"噢，汤姆，你没有做任何记号呀！"

"贝基，我真是愚蠢透了！整个一个白痴！我没想到我们可能还会回来！不——我找不到路了。都乱了！"

"汤姆，汤姆，我们迷路了！我们迷路了！我们永远出不了这个鬼地方了！噢，我们干吗要和别人分开呢！"

她瘫倒在地上，一下子哭得发疯，汤姆都吓得立即想到她会死去，或者会失去理智。他在她身边坐下来，用两臂把她紧紧抱住，贝基就势把她的脸埋进了汤姆的怀里，死死抱紧他，嘴里不停地倾吐她的恐惧，她的无限的悔恨，结果引起的回声又变成了嘲弄的笑声。汤姆恳求她鼓起希望的勇气，可她说她鼓不起来了。他就开始责怪自己，骂自己，悔不该把她带进这样痛苦的境地。这招倒是挺管用的，她说她要努力鼓起勇气，她要站起来，他走到哪里，她就跟到哪里，只要他不再用这样的口气跟她说话。因为她说他的过错并不比她的大。

于是他们又走动起来——没有目标——简直是乱走一气——他们所能做的就是不停地走动，不停地走动。有那么一会儿，希望有了恢复的迹象——不是因为什么原因产生了希望，而只是因为希望的源泉还没有由于时间太长和失败太多而耗尽，希望就自然会重新燃烧。

很快，汤姆拿过贝基的蜡烛吹灭了，这样的节约是意味深长的！再说什么就多余了。贝基心里明白，她的希望就又熄灭了。她知道汤姆拿着一根蜡烛，口袋里还有三四根——然而他还必须省着用。

又过了一会儿，疲劳开始作祟了，这两个孩子试图不当回事，因为时间变得这么宝贵，一想到坐下来等死，就令人不寒而栗。不停地走动吧，朝着某个方向，朝着任何方向，至少还在前进，可能会有结果；可是坐下可就是邀请死亡到来，或者缩短它的追赶的距离。

最后贝基四肢发软，两腿怎么也不肯走了，她坐了下来。汤姆和她在一起休息，谈到了家，谈到了家庭和亲朋好友，还有舒服的床，更有光明！贝基哭了，汤姆试着想办法安慰她，可是他的鼓励话说得多了就没有作用了，听起来就像讽刺挖苦。疲劳死死缠着贝基，她顶不住昏睡了。汤姆感到安慰。他坐在那里打量贝基的愁容，看见它渐渐舒展，而且在美梦的支配下自然起来，随后脸上有了笑容，笑容固定下来。这张和平的脸反映出她的精神得到了某种平静和慰藉，他的思绪也就转移到往日的时光和美梦般回忆上去了。他正出神的时候，贝基咯咯笑了一声醒过来了——但是这笑声刚刚来到嘴边就被扼杀，一声呻吟取代了它。

"噢，我怎么就睡着了！我多么希望我永远永远不再醒来呀！不！不，我不是这意思，汤姆！别这样看我！我再也不这样说了。"

"我很高兴你睡了一会儿，贝基，你这下恢复许多，我们会找到出口的。"

"我们要试试，汤姆，可是我在梦里看见了那么美丽的乡村，我看我们就要找到那里的。"

"也许行，也许不行，打起精神吧，贝基，我们接着找找看。"

他们站起来到处走动，手拉着手，孤立无援。他们想弄清楚他们在洞里待了多长时间，却觉得好多天好多星期过去了，可这又显然是不可能的事，因为他们的蜡烛还没有烧完。此后过了很久——他们也说不清过了多久——汤姆说他们必须轻轻地走，听听滴水的声音——他们一定要找到泉水。他们很快就找到了一处，汤姆说该休息一会儿了。他们俩都累坏了，可是贝基说她觉得她还能再走一会儿。她很吃惊地听汤姆说不能再走了。她不太能理解。他们坐下来，汤姆用泥土把蜡烛固定在他们面前的墙上，思绪立即翻腾起来，一时间没有话说。然后贝基先开了口：

"汤姆，我很饿！"

汤姆从口袋里掏出点东西。

"你还记得这个吗？"他说。

贝基差点儿笑出来。

"这是我们的结婚喜饼，汤姆。"

"没错——我真希望它像一只桶那么粗,因为我们就剩这个了啊。"

"这是我从野餐里节省出来让我们想着法儿玩的,汤姆,大人就是这样对待结婚喜饼的——可是它也许会成为我们……"

她把话说到这里就停下了。汤姆把饼掰开,贝基吃得津津有味,汤姆却小口小口地啃着他的那份。吃过饼有得是凉水喝。后来贝基提议接着往下走。汤姆半响无语,随后他说:

"贝基,我要是告诉你件事,你能承受得了吗?"

贝基的脸一下白了,可是她说她承受得了。

"哦,是这样,贝基,我们必须待在这里,待在有水喝的地方。那点儿蜡烛是我们仅剩的了!"

贝基禁不住流起眼泪,呜呜地哭起来。汤姆尽力安慰她,可是作用不大。最后贝基说:

"汤姆!"

"呃,贝基?"

"他们发现我们不见了,会找我们的!"

"是的,他们会的!当然他们会的!"

"也许他们现在就在找我们,汤姆。"

"哦,我看他们也在找我们,我希望他们在寻找。"

"他们什么时候会发现我们不见,汤姆?"

"他们回到渡船上吧,我估计。"

"汤姆,那时天或许黑了——他们能发现我们没有上船吗?"

"我不知道,不过不管如何,你母亲见他们回了家,肯定会发现你没有回去。"

贝基脸上露出的惊恐神色使汤姆马上清醒过来,知道他犯了一大错误。贝基那天夜里说好不回家的!这两个孩子陷入沉默,心思忡忡。过了一会儿,贝基说了一些发愁的话,使汤姆心里明白他想到的贝基也想到了——星期日早上也许过不到一半撒切尔太太就会发现贝基没有在哈珀家过夜。

两个孩子死死盯着蜡烛，看着它慢慢地化掉，无情地化掉；看见半英寸长的烛心儿孤单单地竖在那里；看见那微弱的蜡焰冒上来又落下去，往那稀薄的蜡烟上扑了几下，在上面停留了片刻，然后——漆黑的恐怖统治了一切！

这以后过了很长很长时间，贝基才渐渐恢复知觉，明白她在汤姆怀里哭泣，谁都不知道说什么好。他们就只知道经过了好像很长一段时间，他们才从一阵昏迷状态中醒过来，又感觉到了他们那种痛苦心情。汤姆说眼下也许是星期日了——也许星期一了。他想引逗贝基说话，可是她的忧愁重重，她的希望全没有了。汤姆说他们被人发现丢失很长时间了，他们毫无疑问在寻找他们。他要吆喝吆喝，也许就有人会听得见。他试了试，可是在黑暗里，远处的回声显得那么阴森可怖，他也就不敢再吆喝了。

许多小时过去了，饥饿又来袭击这两个小可怜人儿。汤姆那份饼的一半还留着，他们把它分了，吃了。可是他们反倒觉得更饿了。这点儿可怜的食物仅仅是把他们的胃口逗弄起来了。

过了一会儿，汤姆说：

"嘘！你听见什么了吗？"

两个人都屏住呼吸静听。有一个声音好像在很远很远的地方在吆喝。汤姆马上回应，拉起贝基的手朝着声音的方向的通道摸索而去。紧接着他又听，就又听到了那声音，而且明显近了许多。

"是他们！"汤姆说，"他们来了！来吧，贝基——我们总算得救了！"

这两个小囚犯的喜悦几乎让他们受不了，但是他们的速度很慢，因为到处坑坑洼洼，不得不时时防范。他们很快就遇上了一个坑，只好停下来。坑也许有三英尺，也许就有一百英尺——反正不敢贸然跨过去。汤姆趴在地上尽力用手去探。探不到底。他们只得坐在那里等待搜索的人到来。他们听着，喊声显然越来越远去了！又过了一两分钟，那声音完全听不见了！心情痛苦得直往下沉。汤姆大声吆喝，把嗓子都吆喝哑了，但是一点儿用处也没有。他满怀希望地跟贝基交谈；可是不知焦急地等待了多么长的时间，再没有喊声传来了。

两个孩子摸索着回到那处泉水旁边，令人厌倦的时间在拖下去；他们又睡着了，醒来饥饿难忍，难受极了。汤姆相信这时已经是星期二了。

这时他猛然有了一个主意，附近还有几条岔道，与其在这里无聊地坐着打发这难熬的时间，还不如去把它们探索一下。他从口袋里掏出一条风筝绳，把它拴在一块凸出的石头上，他和贝基开始行动，汤姆在前，一边摸索一边抖开风筝绳子。走出二十多步远时，这条通道在一个"陡跌下去的地方"到头了。汤姆跪下来往下探，极力用手往所能够到的那个角落一带摸索，他努力向右边伸得远一点，就在这时，在二十码不到的地方，一只手举着一根蜡烛从一块岩石后面出现了！汤姆扯尖嗓子大喊一声，很快又看见一个人随着那只手出现——是印琼·乔！汤姆一下就瘫倒在地上了，他怎么也动弹不了。可是转眼间看见那个"西班牙人"拔脚就跑，一会儿就不见踪影了，他因此大大松了一口气，谢天谢地。汤姆弄不清乔为什么没有听出他的声音，过来把他杀了，了结他出庭作证的仇恨。不过很可能回声让声音变了调。他推论就是这么回事。汤姆因为害怕，身上的每块肌肉都软了。他在心里跟自己说，他要是还有足够的力气走回那泉水旁边，他会好好待在那里，任凭什么东西都不能引诱他冒险再跟印琼·乔相遇。他多操了个心眼儿，没有把他看见的情况跟贝基说。他告诉她喊叫只是为了"碰碰运气"。

可是过了很久之后，饥饿和疲倦到底战胜了种种恐惧。他们在泉水旁边又熬了很久，然后又睡了很长时间，一些变化就产生了。这两个孩子醒来饿得实在是受不了了。汤姆觉得现在一定是星期三或星期四，甚至是星期五或星期六了，恐怕搜索已经放弃了。他提出来去探探另一个侧道。他甘愿去跟印琼·乔以及所有别的恐惧打打交道，但是贝基虚弱得不行，她已经陷入一种麻痹状态，站不起来了。她说她就在原地等待，死了算了——反正活不多久了。她告诉汤姆，他要是想去一定带着风筝绳子去探索；不过她求他过一会儿就来跟她说句话；她要汤姆答应等那个可怕的时刻来临时，他一定要来守在她身边，握住她的一只手，直到一切都结束了。

汤姆亲吻了她，嗓子里动情地哽咽着，却做出一副信心十足的样子，表示能找到搜索的人，或者从这洞穴里逃出去。然后他手拉住风筝绳子，手和膝盖着地，在另一条通道里摸索前进，只觉得饥饿难当，对即将来临的厄运忧心忡忡。

第三十二章 欢乐之夜

圣彼得斯堡小镇的气氛——汤姆讲述他们脱险的故事——汤姆的敌人进了死角

星期二下午到了，渐渐熬到了黄昏时分，圣彼得斯堡小镇仍然在哀悼，两个失踪的孩子没有找到。公共场合下为他们举行了祈祷，私下祷告的人更多，人人都在衷心地为他们求福，但是那洞穴里还是没有好消息传来。大多数搜索者都放弃了搜索，回去干他们的日常工作了，说那两个孩子显然是找不到了。撒切尔太太病得很重，大多数时间都处于语无伦次的状态。人们说听她叫她的女儿，有时就愣起脑袋听一会儿，然后呻吟一声疲乏地躺下，那样子很让人心酸。波莉姨妈则害了抑郁症，她的头发都快全变白了。星期二晚上全村人都安静下来，谁都心里难受，感到绝望。

半夜时分，村里的钟猛然间叮叮当当大响起来，很快街上到处挤满了吵吵嚷嚷穿戴不整的人群，他们在大声喊叫："快出来！快出来！他们找到了！他们找到了！"除了喊叫，有吹号角的，也有敲洋铁盘的，村民们聚集起来，向河边拥去，迎接两个坐在敞篷马车上的孩子，马车却是由闹闹嚷嚷的居民们拉着，周围围着成群的人。迎接的人们和他们一起往回走，在村子里的那条主街上组成浩浩荡荡的队伍，欢呼一阵接一阵！

村子里到处一片光亮，谁也不再回家睡觉了，这个最了不起的夜晚是这小镇子从来没有见过的。在一开始的半个小时里，村民们排成长队在撒切尔法官家走过，紧紧抱住两个得救的小家伙，亲吻他们，还紧紧抓住撒切尔太太的手，争着想说话却来不及就随着人流走出来，把眼泪洒得到处都是。

波莉姨妈的幸福溢于言表，撒切尔太太也差不多。只等受命去洞里送信的人把这重要的消息告诉她的丈夫，她的幸福就无可挑剔了。汤姆躺在沙发上，周围一群听众，听他讲这次罕见的历险过程，他就添枝加叶地大肆渲染，讲得十分卖劲；最后叙述他怎么离开贝基，继续进行冒险；怎么在他风筝绳子能够着的情况下探索了两条通道；怎么把风筝绳子放到最远时探索了第三条通道，而且就在他准备返回时他瞅见了老远的地方有个亮点，看上去像日光；丢下风筝绳子往前摸索，他把头和肩膀从一个小洞里伸出来，看见宽阔的密西西比河流了过去！如果碰巧是在夜间，他就不能看见那点日光，也就不会再继续探索那个通道了！他讲他怎么回去接贝基，把这个消息告诉她，她却跟他说别这样信口胡说惹她烦，因为她累极了，知道她就要死了，她也想死。他描述他怎么费尽口舌才把她说服了；怎么摸索到了能看见那片蓝色的日光的地方时她高兴得快死了；怎么自己先钻出洞穴，帮助她也钻出来；怎么他们坐在那里，为欣喜大声欢呼；怎么有人乘着小船路过，汤姆喊住他们，告诉人家他们的处境和饥饿的情况；怎么那些人开始不相信他说的故事，"因为，"他们说了，"那个洞所在的山谷在上游，你们却到了河下游五英里的地儿了——"然后人家把他们接上船，划到一个人家，给他们做了晚饭吃，让他们休息到天黑两三个小时，这才把他们送回了家。

天亮之前，撒切尔法官和跟随他的几个搜索者，终于被人顺着他们留在身后的麻绳找到，得到了这个重要消息。

在洞里三天三夜的劳累和饥饿一下子很难恢复过来，汤姆和贝基就正是这样。他们在床上躺过了星期三和星期四，好像一直感到越来越疲乏不堪。汤姆星期四出来多少走了走，星期五到镇上转了转，星期六就差不多全好了。但是贝基直到星期天才出了屋门，还看上去病歪歪的仿佛大病了一场。

汤姆了解到哈克生病了,星期五就去看他,可是不让他进那卧室,星期六和星期天也不让他进去,后来就每天都让他进去了,可是他得到告诫,不要讲他冒险的事,不要讲令人激动的话题。道格拉斯寡妇在一旁守着,监督他别乱说。汤姆在家听说了卡迪夫山事件,还听说那个穿得"破破烂烂的人"的尸体最后从河里渡船码头附近发现了,他也许是试图逃跑时淹死了。

从洞里得救后大约两星期,汤姆又去看身体恢复了许多的哈克,哈克可以听令人激动的谈话了,汤姆有一些话,他知道哈克会感兴趣的。汤姆正好路过撒切尔法官家,就进去看望贝基。法官和他的几位朋友和汤姆说话,其中有人用取笑的口气问他还想不想再去那个洞了。汤姆说他没有把它当回事儿。法官说:

"嘿,像你这样的人大有人在,汤姆,我毫不怀疑这点。不过我们早注意这个了。以后谁也不会在那个洞里迷路了。"

"为什么?"

"因为我在两个星期以前就用锅炉板把它的大门封闭了,锁上了三把锁——我拿着钥匙呢。"

汤姆脸色变得像白布单子。

"怎么回事,孩子!咳,谁快去呀!快去拿杯水来!"

水拿来后就泼在汤姆的脸上。

"啊,你现在好点儿了,究竟怎么回事,汤姆?"

"哦,法官,印琼·乔在洞里呢!"

第三十三章 一次重要的谈话

  哈克和汤姆交换意见——洞中探险——镇鬼的符号——"一个绝好的地方"——道格拉斯寡妇家的宴会

  几分钟后这个消息就传开了,十来只装了人的小船出发到麦克道格尔洞去,那渡船载满了乘客,随后跟去。汤姆·索亚坐在撒切尔法官使唤的小船上。
  洞门打开时,一幅悲惨的景象出现在洞口昏暗的光线里。印琼·乔趴在地上,死了,他的脸靠在洞门的裂缝旁,仿佛他的眼睛眼巴巴始终望着外面自由世界的光明和欢乐,一直看到了最后那一刻。汤姆见了怦然心动,因为他从自己的亲身经历体会到这个可怜的家伙曾经吃了多少苦头。他动了怜悯之心,可是不管怎样他这下还是有了无限的快慰和安全感,这种心情让他想起当他出庭证明这个心毒手狠的流浪汉的罪状之后,心头就一直悬浮着多么大的恐怖,直到这时他才真正看得明白真切了。
  印琼·乔的猎刀扔在附近,刀刃折成了两截。洞门下的那根大门槛横木被他费了很大劲削开了豁口,捅透了;这也是白费劲,因为天然的石头在外面构成了一架门框,那把刀在这样坚硬的材料上是无所作为的,损坏的只能是刀本身了。但是即使没有石头的阻拦,他的劳作也还是白搭,因为印琼·乔就是把那根横木全部砍断了,他也还是不能从那扇门下拱出来,他很明白这个。所以他削削砍砍只是为了找事情干——为了打发那令人厌倦的时间——为了占住他那饱受折磨的身心。一般说来，这个门廊里能够发现游客留下的五六根蜡烛插在壁缝里，然而现在一根也没有。这个囚犯找到了它们，把它们吃了。他还想方设法逮住了几只蝙蝠，他也把它们吃了，只留下它们的爪子，这个倒霉蛋硬是活生生地饿死了。在附近的一个地方，一根石笋经过千万年从地下慢慢长了出来，是正上方一尊钟乳石的水滴形成的。这个被关闭的家伙敲断了那只石笋，在它的柱身上放了一块石头，他又在这石头上凿出浅坑，接住上面滴下来的宝贵水滴，而这水滴是每三分钟才滴一下，像钟摆的嘀答声一样沉闷而有规则——二十四小时也不过滴下一小勺水呵。那水滴正落时金字塔尚未建成；那水滴正落时特洛伊失陷了；那水滴正落时罗马帝国奠基了；那水滴正落时基督钉在了十字架上；那水滴正落时征服者威廉一世创立了大英帝国；那水滴正落时哥伦布开始航海了；那水滴正落时莱克星顿的大屠杀还是"新闻"。那水滴还在滴。每一样东西都有目标、都有使命吗？这水滴了五千年就是为了给这个流浪的可怜虫聊备一勺薄水吗？它在以后的一万年里还有另一个重要目的要达到吗？无关紧要了。自从那个倒霉的混血种在那块石头上挖出浅坑来接那点儿珍贵的滴水以来，许多年已经过去了，可是直到今天，游客们来参观麦克道格尔洞里的景观时，还会用良久的时间来注视那块令人感伤的石头和缓滴的滴水。"印琼·乔的水杯"是洞中的第一景观，即使"阿拉丁宫"对它也望尘莫及。

印琼·乔埋在了洞穴口的附近，人们纷纷乘小船和马车从周围六七英里远的镇子、农场和村庄赶来了，他们带来了他们的孩子，带来了各种食物，毫不讳言说看见这葬礼如同看见上绞架一样满意。

这丧事结束前，一件事情广泛发展——向州长请求对印琼·乔赦罪的运动。那个运动得到了广泛的签名，许多流泪和演讲的集会都举行了，还选出一批心地善良的妇女组成请愿团，穿着丧服到州长的身边去恸哭，恳求他做一个慈悲的傻瓜，把他的职责丢置一旁。据说印琼·乔有五条人命在身，可是那有什么关系呢？即使他是撒旦本人，也还是会有许多低能人儿随时把他们的名字签在请愿书上，从他们那永修不好、漏水如筛的龙头里往外抛洒泪水。

葬礼过后的那个早晨，汤姆把哈克带到了一个僻静的地方，进行了一次重要的谈话。哈克这时已经从威尔士老人和道格拉斯寡妇那里听说了汤姆的冒险经过，但是汤姆说有一件事情他估计他们还没有告诉哈克，而这件事情正是汤姆眼下想谈的。哈克脸变得难看了。他说：

"我知道你要说什么，你去了'二号'，却什么也没有找到，只有威士忌。没有人告诉我是你去那里的，但是我很清楚除了你没有别人，因为我很快就听说了威士忌的事，我也知道你没有得到那笔财宝，因为尽管你能对别人守口如瓶，可是你会多少跟我透透风。汤姆啊，有些兆头告诉我，我们永远捞不到那笔不义之财了。"

"唉，哈克，我从来没有告发过那个客店的老板，你知道他的客店在我星期六去参加野餐时还没有出事。你还记得那天夜里你在那里守候吗？"

"噢，是呀！咳，这好像是一年以前的事了。就是那天夜里，我跟踪印琼·乔往寡妇家去了呢。"

"你跟踪他了吗？"

"是的——可是你要替我保守秘密，我估计印琼·乔身后还有朋友，我可不想让他们盯上我，给我使坏。要不是因为我，他现在早到了得克萨斯了，准没错。"

然后哈克很知心地跟汤姆讲了他的全部冒险活动，汤姆从威尔士老人那儿听到的只是其中的一部分。

"哎，"哈克很快回到了本题，"谁在'二号'弄到了那些威士忌，谁就得到了那笔财宝，依我看——反正是没有我们俩的份了。"

"哈克，那笔钱根本就不在'二号'！"

"什么！"哈克紧紧盯着他的伙伴脸上的表情，"汤姆，你是不是又对那笔财宝有了线索？"

"哈克，它在那个洞里呢！"

哈克眼里有了光彩。

"再说一遍，汤姆！"

"那笔财宝在那个洞里！"

"汤姆——可得说实话呀——这是玩笑话，还是当真？"

"当真，哈克——我生来就不会撒谎，现在也绝不会的，你愿意和我一起进洞把它找出来吗？"

"当然愿意！我愿意，只要我们路上做上记号，不至于迷路。"

"哈克，我们干这事绝不会遇到任何麻烦。"

"那就好极了！你凭什么断定那笔钱就在……"

"哈克，你只管到了那里就明白了。要是我们在那里找不到它，那我就把我的鼓和任何值钱的东西都给你，我说话算数。"

"好吧——一言为定。你说多会儿去？"

"现在就去，只要你同意。你身体吃得住吗？"

"那个洞远吗？最近三四天我好多了，不过我顶多走一英里远的路，汤姆——再多就没有把握了。"

"哈克，除了我，谁去那里都要走五英里的路，可是除了我谁也不知道还有一条相当近的路。哈克，我用一只小船带你到那里去。我把小船漂到那里，再亲自把它划回来。你一点也用不着动手。"

"我们现在就出发吧，汤姆。"

"好吧，我们需要带些面包和熟肉，还有我们的烟袋，一两个小袋子，两三条风筝绳子，再带些他们叫做洋火的新玩意儿。我跟你说，我当时在那里时，我一直希望我有那玩意儿。"

中午刚刚过去，这两个孩子就把一家外出的居民的小船借到了手，马上上路了。他们到了"空空洞"下游几英里的下面，汤姆说：

"你现在看见这堵高崖，从那个空空洞过来差不多全一个样子——没有房子，没有锯木厂，也没有树丛什么的。不过你看见那边塌方的地方那块白色了吗？哦，那就是我的记号。我们这就上岸去。"

他们上了岸。

"喂，哈克，我们站的这地方，用一根钓鱼竿就能够得着我钻出来的那个小洞，看看你能不能找得到。"

哈克到处寻找也没有找到什么东西。汤姆洋洋得意地大步走到一个密集的漆树丛前面，说：

"在这里呢！看看它吧，哈克，它可是这一带最隐秘的一个洞了。你千万不能告诉别人我一直想着当强盗的事，可是我知道我非得找到这样一个地方才放心，可惜总找不到。我现在找到了，我们要保守秘密，我们只让乔·哈珀和本·罗杰斯来这里——因为当然得有一个团伙，要不那就太没有气派了。'汤姆·索亚帮'——这听起来挺带劲的，不是吗，哈克？"

"哦，很像那么回事，汤姆，我们去抢谁的东西呢？"

"哎，差不多谁都行。拦路抢劫嘛——就是这样子的嘛。"

"还要把他们杀了吗？"

"不，不总是那样，将他们赶进洞里，拿来赎金才放人。"

"什么叫赎金？"

"就是钱。你逼着他们多多地凑钱，要他们的亲戚朋友送来，要是关了他们一年，他们还凑不够钱，那时你就把他们杀了。一般规矩是这样的。只是你不能杀死女人，你只能把女人关起来，可是你不能把她们杀了。她们总是又美丽又富有，吓得要命。你把她们的手表和其他东西拿走，可是你总是得脱帽行礼。他们谁都没有强盗那么懂礼貌——你不论在什么书里都能看见这个。啊，女人渐渐就会爱上你了，她们在洞里待上一周或两周，她们就不哭了，这时你就是赶都赶不走她们了。要是你把她们硬赶走，她们转脸又返回来了。书里全是这样写的。"

"哈，这真是妙极了，汤姆，我相信这比当海盗还带劲。"

"没错，在有些方面就是好多了，因为这里离家近，能看马戏团，还有别的什么好处。"

这时一切都准备好了，这两个孩子走进洞里，汤姆在前面领路。他费力地摸索到那条通道的尽头，然后把连接的风筝绳子拴住一头，接着往前走。他们没有走多远就来到了那眼泉水旁边，汤姆全身上下不由得打了个寒战。他让哈克看了看在石壁上固定蜡烛心儿的那团泥巴，还把他和贝基当时如何看着蜡焰挣扎几下最后灭掉的情形说了说。

这两个孩子开始悄悄地说话了，因为这地方的寂静和阴森气氛让他们感到受不了。他们继续往前走，不一会儿就钻进了汤姆的另一条通道，一直走到那个"陡跌下去的地方"。在烛光的照耀下一看，原来这里不是一个崖壁，只是一座二三十英尺的陡峭黏土山。汤姆低声地说：

"现在我要让你看一样东西，哈克。"

他把他的蜡烛举得高高的，说：

"你往角落那边看，能看多远看多远，你看见什么了吗？看啊——在那边那块大石头上——用蜡烛烟熏的。"

"汤姆，那是一个十字呀！"

"这下你明白那'二号'在哪里了吧？

'十字下面'？喂，我就是在那里看见印琼·乔伸出他的蜡烛的，哈克！"

哈克盯着那个神秘的记号看了一会儿，然后声音发抖地说：

"汤姆，我们赶紧从这里出去吧！"

"什么！丢下那笔财宝吗？"

"对——丢下它，印琼·乔的鬼魂就在这里，肯定了。"

"不，不会在这里，哈克，肯定不在这里，它只能在他死去的地方待着——在外面洞口那里待着——离这里五英里远呢。"

"不，汤姆，它才不呢。它会好好把这笔财宝守着，我知道鬼魂的习性，你也明白的。"

汤姆开始担心哈克说得有道理了，他心里有点发憷了。可是他脑子里突然冒出来一个主意——"快看那里，哈克，我们完全把自己当成了傻瓜！印琼·乔的鬼魂哪敢在有十字的地方瞎转悠呀！"

这下说到了要害上，它产生了作用。

"汤姆，我可没有想到这点，不过这话是对的。这是我们的运气，那个十字带来的。我看我们就从那里爬下去，把那个箱子找到。"

汤姆打头阵，一边下一边在那黏土山挖出些简单的踩脚的地方，哈克跟在后面。大岩石所在的那个洞穴，通着四条岔道。两个孩子检查了三条而无收获。他们在岩石根下最近的那条岔道里发现了一个小凹处，里面有一张小床上盖着毯子，还有一个旧挂篮，一些咸肉皮，和两三只啃得很干净的鸡骨头。可是就是没有那个装钱的箱子。孩子们在那地方找了又找，可是白费力气。汤姆说：

"他说是在十字下的呀。哦，这里离那十字就最近嘛，它总不会在那块岩石下面吧，因为它是结结实实立在地上的。"

他们又把各个地方找了一遍，然后失望地坐了下来。哈克提不出什么好主意。过了一会儿，汤姆说：

"快看，哈克，岩石这边黏土上有脚印和蜡泪，另一边却没有。你说，这是怎么回事？我敢说那笔财宝就在这岩石下，我们挖一挖这些泥土吧。"

"这主意很不错，汤姆！"哈克高兴地说。

汤姆的"真正巴罗刀"立即亮了出来，他挖了还不到四英寸就碰到了木头。

"嘿，哈克！——你听见了吗？"

哈克开始接着往下挖，一些木板挖出来后取掉了。它们盖住了通着岩石下面的一个天然裂口。汤姆下到裂口，在岩石上尽量往远处伸，但是他说他看不见裂口的尽头。他提议往里面探一探。他低下身子，往里面走去，窄窄的通道缓缓低下去。他顺着通道绕来绕去，先是往右边，而后往左边，哈克紧跟在后面。汤姆绕过了一条短弯，这时他大声叫道：

"我的天，哈克，快看啊！"

正是那个财宝箱，一点儿没有错，放在一个隐秘的小石洞里，旁边还有一个空火药桶，两支带皮套的枪，两三双旧鹿皮鞋，一条皮带，和一些其他杂物，全让滴下来的水淹湿了。

"总算找到它了！"哈克说，用手扒拉着那些变了色的钱币，"天呀，这下我们可阔了，汤姆！"

"哈克，我一直认为我们准能找到它，只是天上掉下了馅饼，让人难以相信，不过我们到底找到了，没错！——喂——我们别在这里犯傻了，我们把它弄出来吧。我看看我能不能搬动这箱子。"

它大约有五十磅。汤姆使足力气能凑凑合合搬起来，可是不能利利落落地搬上走。

"我早想到了，"汤姆说，"他们那天在那个鬼屋搬动它的样子就不方便，我注意到了。我看我想到带上小口袋来也对了。"

钱币很快装进了口袋里，两个孩子背着它们来到了那块有十字的岩石旁边。

"现在我们去取那些枪和别的东西吧。"哈克说。

"不，哈克——让它们留在那里吧，我们当强盗时正好用得着那些家伙。我们一直让它们在那里放着，我们还要在那里举行狂饮会。那可是一个举行狂饮会的绝好地方啊。"

"什么叫狂饮会？"

"我也不知道，可是强盗们老是举行狂饮会，所以我们也要举行呀。来吧，哈克，我们在这里待的时间够长了。我觉得天不早了，我也肚子饿了。我们到了小船上就吃饭就吸烟。"

他们不久就钻出了洞，走进那片漆树丛里，警惕地四下看看，见岸上没有人，马上在小船里又吃又抽起来。太阳落在地平线上时，他们划船离岸，上路回家。汤姆划着船在漫漫的黄昏里行走，和哈克兴致勃勃地交谈着，天刚黑下来，就着陆了。

"嘿，哈克，"汤姆说，"我们先把这钱藏在寡妇家木柴棚的顶棚上，我明天早晨来把它数数，我们平分了它，然后我们在那林子里找个安全的地方把它藏稳妥。你只管一声不响地待在这里看着东西，我跑着去把本尼·泰勒的车子弄过来，我很快就回来了。"

他离去不久就推着车子回来，把那两个小口袋放在车上，往上面铺了几块破布片儿，拉起车子上路了。两个孩子来到威尔士老人家前时，他们停下来休息。正当他们要接着走时，威尔士老人从家里走出来，说：

"喂，那里是谁啊？"

"哈克和汤姆·索亚。"

"正好！快跟我来吧，孩子们，你们俩让大家一通好找。来吧——快一点儿，跑起来吧——我来给你们拉这小车。嘿，这车还不像它看上去那么轻松呢。里面放上砖头了吗？——还是拉着旧铁呢？"

"旧铁。"汤姆说。

"我估计是的，这镇上的孩子就是不怕麻烦，浪费许多时间，拾上六七毛钱的旧铁往翻砂厂卖，可他们要去干正经事，比这多一倍的钱也挣得来。不过这就是人的本性——快走吧，快走吧！"

两个孩子想知道这么着急有什么事。

"先别打听，你们到了道格拉斯寡妇家就全明白了。"

哈克有些担心地说——因为他过去总是被人无端安上罪名。

"琼斯先生，我们可没有干什么错事啊。"

威尔士老人大笑起来。

"哦，我不知道呀，哈克，我的孩子，我不知道是什么事，你和寡妇不是很好的朋友吗？"

"是好朋友，噢，至少她对我是很有情谊的。"

"那不就是了？你还有什么好担心的？"

这个问题在哈克发钝的脑子里还没有找到答案，他和汤姆早被人一起推进了道格拉斯寡妇的客厅。琼斯先生把车子放在门口跟了进去。

客厅里灯火辉煌，村子里的头面人物都在那里。撒切尔法官家、哈珀家、罗杰斯家、波莉姨妈、锡德、玛丽、牧师、编辑和很多别的人，所有的人都穿得很讲究。寡妇很热情地接待这两个穿戴邋遢的孩子，比随便什么人都显得热情。他们满身泥土和蜡泪。波莉姨妈觉得丢人，脸都羞红了，直冲汤姆摇头。但是谁都没有这两个孩子感到无所适从，手足无措。琼斯先生说：

"汤姆还不在家，所以我都不打算找他了，可是我在我家门口碰见了他和哈克，于是我就把他们俩都带到这里来了。"

"你做得很对呀，"寡妇说，"跟我来吧，孩子们。"

她把他们俩带进了卫生间，说：

"现在好好洗洗，穿戴起来，这里是两套新衣服——衬衣、袜子，一应俱全。这套是哈克的——不，不，不用谢，哈克——琼斯先生买了一套，我买了一套。不过它们都合你们的身。穿上吧，我们在下面等着——你们穿戴整齐了就下来。"

她随后就离去了。

第三十四章　道格拉斯寡妇

锡德的出现——透露秘密——甘愿做无名英雄——琼斯先生的意外惊喜失败了

哈克说:"汤姆,要是我们找到一条绳子,我们是可以溜掉的,这窗户离地还不是很高。"

"瞎说,你为什么要溜掉呢?"

"唉,我不习惯跟这么一大群人在一起,我受不了这个。我不下楼下去,汤姆。"

"哎,讨厌!这有什么了不起,我一点儿都不在乎。我来帮你应付好了。"

锡德出现了。

"汤姆,"他说,"姨妈等了你整整一下午,玛丽把你星期天的衣服准备好了,大家都在为你着急。嘿——你衣服上怎么都是蜡泪和泥土呢?"

"噫,锡德先生,你只管把你自己的事情管好就行了。不过楼下这么闹哄哄是为了什么?"

"是寡妇举行的宴会,她总举行的。这次是为威尔士老人和他的两个儿子举行的,那天夜里他们帮她躲过了一场灾难。还有——你要是想知道更多,我还可以告诉你一些。"

"唉,什么呢?"

"哦,老琼斯先生今天晚上要告诉大家一些事情,可是我碰巧听见他跟姨妈说了,我看现在也算不上是什么秘密了,谁都知道了——连寡妇都知道了,虽然她还要装出什么都不知道的样子。琼斯先生非要哈克上这里来——他那个大秘密离了哈克就没劲了,你知道!"

"什么秘密,锡德?"

"就是哈克跟踪那两个坏蛋到寡妇家的事。我看琼斯先生一心想拿他的惊人秘密让大家大惊小怪,可是我敢说到头来是他在大惊小怪。"

锡德咯咯一笑,一副心满意足的样子。

"锡德,是你说出去的吧?"

"嘿,别管是谁说出去的,反正是有人说出去了——这就足够了。"

"锡德,这镇上就只有一个下流无耻的人会干这种事,那就是你。你当时要是处在哈克的境地,你准会悄悄溜下山,不向任何人告发强盗。你就只配干这种下流无耻的事,你看见别人受表扬,干好事就受不了。得,赏你点儿面子——用不着感谢,正像寡妇说的。"——汤姆扇了锡德两个耳光,踢了他几脚帮他走出门去,"你要是敢去,现在就去跟姨妈告状吧——明天你准躲不过!"

几分钟以后,寡妇的客人都坐到了晚餐桌子旁边,十几个孩子安排在同一间屋子的另一张小桌子上规规矩矩地坐着,当时那一带都是这个习惯。到了适当的时候,琼斯先生作了简短的讲话,他感谢寡妇为他和他的两个儿子举行晚宴,可是另一个人甘愿做无名英雄……

这样的话说了很多很多。他用他最惯常的极具戏剧性的方式透露他的秘密,把哈克在这次冒险中的作用公布于众,但是餐桌上那种惊讶是故意做出来的,远不如在更喜悦的场合下所能引起的效果那么热烈和充分。可是,寡妇还是做出了非常吃惊的样子,说了一大堆感激的话,哈克因此成为大家注视和赞扬的目标,满身的不安无法忍受,本来那身新衣服让他浑身难以忍受的不安,这下倒差不多全忘记了。

寡妇说,她打算在她的屋顶下给哈克一个家,让他受教育,等她攒下了钱,她会帮助哈克做些小本生意。汤姆的机会这下来了,他说:

"哈克不需要钱，哈克阔气了。"

这个笑话本来会引起哄堂大笑，可是大家出于规矩拼命忍住了应有的恭维。但是接下来的安静显得很不自然。汤姆打破沉默说：

"哈克发财了。你们也许不相信，可是他的确发财了。噢，你们用不着暗笑——我看我还是让你们亲眼看看吧。你们多少等一会儿。"

汤姆跑出门去了。餐桌上的人彼此交换眼色，感到有趣却不解——用探询的目光看着哈克，哈克一下子张口结舌了。

"锡德，汤姆哪根神经又错乱了？"波莉姨妈说，"他怎么……唉，这个孩子总是让人摸不着头脑，我永远也……"

汤姆走了进来，让他背上的袋子压得歪歪斜斜，弄得波莉姨妈也没有把她的话讲完。汤姆把一大堆黄灿灿的金币哗啦啦倒在了餐桌上，说：

"看吧——看我跟你们说什么来着？一半是哈克的，一半是我的！"

这种景象使在座的大气不敢出了，谁都在瞪眼睛，谁都说不出话来。过了一会儿，大家纷纷要求解释一下。汤姆说当然可以，于是就解释起来。故事很长，但是充满了兴趣。全桌几乎没有一个人多嘴来打破汤姆滔滔不绝的叙述。他讲完时，琼斯先生说：

"我原来以为我为这次宴会准备了一个小小惊奇，现在那就小巫见大巫了，这事把它比成针尖儿了。"

金币被清点了一下，数目竟达一万两千多块。在座的人谁都没有一次见过这么大的一笔钱，尽管他们中间有几位的家产总数不止这个。

第三十五章 新的冒险

事情的新秩序——可怜的哈克——举行冒险仪式——计划新的冒险

读者也许很满意看见，汤姆和哈克发了横财一事会在圣彼得斯堡这样贫穷的小村庄引起轰动。数目太可观了，还全部是现金，简直让人难以相信。它被人们议论纷纷，羡慕不已，大加赞扬，到后来许多村民在这种不利健康的激动情绪压迫下神志恍惚起来。圣彼得斯堡和邻村的每所闹鬼的房子都被人翻了个遍，一块石头一块石头地翻，地基挖下老深，寻找财宝——不是孩子，而是大人——其中一些还是挺讲实际、不懂浪漫的人们。不管汤姆和哈克在哪里出现，一准有人巴结、赞扬和注视。两个孩子不曾记得他们的话让人当回事；可是他们现在只要一开口，就是金玉良言，反复传播；他们过去所做的每件事情都似乎被莫名其妙地看做非同一般；他们显然失去了说平常话、干平常事的能力了；更有甚者，他们的历史还被收集起来，被人发现其中确有与众不同的地方。村子里的报纸发表了这两个孩子的小传。

道格拉斯寡妇把哈克的钱按六分利息放债，撒切尔法官受波莉姨妈的委托，把汤姆的钱作了同样安排。他们每个人现在都有收入了，还相当惊人——一年之中的平常日子以及星期日的一半，每天都有一块钱的收入。这可正好是牧师的薪水呀——不，他的收入还没有这么可靠呢——他往往还收不齐呢。在当时简朴的日子里，一块两毛五就足够一个小学生连吃带住生活一个星期的费用——还包括穿衣和洗衣的钱在内。

撒切尔法官对汤姆早已刮目相看了,他说一个平常的孩子绝不能把他的女儿从山洞里救出来。贝基非常知心地把汤姆在学校里为她挨鞭子的事告诉了她父亲,法官听了非常感动。她说到汤姆为了把那顿皮鞭从她身上转移到自己身上撒了谎,请求她父亲原谅时,法官热情洋溢地说那是一种高兴、宽宏和伟大的谎——这种谎言有资格昂首挺胸走进历史,名垂千古,和乔治·华盛顿为斧头大受表扬的事相提并论[①]!贝基认为她父亲通通地踩着地板说这番话时,那样子很高大,很超群,是以前不曾见过的。

撒切尔法官希望汤姆有朝一日成为伟大的律师或者伟大的士兵。他说他准备用心让汤姆进国家军事学院,然后到全国最好的法律学校进修,以便他日后从事两种职业的一种或者两种职业都干一干。

哈克·费恩发了财,他现在又受到道格拉斯寡妇的保护,这种处境使他进入了社会——不,是硬把他拖进去的,硬把他猛掷进去的——他的种种苦难简直让他受不了。寡妇的仆人不停地让他洗脸,保持整洁,梳头和刷洗;他们晚上又给他往床上铺那些无情的单子,上面连个小脏点小污点都没有,他没法拿来按在胸口当作朋友对待。他不得不用刀叉吃饭;他不得不使用餐巾、杯子和盘子;他不得不读书,不得不上教堂;他不得不规规矩矩地说话,说出来一点儿味道都没有;他不管转到哪里,文明的栏杆和樊篱都把他关在里面,束缚住他的手脚。

他勇敢地忍受了三个星期的痛苦,然后有一天他突然不见了。整整四十八个小时,寡妇到处寻找他,急得寝食不安。公众对他的失踪也很关心。他们到处搜索,还到河里打捞他的尸体。第三天一大早,汤姆灵

[①] 乔治·华盛顿(1732—1799),美国第一任总统,儿时以诚实著称。据说他用他父亲给他的一把斧头砍伐了一棵小树,当他父亲追问时,他勇敢地承认了错误。

机一动,到废弃的屠宰场的那些旧空桶里去乱捅,在其中一只桶里找到了这个避难的人儿。哈克在那里睡觉;刚吃过早饭,不过是些偷来的残羹剩菜,这时正舒舒服服地躺在那里吸烟。他肮脏不堪,蓬头垢面,穿上了那身他自由快活的日子里自成一景的破衣烂衫。汤姆把他拖出来,跟他讲了他制造的麻烦,叫他快快回家去。哈克的脸上失去了自得其乐的神色,显得郁郁不乐。他说:

"别这样说话好吧,汤姆,我试过了,可是不行呀,那生活就是不行嘛,汤姆。那生活不适合我,我就是习惯不了它。寡妇对我很好,很友好,可是我受不了那些规矩。她让我每天早上按同样的时间起床;她让我洗脸,他们把我的头发梳得没完没了;她不让我在木柴棚里睡觉;我还得穿那些闷死我的该死的衣服,汤姆,它们不知怎么搞的,简直不让我浑身透一点气,它们太讲究,我穿上它们不能坐,不能躺,不能满地乱滚;我很久也不能去溜人家的地窖——哦,怕是有好几年了吧;我还得上教堂,那罪过大了去了——我恨死了那些咿咿呀呀的祷告词儿!我在那里没法逮苍蝇,不能大嚼东西,星期天我都得穿皮鞋。寡妇每逢吃饭就摇铃,她上床睡觉也摇铃,早上起床还摇铃——一切一切都是那么一本正经,循规蹈矩,真让人受不了!"

"嘿,大家都是这样生活的,哈克。"

"汤姆,那也说明不了问题。我不是大家,我受不了这种生活,把人捆得死死的,太可怕了。食物也来得太容易——那种吃法我就是吃不出一点儿兴趣来。我得先问好了才能去钓鱼,我得先问好了才能去游泳——我于是只好每天钻到阁楼里去大骂一通嘴里才解气,要不我就憋死了,汤姆。寡妇不让我吸烟,她不让我当着人大喊大叫,她不让我当着人打哈欠,还不让我当着人伸懒腰——"(随后他表现得特别烦躁和委屈的样子)——"真是操蛋,她一天起来没完没了地祈祷!我从来没有见过这样一个娘们儿!我不得不溜掉呀,汤姆——我也只好溜掉了。再说了,学校就要开学了,我又不得不到学校去——唉,我哪受得了那个呀，汤姆。看看吧，汤姆，人阔了活得一点儿不是那么顶呱呱快活。阔了会让人着急又着急，难受又难受，恨不得赶快死了算拉倒了。现在这身衣服就挺适合我穿的，这木桶也挺适合我，我可再也不打算离开它们了。汤姆，要不是那笔钱，我怎么会受这么一大堆的罪呀。现在你去把我的那份和你的那份合在一块儿算了，只要有时给我毛把钱花花就行了——不用总给我，因为一样东西只要不是费劲弄来的，我还不大看得上呢——你去跟寡妇替我告个别吧。"

"噢，哈克，你知道我不能这样做，那是不公道的；再说了，你要是再试着过一段时间这样的生活，你会喜欢的。"

"会喜欢的！是呀——就像一只火炉，我在上面待的时间长了，我就喜欢上了吧。不行，汤姆，我这人不能发财，我在他们那些他妈的憋死人的房子里住不下。我喜欢树林，喜欢河流，喜欢木桶，我跟它们融在一起了。真他妈的倒霉呀！我们正好找到了枪，找到了洞，正是当强盗的好时机来了，偏偏这件他妈的蠢事挡了道，把好事全给搅乱了！"

汤姆这时看到了时机——

"看看吧，哈克，阔气了也不会挡住我们去当强盗。"

"不会吧！哦，那倒不错，你说这话是当真的吗，汤姆？"

"就像我坐在这里一样真实。可是，哈克，你要是不体面起来，我们就没办法让你入伙呀，你知道。"

哈克的欣喜一下子就消失了。

"你不让我入帮吗，汤姆？你不是让我去当海盗了吗？"

"是的，可那是两码事，强盗的身份要比海盗高得多——一般说来都是这样的。在多数国家里，强盗在贵族中间地位高得邪乎——净是什么公爵一类的人物。"

"喂，汤姆，你不总是跟我挺哥儿们义气的吗？你不会把我扔在帮外不管吧，对吧，汤姆？你不会干这种事情的，是吧，汤姆？"

"哈克，我不至于那样，我也不想那样做——可是别人会怎么说呢？噢，他们准会说：'呸，什么汤姆·索亚帮！里面尽是一伙穷酸的角色！'他们当然就是指你了，哈克。你不喜欢这样，我也不喜欢这样。"

哈克一时沉默不语，脑子里开始转弯弯了，最后他说：

"哦，那我就回寡妇家住上一个月，再熬熬看，看我能不能顶下来，只要你同意我入帮的话，汤姆。"

"好样的，哈克，咱就说定了！走吧，老伙计，我去跟寡妇说说，对你放松一点点，哈克。"

"你肯吗，汤姆——你现在就肯去吗？那可太好了，要是她能放松一些最让人受不了的规矩，我就偷着吸烟，偷着骂几句，硬挺着，受不了也活该。你多会儿开始组帮，把强盗当起来呢？"

"哦，马上，也许今天晚上我们就把那些孩子召集起来，举行个仪式。"

"举行什么？"

"举行仪式。"

"那是什么玩意儿？"

"就是站在一块儿起誓，永不泄漏帮秘，哪怕你让人捉住砍成肉酱，谁胆敢伤害帮里的人，你就得把他和他的全家统统杀了。"

"那才好玩——那真是好玩极了，汤姆，听我说没错！"

"嘿，我敢说好玩得很，发誓这一整套都必须在半夜里举行，要在你能找到的最僻静、最可怕的地方举行——最好是闹鬼的房子里，可是它们现在都给拆掉了。"

"哦，不管怎样，半夜干这事就挺带劲的，汤姆。"

"对，正是这样的，你得在棺材上发誓，用血写名字。"

"嚯，那就更带劲了！这比当海盗可要强一百万倍。我要跟寡妇在一起待一辈子，汤姆，要是我成了一个响当当的强盗，总挂在人家的嘴上，我想她会因为她把我从那样糊涂的境地里硬拉出来而感到非常自豪。"

结 束 语

这篇故事就这样结束了。由于这纯粹是一个关于孩子的故事,讲到这里就必须结束了,故事要是再讲下去多一点,那就该是大人的身世了。作家要是写关于大人的小说,他完全知道在哪里打住——那就是,写到结婚为止;不过他要是写青少年,那他就必须在最合适的时候打住。

这本书里登场亮相的多数人物仍然活着,日子富裕,生活幸福。有朝一日,其中一些比较年轻的人物也许值得再写进故事,看看他们变成了什么男人或者什么女人。所以,目前先别透露他们生活的任何内容,这不失为明智之策。

导 读[1]

◎ R. 肯特·拉斯姆森

马克·吐温语出惊人，认定所谓"文学经典"不过是"一本人们赞扬有加却不屑阅读的书"。如果他说这话时想到了《汤姆·索亚历险记》，那他没准会收回这话，改口说他这部小说是一本人们争相阅读却大可不必赞美的书。当然，人们一直在争相阅读它。自从《汤姆·索亚历险记》一八七六年首次问世以来，从来没有间断印刷，已经翻译成了至少六十多种文字，并且出版了多达一千种截然不同的版本。尽管它的姊妹篇《哈克贝利·费恩历险记》(1885)，近来被认为是一部更伟大的作品，但是《汤姆·索亚历险记》几乎肯定是马克·吐温阅读最广泛的一本书。查看一下任何家庭拥有的各种藏书，不言自明的是，最旧最烂的那本书，准是《汤姆·索亚历险记》。当然，这本书之所以容易破旧另有原因。它也许不止因为阅读而成了破旧的书，也可能是孩子们手下无轻重，乱翻乱扔的结果。实际情况也八九不离十。这本书初版还不满十年时，马克·吐温的哥哥，奥里昂·克莱门斯，写信给马克·吐温，告诉他艾奥瓦州有一家人的一本《汤姆·索亚历险记》，读过后借给别人看，最后不得已抄写了一本（此处原文不清楚）。

《汤姆·索亚历险记》在青少年读者群里一直广受欢迎，这一不争

---

[1] 此文译自英国企鹅经典《汤姆·索亚历险记》导读。作者 R. 肯特·拉斯姆森（R.Kent Rasmussen）是美国研究马克·吐温的学者，迄今为止，出版了八部关于马克·吐温的书。

的事实让人们认为它首先是一本儿童读物，因此顺理成章地认为它不是一本严肃的作品。不管这样的看法是否真实，马克·吐温当初写作《汤姆·索亚历险记》把成年读者考虑在内，这是很有想法的。但是，作为一个伟大的作家，他对自己的作品一贯不是一个最佳评判者，这还得让他的文学编辑（原文不清楚）威廉·迪安·豪厄尔斯告诉他究竟写出了一部什么样的作品。马克·吐温于一八七五年写完这部小说时，给豪厄尔斯写信说："这不是一本儿童书，根本不是。这本书只能让成人读。它只是为成人写的。"他还表达了在《大西洋月刊》上连载的愿望，豪厄尔斯就在该杂志做编辑，显然那不是面向儿童的杂志。当豪厄尔斯在十一月份终于看完马克·吐温的手稿时，他欣喜若狂，承认他看到夜里很晚才把书看完了，"只是因为不可能停下来"。他接着说：

  这是我读过的最棒的一部儿童书。此书获得了巨大成功。不过，我想你应该不假思索地把它当作儿童书看待。成年读者同样会百看不厌，如同你所希望的；如果你一厢情愿地认为这是用成人的眼光研究孩子性格而写出来的，那么，你可对错了号。

豪厄尔斯把这本书誉为一则伟大的"儿童故事"，毫无疑问是想到了汤姆特有的"历险活动"会让青少年读者兴趣盎然，尤其对男孩子来说。然而，即使豪厄尔斯努力想让马克·吐温相信，他一口咬定它只是成人文学是很不明智的，马克·吐温还是固执己见，在前言里对成人定下了这种调子：

  尽管我的这本书主要是写给男孩和女孩消遣的，但我希望男人和女人不要因此就拒绝翻一翻它，因为我写书的部分计划是试图愉快地让大人回忆他们原本是什么样子，让他们回忆他们如何感觉，如何思想和如何交谈，让他们回忆曾经从事过什么奇妙的事业。

马克·吐温完全是一厢情愿。这部小说大量的段落都是针对成年读者的,其中一些段落也许还会让青少年读者无动于衷,如坠云里雾中。比如,第五章,关于开始严肃的礼拜的描述:"只有特别座位上的唱诗队在低声嬉笑和悄声细语,打破了教堂的安静。在整个布道期间,低声嬉笑和悄声细语总是不断。"这些段落也许多少还可以让孩子们感到有趣,但是在接下来的两行文字里,那种深刻的讽刺也许就是他们的头脑无法领略了:"过去曾经有一支唱诗队教养是不错的,可眼下我记不得那是什么地方了……不过我想那是在某个其他国家发生的事情。"这些句子表明了马克·吐温对教堂礼拜的讽刺。二十一章几乎所有的言辞都是用同样的口气讽刺成人主导的乡村学校的"大考夜晚"。

有一个写给成人看的段落,甚至更加直白地包括了第二章里那件著名的趣事,即汤姆吸引别的孩子给他粉刷围栏的场景。那个插曲,巧得很,也许是孩子们最喜爱的内容。成人能够领会汤姆大获全胜的讽刺所在,而且肯定他们得出了合适的结论,马克·吐温于是索性把汤姆的道德篇详细阐述出来:

> 他事先虽然不清楚,却早发现了人类行为的一大法则——那就是,为了诱使大人或者小孩渴望干某件事情,只需要把这件事情弄得难以到手就行了。他要是个了不起的大圣哲,就像这本书的作者,他就会理解到"活儿"实际上是一个人不得不干的事情,而"玩儿"才是一个人所不一定要做的。

值得怀疑的是,青少年读者从这样的段落里能得到什么教诲。是的,很多青少年读者对假花、单调繁重的劳动、爬山以及客运马车的讽刺言论,也许会觉得是毫不相关的扯闲篇——很可能理解不了。

在一九九六年牛津大学出版社重版《汤姆·索亚历险记》的前言

里，小说家 E. L. 多克托罗谈到了这本书的读者群的双重性："我们可以用孩子的眼光读它，也可以用成人眼光读它，而且每种眼光都有一种截然不同的聚焦着眼点。"多克托罗还进一步说明，汤姆·索亚生活的那个世界的成分是"两种清晰的，而且大部分情况下不可调和的生命形式，孩子和大人"。多克托罗说那个世界里的孩子和大人拥有不同的文化，不断地碰撞，产生摩擦，这话是很正确的。这些不同之处从这本书的读者变动的视角得以反映。

即使马克·吐温认为《汤姆·索亚历险记》一书的合适观众是成年读者，这话也没什么错，你用不着非要找出多少理由，说明这本书在青少年读者群里才一贯广受欢迎。现代美国儿童也许会发现十九世纪中期中西部的背景匪夷所思，但是却会为书中展示出来的无拘无束的自由感受欢呼雀跃。现代儿童日常生活被刻板的、组织有序的常规管得死死的，教室和音乐课后各种项目，组织有序的体育活动，以及其他成人监管下的活动等等。相比之下，《汤姆·索亚历险记》的世界里孩子们的生活，简直就是完全无拘无束的。除了大人期望孩子去上学，去做礼拜，汤姆和他的朋友几乎不受大人们什么管束，他们轻而易举就能钻进树林里去扮演罗宾汉，到河里游泳或者捕鱼，一般情况下都能想干什么就干什么，躲开横加干涉的成人的监督。

波莉姨妈使出浑身解数管束汤姆，但是从书中第一页起，汤姆便从波莉姨妈的手心里溜掉，跳过围栏消失，波莉姨妈的管束显然不堪一击。她只能连连叹息，心想："今天下午他又要逃学了，我只好明天逼着他干活儿，好好罚他一下。"事实上，汤姆真的逃学了（差不多都是因为不得不去上学），波莉姨妈第二天逼着他去干活儿，实际情况却只是提供了另一个汤姆摆脱管束的例子：他把一种讨厌的杂活儿转变成了招揽雇工的重大成功，从中获利多多，这让他第二天在教堂赢得另一次心满意足的成功。几乎没有哪个青少年读者对此能够无动于衷，不去分享他的一次次胜利，尤其这些胜利是以让他的竞争对手损失惨重为代价的。

汤姆早期的胜利也是他一肚子点子的展示。电影、收音机、电视、电脑、电子游戏和手机等各种技术可能实现的时代尚在未来,汤姆的世界在技术上一片混沌,用不着寻求法子去寻找乐子。汤姆只需要一桶涂料、一把刷子,让自己脱贫致富。(在之后的一章里,另一个孩子用一把刷子赢得了一次截然不同的胜利。)孩子的工具也许简单,但是他们的许多游戏——例如罗宾汉、打仗、强盗、绿林好汉——却很复杂。他们从他们简单生活中获得的许多快活,都是在他们自己的想象中展现的。

在马克·吐温的时代,孩子们的文学选择要比现在少得多。马克·吐温儿时就是一个如饥似渴的读者,但是作为男孩阅读的选择很有限,难免屡屡受挫。他晚年写的传记,回忆起他被允许从主日学校借到的那些书"没劲透了……因为整个书架上都看不见一个坏孩子。他们都是好男孩、乖女孩,没劲透了,一点意思也没有,不过有他们做伴总比没有强,我很高兴他们陪伴在身边,却对这种陪伴很不以为然"。你从这样的叙述中能看见小说《汤姆·索亚历险记》一粒种子的萌芽。

《汤姆·索亚历险记》于一八七六年问世,这之前的那个时期,儿童作品阅读最广泛的作家,是雅各布·艾博特[1],一位公理会牧师,写作了大量作品,包括许多道德说教的儿童读物。艾博特流行最广的读物是他的"罗洛系列",从一八三〇年代起一直贯穿到一八五〇年代。书名诸如《罗洛干活儿》、《罗洛玩耍》以及《罗洛在大西洋上》,每个故事都用心良苦,给青少年读者上一堂道德课。威廉·泰勒·亚当斯——他所用的"奥利弗·奥普迪克"的笔名更为人知,在十九世纪下半个世纪,写作了多达一百多种广为流行的儿童读物,多数为男孩子所写。他

---

[1] 雅各布·艾博特(Jacob Abbot,1803—1879),美国少年读物作家,代表作为"罗洛系列"故事和《弗兰克尼亚故事集》等。

笔下的故事多数都是塑造英勇无畏、洁身自好的男孩，在各种刺激的历险活动中，干些令人难以置信的英雄事迹。这一时期另一个读者甚众的多产作家是小奥拉西奥·阿尔杰。他最广为人知的书，《愤怒的迪克；或者，与擦鞋人在纽约街头的生涯》，写了一个贫穷的男孩，通过艰苦工作，诚实的本质和坚定的决心，终于跻身于中产阶级，受到人们的尊敬。在这个主题上，阿尔杰在这部产生了巨大影响的书之后，又写出了十几本读物。这几位作家的作品以及当时其他作家，都无一例外地塑造好孩子，写他们克服艰难困苦，不向逆境妥协，最后取得成功，赢得尊敬。少年英雄的出身也许粗俗，但是他们的性格却始终是光明磊落的。

《汤姆·索亚历险记》问世时，书中刻画的那种特有的性格，一定会猛烈地冲击青少年读者，和他们过去读过的绝大多数流行一时的读物中所描写的那种中规中矩的性格相比，他们看见了一种令人耳目一新的变化。和那些乖孩子相比，汤姆无疑是一个"坏孩子"。尽管汤姆是一个孤儿，来自一个体面的家庭，他对破坏规章制度却毫不含糊，逃学，讨厌上教堂，对大人的好言相劝置若罔闻，专爱进行禁止的，甚至引火烧身的冒险。也许，按照当今的标准，多数顺从的品质，在十九世纪的孩子们看来，都无疑具有令人愉快的颠覆性。但是，尽管许多十九世纪的青少年读者对摆脱大人管束的观念可能打心眼里喜欢，他们的道德意识却传递了不一样的信息——表现好真的比表现坏更可取。如此，他们一定会宽慰地意识到，虽然汤姆屡屡出格的行为很有吸引力，但是汤姆实际上是一个让人感到放心的坏孩子。是的，他不守规矩，但是从来没有伤害到任何人。事实上，他从来没有蓄意犯坏。还有，他不仅心心念念地关心朋友和家庭，还为了朋友和家人去进行危险的冒险，作出慷慨的牺牲。不过，汤姆是好是坏这个问题，在书中并没有明确定论。在第二十三章，当汤姆表现出真正的英雄主义行为时，一些同村人认为他可以成为美国总统——"只要（他）大难不死"。只是当小说到达高峰时，汤姆的未来前景才似乎确定下来了。

汤姆·索亚本质上是一个好孩子，喜欢胡闹，喜欢热闹，外表看来就算不上好了，这倒和当代文学后辈哈利·波特有一比，哈利·波特在那个最成功的系列小说中一直是主角。哈利的创造者，英国作家J.K.罗琳显然在公开场合从来没有承认受过马克·吐温的影响，但设想她或多或少受到了《汤姆·索亚历险记》一书的影响，这一点也不困难。男孩子们以及他们的历险活动相似之处很多，给人强烈的印象，人们不会认为这些只是巧合的产物。

尽管汤姆的岁数在书中一直没有明确告知，但是十一岁这个年龄是明摆着的——哈利·波特在后来成为七大册的系列作品之初也是十一岁。这两个孩子都是孤儿，由他们亡故的母亲的姐妹抚养。汤姆和同母异父弟弟锡德一起生活，锡德专和他作对，暗地里监视他。哈利一起生活的对头是他看不起的达德利。汤姆的铁杆小哥们儿是哈克贝利·费恩，村子里的问题少年和最穷最野的男孩，他都会以朋友相待。哈利最好的朋友是罗恩·韦斯利，虽然算不上最野的男孩，但是作为一个穷得叮当响的家庭的成员，他屡屡成为别人羞辱和恶意取笑的对象。哈利大多数冒险活动，都有罗恩和他们共同的异性朋友赫米奥娜·格兰杰陪伴。汤姆大多数惨痛的历险活动则有心上人贝基·撒切尔和哈克陪伴左右。汤姆和哈利相同之处还远不止这些。

尽管哈利·波特和汤姆·索亚因为破坏规矩和蔑视权威而名声不佳，但是他们两个都有大胸怀，多次不畏风险救人于危难，最后作为英雄凯旋。也许有人会说，哈利是个巫师，具有魔力，这点让他和汤姆从根本上有区别，但是多数对立面几乎都是真实的。汤姆对魔力深信不疑，肯定那个霍普金斯老大娘就是一个真正的巫师。他相信死猫能够治愈瘊子；仪式表演对路，咒语念得准确，就能找到丢失的弹子；用血写上字，搞一些沉闷的仪式，说几句符咒，谁要胆敢违反，就会遭遇不测。事实上，汤姆对魔力深信不疑，这对《汤姆·索亚历险记》一书的叙述大有裨益——尤其他很怕违反血誓后的种种结果。如果像哈利拥有的那些魔力送到汤姆跟前，他肯定会不失时机地照单全收。还有，他和哈克深夜在墓地进行的历险活动以及在闹鬼的宅邸的冒险活动，都有闹鬼的性质，表明迷信的力量在起作用，这些和哈利·波特的故事其实如出一辙。汤姆最后以及几近毁灭的那次历险，发生在贝基迷失在麦克道格尔洞之时，汤姆正是在这里遭遇了那个他最害怕的坏蛋。在哈利·波特多数系列小说中，哈利遭遇了黑暗的地狱般的情景，和麦克道格尔洞的情景类似，这难道仅仅是巧合吗？

不管《汤姆·索亚历险记》一书是否影响了 J. K. 罗琳创作哈利·波特，成千上万青少年读者对她的书痴迷，在书中得到的种种快活，他们也会在马克·吐温的书中得到。汤姆和哈利均身处逆境而不屈，和邪恶斗争，被人误解，但是最终以胜利姿态现身。哈利的胜利在七部书中各有呈现，每部书占有了他一年的光阴。汤姆却在短短几个月的时间跨度经历了显而易见的胜利，但是这部小说的结构却让这段时间过得似乎更长，汤姆好像在一岁岁长大，在一步步成熟，这是很有意义的。

汤姆的首次胜利来得很早，早在第二章里，波莉姨妈因为他逃学，让他刷围栏以示惩罚，他却诱导别的孩子给他粉刷围栏，而且还要付出东西。儿童喜爱耍骗术的人，还有什么能让别人掏腰包为自己干活的更好的把戏呢？汤姆的第二次胜利接踵而来，可能就是以第一次胜利为基础的。第二天，他带着粉刷围栏获得的战利品到教堂去，和别的男孩做交易，换到了主日学校背诵《圣经》诗歌奖励的"票"。那天，威严的郡上法官撒切尔莅临主日学校，他大驾光临激发了"奇才现身"，手里的票很多，足以因为背诵了两千多首《圣经》诗歌而获得一本《圣经》奖励。汤姆站出来用所要求的票数换奖励让这位校董吃惊，也让读者吃惊。他如愿获得奖励，洋洋得意地和那位大法官一起坐在台上。

在后来的一部作品里，马克·吐温写道："被人妒忌是人类最主要的欢乐。"被人妒忌而产生的快活，贯穿了他的写作，是一个持续的主题，是儿童很容易理解的概念。这当然也是汤姆·索亚的主要乐趣，毫无疑问，青少年读者而非成年读者，对汤姆在主日学校因为背诗而获奖感到欣喜。还有，这第二次胜利比起前一天从那些他收集战利品的男孩手里收买票而获得的胜利，甚至更让青少年读者开心。"蒙我一次，是你丢人；蒙我两次，是我丢人。"青少年读者无须对这则谚语了如指掌，便能领略到汤姆第二次胜利的深度。

  成年读者也许看待主日学校这件轶事有点不同感受。马克·吐温又一次直接对他们讲话了。汤姆获得那本《圣经》后，那位大法官对他直皱眉头，于是，法官和他的妻子要汤姆说出基督最早的两个圣徒，考察一下汤姆的《圣经》知识，汤姆立马现了原形。汤姆紧张不安地哼哼哈哈一阵儿，脱口而出道："大卫和哥利亚！"青少年读者也许不知道正确答案是西蒙和安德鲁，但是他们知道汤姆的回答是多么离题万里。不过，马克·吐温对这一趣事简短的收场白一定让他们摸不着头脑："我们还是拉上慈悲的帷幕，别让下面的戏演下去了。"马克·吐温没有描述下面一定会发生的惨败，而写下这样一句话，是他在偷懒吗？或者他估计成年读者能想象出接下来发生什么情况，所得到的快活要比他们读到他提供的任何描述更开心吗？

  较之汤姆前两次胜利更加精心安排，他的第三次胜利发生在他和哈克·费恩以及乔·哈珀在杰克逊岛上扮演海盗冒险的结局。汤姆偶然听说因为他和他的朋友丢失很久，人们以为他们掉在河里淹死了，他们的葬礼因此在筹备之中。经他提议，三个男孩突然在葬礼上现身了。人们喜出望外地接受了他们，汤姆看到别的孩子有多么妒忌，他认为这是"他有生以来最最引以为豪的时刻"。在孩子们眼里无疑是胜利的成就，在成人眼里却一定是分文不值的。人们以为汤姆死了，哀悼他，而他利用人们的这种痛苦而风光一时——不久让村民知道他和他的朋友还活着，他又能轻而易举地消除他们的痛苦。但是，他这种自私行为更多是因为年幼，没有脑子——如同波莉姨妈指出的——而非真实的冷酷无情。他无心伤害别人,只是不计后果。

汤姆在小说的进展中渐渐成熟起来,是他学会更多为别人着想,对自己的利害得失想得少了。在他接下来的两次胜利中,这种变化很明显,富有戏剧性。在第二十章里,汤姆和贝基失和是典型的孩子闹别扭,两个人在学校谁也不理谁。在午餐时间里,汤姆闯进另外一间空教室,把贝基吓了一跳,因为她正在翻看一本老师落在一个没锁的抽屉里的神秘的书。慌乱之中,贝基把首页插图几乎撕掉了一半。她对汤姆大发脾气,痛斥汤姆故意要告发她。尽管感到恼火,想报复,但是汤姆真的没这样的用心,只是因为他十分清楚老师会如何让贝基忏悔她的罪过。他想到贝基一定会挨打受罚,也有些幸灾乐祸。汤姆在这件事情上的私下想法,再清楚不过地让人看到他对女孩子的庇护态度。"女孩子家都是莫名其妙的傻子,"他想,"从来没有在学校里挨过打!活见鬼了。挨揍又怎样!这才真是女孩子家的见识——她们脸皮薄,胆小如鼠。"他因为没有告发贝基,甚至感到有点骄傲,但是这只是因为他相信"女孩子的脸能暴露一切。她们都是胆小怕事的主儿"。没有他掺和这事儿,贝基也会挨揍的。老师要找出那个撕毁他的书的人,便挨个儿直接审问,最后问到了贝基。当汤姆看见贝基脸上那种担惊受怕的神色时,意想不到的新感情催促他一下子站起来,大声说:"是我干的!"

汤姆自我牺牲的高尚行为换来了一顿那个老师有生以来"下手最狠的一顿毒打",放学后又在学校里多罚了两个小时。他更大的牺牲还在于他违反了男孩在学校总是否定做了错事的不开口的习惯,因此受到同学们的鄙视,大家都对这种"愚蠢的行为"感到不解,怒目相视。青少年读者对汤姆忍受毒打的牺牲行为当然很欣赏,但是也许只有年纪更大的读者才能充分领会他的牺牲的另一种意义。这一次,汤姆的胜利不在于赢得同龄人的妒忌——事实上恰恰相反——而是纯粹为了爱情而甘受双倍的牺牲。尽管他这样做没有指望回报,可他前去领受毒打时从贝基的神色里得到了感激和爱慕,似乎"足够他挨一百鞭子的抵偿了"。他坐过禁闭准许回家时,贝基感激地喊道:"汤姆,你怎么能表现得那么高尚啊!"贝基的父亲,撒切尔法官,后来了解到汤姆如何替贝基受过,让贝基免受鞭打,他也称赞汤姆的行为是"一种高兴、宽宏和伟大的谎"。

汤姆的第五次胜利上升到了更高的层次,要求他作出更大的牺牲——实际上是威胁到他的生命的牺牲。小说有一条中心叙述线索开始于第九章,汤姆和哈克在村子的墓地目睹了一次谋杀,他们深夜走访墓地是为了履行一次除掉瘊子的仪式。他们偶然看见村里那个酒鬼,穆夫·波特,还有那个"杀人不眨眼的混血种"印琼·乔。两个人在帮助罗宾森医生盗一个新墓,后来却打起架来,最后波特被打昏时,乔把那个医生杀死了。两个孩子吓得仓皇逃走,并发下血誓,永远不把他们看见的事情讲出去。第二天,他们吃惊地听说乔声称是波特把那个医生杀死了,便感到不知所措。接下来的十四章里,汤姆的良心因为想到波特会被不公正地绞死而深感不安。他相信,如果他毁掉他的血誓,把这桩谋杀的真相讲出来,他就会不得好死,而且即使他安然无恙,印琼·乔也会把他杀了。因此,他在波特最后受审时出庭作证会面临双倍的致命的危险。他贸然在法庭露面,又引发了另一次轰动,汤姆发现自己"又当了一次耀眼的英雄"。但是,这一次,他的胜利带有严重的代价。他没有暴死,但是"印琼·乔在他的梦里频繁出现,他眼里总是有一股凶光"。如同沃尔德莫特,那个纠缠哈利·波特的"黑色主星",印琼·乔代表纯粹的邪恶,这下汤姆为自己的生命担忧名正言顺了。

汤姆第六次胜利少了许多小孩子家历险的成分,更像一个足智多谋的青年所为了。当贝基把早些时候在书中讨论的野餐最终付诸实际时,她和汤姆在迷宫一般的麦克道格尔洞迷失了好几天。在可怕的煎熬中,汤姆设法让贝基保持精神,而贝基似乎要听天由命—死了之,汤姆只好把他发现印琼·乔也在洞里一事藏在心里。正当所有希望都泡汤时,汤姆机灵地发现了一个出口,他和贝基逃出了岩洞。汤姆死里逃生,返回村子——第二次在村子里现身，再次成为耀眼的英雄，受到欢迎。与他返回自己的葬礼让人匪夷所思不一样，这次他的胜利是真正的英勇，是青少年读者和年长的读者都会为之欢呼的英勇行为。到了这个点上，为故事吸引的读者本来在纳闷儿汤姆究竟是一个什么样的人，这下一定会接受他是真正英雄的可能性了。这个结论有了，下面所发生的故事的精彩之处，就更在情理之中了。

在岩洞事件之前，汤姆和哈克在一个被认为闹鬼的宅子里挖掘海盗埋下的宝藏，费了不少时间。他和哈克是偶然闯进这个宅子的，当时印琼·乔伪装成了一个"西班牙聋哑老头儿"，躲避因为谋杀案遭到的追捕，他的新伙伴在地板下发现了一箱金币。冒着撞上这两个罪犯的危险，两个孩子决心找到他们藏匿的宝贝，从而占为己有。这事开始时还只是孩子们希望得到埋藏的宝贝，美梦成真，却危险之极。岩洞事件打断了汤姆继续寻找宝贝的活动，这让哈克在阻止印琼·乔偷袭道格拉斯寡妇时扮演了一个英雄的角色。后来，汤姆经受了岩洞的苦难，了解到乔死在了岩洞里，之后，他恢复了元气，正确地推断出罪犯埋藏金币的地点，那就是乔隐身岩洞的地方。有了哈克的襄助，他返回岩洞，找到了金币。与此同时，村民们为表示他们对汤姆和哈克近来的英雄行为的欣赏，聚集起来送给两个孩子礼物，以示敬意。这事非同小可，让汤姆自己大吃一惊，赢得最壮观的胜利——向村民展示了他和哈克发现的一万两千枚金币。读者们，尤其青少年读者，像他们凯旋的英雄一样，很难想象一部关于男孩的小说有比这更令人满意的结局了。

与青少年读者的趣味不同，除了印琼·乔不再威胁汤姆和哈克的生命让人感到放心，汤姆最伟大的胜利反倒引起了人们对倒霉的命运更多关注。但是，马克·吐温把乔的葬礼写成了一次节日盛会，人们从方圆六七英里远的地方赶来看热闹，这是写给成人看的。许多人都"毫不讳言说看见这葬礼如同看见上绞架一样满意"。尽管乔的死亡引起了如释重负的普遍的感情，但是村子里还是掀起了一次运动，请求州长对印琼·乔赦罪。马克·吐温在这儿只是对成人讲话了：

……许多流泪和演讲的集会都举行了，还选出一批心地善良的妇女组成请愿团，穿着丧服到州长的身边去恸哭，恳求他做一个慈悲的傻瓜，把他的职责丢置一旁。据说印琼·乔有五条人命在身，可是那有什么关系呢？即使他是撒旦本人，也还是会有许多低能人儿随时把他们的名字签在请愿书上，从他们那永修不好、漏水如筛的龙头里往外抛洒泪水。

这些段落触及了散布在马克·吐温写作中的另一个主题——很多人对罪犯比对他们的受害者给予更多的同情。例如，在《哈克贝利·费恩历险记》中，当哈克为那几个困于轮船里的诈骗犯寻求帮助时，他希望道格拉斯寡妇明白他在干什么："我估计她准会因为我帮了这些坏蛋而骄傲，因为坏人和骗子正是寡妇和善人所关心的。"

《汤姆·索亚历险记》一般认为是男孩喜欢的书，理由充足。不仅因为书中主人公及其最亲近的朋友都是男孩子，就是叙述调子也绝对和女性胃口相悖，这在学校那个场合里汤姆那些轻蔑的思想活动中得以窥见。马克·吐温在序言里声明，这本书是写给"男孩和女孩"看的，但是书中几乎看不见女孩子的表现。本书唯一给人印象的女性人物是汤姆的波莉姨妈、他的表姐玛丽以及他的心上人贝基·撒切尔。波莉在书中作为"老太太"被反复提及，她基本上是一个阉割了性别的家长形象，她的性别之所以是女性，主要是因为这有利于她对汤姆更加公开地表达爱意，而这是男性人物不容易做到的。马克·吐温以姐姐帕米拉·克莱门斯的原型来塑造玛丽，玛丽在书中多次露面，却没有做多少事儿，只是帮助汤姆准备上教堂，当汤姆遇上麻烦时替他着急。如果她被从小说中彻底清除了，也不会引起多少关注。

贝基·撒切尔的名字与汤姆在书中处处招人眼目紧密联系在一起，

但是即便是她，也没有做很多事情，只是对汤姆的别出心裁耍耍小女孩子的风情，到了危难时刻还得汤姆来救助。小说快到一半时，她的芳名才提及，而且在第二十章和汤姆重归于好时并未帮助叙述有力地展开。马克·吐温在他的小说里很少创作鲜明的女性人物，这是明摆着的，他留给贝基这样一个无足轻重的形象，让读者猜出她的年龄比猜测汤姆的还困难，汤姆似乎在长大，而她一直没有长大多少。到了马克·吐温写作《哈克贝利·费恩历险记》一书时，他把贝基几乎忘掉了，在那部小说里只提到她的芳名，而且用的是"贝西·撒切尔"这个名字。马克·吐温在看小说的校样时改正了这个错误，但是小说的排字工人漏掉了他的更正，"贝基"一直在正文里没有恢复，美国首版问世一百多年之后才予以更正。

贝基的对手，即汤姆前任心上人艾米·劳伦斯，在《汤姆·索亚历险记》中的命运比贝基还糟糕。她的名字只出现在了五个章节里，被描写得总在巴结汤姆，她和汤姆唯一一次对话时，她所说的话只不过一个词儿。同时，对她"兴致勃勃的聊天"，汤姆变得难以忍受，这又一次反映出他那男孩子普遍对女孩子不以为然的态度。

尽管《汤姆·索亚历险记》对待女性人物是这种态度，但是女孩子对这本书的喜欢程度似乎不亚于男孩子。在马克·吐温收到的青少年读者的信中，女孩子的数量令人吃惊。比如，一八八三年，俄亥俄州一个九岁的小女孩，名叫弗洛伦丝·迪安·科普（巧得很，是威廉·迪安·豪威尔斯[①]的一位远亲）请求马克·吐温为汤姆·索亚再写一本书，她把汤姆描述得"完美无缺"。一九〇七年，另一个弗洛伦丝，纽约城十四岁的弗洛伦丝·本森，称汤姆是"我见过的最乖巧的男孩"。威斯康星州十一岁的范妮·詹姆斯于一八九一年进一步写道：

[①] 威廉·迪安·豪威尔斯（William Dean Howells, 1837—1920），美国作家、评论家和编辑。

我是生活在欧加利的一个小女孩，对"哈克贝利·费恩"和"汤姆·索亚"十分欣赏。尽管我是一个女孩，但是我喜欢和他们玩耍，与他们打闹，找到一万两千个金币会欣喜若狂。我不喜欢他们带着那只死猫，不喜欢他们到坟墓去；因为我喜爱小猫，不会因为基督教徒的瘊子而把小猫杀害。

尽管喜欢看《汤姆·索亚历险记》的女孩子数量很多，但是她们没有因此注意不到书中的性别偏见。著名学者谢莉·费希尔·费什金在她一九九七年出版的《为领土匆匆离去》一书的序言里反思说，在她小时候，"哈克和汤姆读来津津有味"，但是同时她"把贝基·撒切尔看做令人厌烦的人匆匆翻过"。小说家莉诺·哈特儿时对贝基持有相同的看法，认为贝基和真实的女孩子比起来，更"爱哭，多情，犯傻"。多年后，她动手修正这种不足，重写贝基：《贝基·撒切尔的生活和爱情》（2008），在这部小说里，年长的贝基讲述她生活中的故事。她开篇就纠正山姆·克莱门斯①在《汤姆·索亚历险记》讲过的"种种谎言"。哈特笔下的贝基声称她"从来不是那个苍白、软弱、金色鬈发的小女孩，要耍小女孩子家的脾气。我像男孩子一样坚强，守着自己的秘密"。她属于"汤姆野气帮的一员"，甚至与汤姆和哈克夜里一起看见罗宾森医生在墓地被杀害。

马克·吐温后来表达过支持女权主义的观点，但是在《汤姆·索亚历险记》中我们丝毫看不到这一点，在该书的世界里，男学生被安排在女孩子身边同坐，就是一种惩罚。学校"大考晚上"，打扮精致的女孩子们背诵那些堆砌词藻、无病呻吟的文章——"都是她们的母亲和祖母

---

① 马克·吐温的原名是塞缪尔·克莱门斯（Samuel Clemens），"Sam"（山姆）是"Samuel"的简称。

在这样的场合表演过的东西，不用说，她们的母系分支上所有祖先，远至十字军的时代，也都是在这样的题材上显过身手的。"

无巧不成书，这章的多数文字，马克·吐温都是针对成人而写的，孩子们背诵的那些折磨心灵冗长拖沓的字里行间尽是些令人发笑的谎言。这些段落就是对所有学校"大考夜晚"味同嚼蜡千篇一律的讲演练习的辛辣讽刺。"在我们的国家，没有一所学校的姑娘们不会感觉到她们的文章，非得有一段说教的话才能结尾……不过且打住吧。实话实说总是赢得不了掌声的。"

熬过这整章内容的孩子们，最后得到了开怀大笑的释放。在多宾先生班级的男孩长期忍受他的残忍折磨，对这位醉意朦胧的老师进行了报复，在他费劲地在黑板上画地图之际，把一只猫从天窗放下，悬在他头上。那只猫把他的假发抓掉，把他的秃头暴露无遗——在他打瞌睡时，一个男孩把他的头刷成了金色。"会场就这样散了。孩子们总算报了仇。暑假也就到来了。"

那么，《汤姆·索亚历险记》一书到底最适合谁呢？孩子、大人，还是两者都适合？撇开马克·吐温的种种用意不说，一个多世纪以来，孩子和大人显然都喜爱这本书，因此，也许更加中肯的问题是孩子和大人是否在看同一本书。出于这一原因，关键是读者在阅读《汤姆·索亚历险记》一书时，要始终明白他们对该书持有的视角。

（苏福忠　译）

企鹅经典丛书书目

第一辑

长夜行	【法】塞利纳
大都会	【美】唐·德里罗
纪伯伦经典散文诗	【黎巴嫩】纪伯伦
磨坊文札	【法】都德
去吧,摩西	【美】福克纳
人间失格	【日】太宰治
苏菲的选择	【美】威廉·斯泰隆
丧钟为谁而鸣	【美】海明威
神曲	【意大利】但丁
人间天堂	【美】菲茨杰拉德

第二辑

我是猫	【日】夏目漱石
看不见的人	【美】拉尔夫·艾里森
流浪的星星	【法】勒克莱奇奥
微物之神	【印度】阿兰达蒂·洛伊
漂亮冤家	【美】菲茨杰拉德
玻璃球游戏	【德】赫尔曼·黑塞
绿房子	【秘鲁】马里奥·巴尔加斯·略萨
炼金术士及其他鬼故事	【英】蒙塔古·罗兹·詹姆斯
老虎!老虎!	【英】吉卜林
小王子	【法】圣埃克絮佩里

第三辑

契诃夫短篇小说选	【俄】契诃夫
死屋手记	【俄】陀思妥耶夫斯基

双城记	【英】狄更斯
洪堡的礼物	【美】索尔·贝娄
局外人	【法】加缪
一九八四	【英】乔治·奥威尔
世界末日之战	【秘鲁】马里奥·巴尔加斯·略萨
圣殿	【美】福克纳
魔山	【德】托马斯·曼
暗店街	【法】帕特里克·莫迪亚诺

第四辑

飘	【美】玛格丽特·米切尔
海底两万里	【法】儒勒·凡尔纳
罪与罚	【俄】陀思妥耶夫斯基
了不起的盖茨比	【美】菲茨杰拉德
交际花盛衰记	【法】巴尔扎克
少年维特的烦恼	【德】歌德
一个女人一生中的二十四小时	【奥地利】斯蒂芬·茨威格
奥吉·马奇历险记	【美】索尔·贝娄
美妙的新世界	【英】阿道斯·赫胥黎
英国病人	【加拿大】迈克尔·翁达杰

第五辑

简·爱	【英】夏洛蒂·勃朗特
虹	【英】D.H. 劳伦斯
坟墓的闯入者	【美】福克纳
雨王亨德森	【美】索尔·贝娄
汤姆·索亚历险记	【美】马克·吐温
你好，忧愁	【法】萨冈
茵梦湖	【德】施托姆
上尉的女儿	【俄】普希金
莎士比亚悲剧选	【英】莎士比亚
施尼茨勒中短篇小说选	【奥地利】阿图尔·施尼茨勒